KB012203

데스마치에서 시작되는
이세계 광상곡
19

리자
주황 비늘 종족의 소녀.

포치
강아지 귀 종족의 소녀.

타마
고양이 귀 종족의 소녀.

나나
무표정한 호문클루스.

사토
이세계를 헤매고 있는
서른 줄 프로그래머.

미아
말수가 적고 음악을 좋아하는
엘프.

자, 오랜만에 마차 여행 출발──!!

루루
쿠보크 왕국 출신.
아리사의 언니.

아리사
쿠보크 왕국의 옛 왕녀.
전생에 일본인.

"힘을 빌려줘, 수령주.
아버님과 어머님, 오라버니들과 리리의 묘가―."

"――꽃으로 가득하도록.""

데스마치에서 시작되는 이세계 광상곡

19

★ ★ ★

아이나나 히로

Death Marching to the
Parallel World Rhapsody
Presented by Hiro Ainana

CONTENTS

Death Marching
to the
Parallel World
Khapsody
19

관광 부대신

"사토입니다. 일상을 지내는 사이에는 의식하지 않습니다만, 진학이나 전직 등으로 새로운 장소에 옮길 때, 자신이 얼마나 다양한 사람들과 관계를 가지고 있었는지 깨닫게 됩니다."

"사토 펜드래건 자작, 귀공에게 관광성의 부대신을 맡기고 싶네."

경매가 끝나고 며칠 뒤의 아침, 나는 왕성에 와 있었다.

국왕에게 「계층의 주인」 토벌의 포상을 받으러 왔을 뿐이었는데, 어째선지 그 전에 재상의 집무실로 불려가서 근육질 재상에게 길고 긴 서론을 들은 다음, 방금 전과 같은 오퍼를 받았다.

"송구하오나, 저로서는 역부족입니다."

물론, 나는 곧장 거절했다.

관광이라는 단어에는 끌리지만, 첩보기관의 그럴싸한 위장이란 생각밖에 안 든다.

"그리고 직접적인 주군인 무노 백작의 허가도 없이, 왕국의 관직에 취임할 수는 없습니다."

무노 백작에겐 미안하지만, 거절하는 변명으로 좀 썼다.

"괜찮아. 무노 백작에게는 권유의 허가를 받았다네. ─나나 녀석이 무노 백작령에 대한 이익을 잔뜩 뜯어갔지만."

후반의 말은 작은 소리였지만, 엿듣기 스킬이 포착해주었다.

아무래도 재상은 무노 백작령의 민완 집정관 니나 로틀 자작을 퍼스트 네임으로 부를 만큼 친한 모양이다.

"그렇지만, 저 같은 것보다는 태생이 고귀하고 경험이 풍부한 분이—."

"귀공이 적임이야."

내 말을 가로막으며 재상이 잘라 말했다.

아니, 잘라 말하는 건 괜찮은데 이상한 포즈로 근육을 주장하는 건 관두시죠.

"관광성은 좋다네. 아직 대신인 나와 사무직 몇 명밖에 없지만, 지칠 줄 모르고 장거리를 답파하는 골렘 말과 야만족의 습격에도 버티는 장갑 마차가 비품으로 지급되었다네. 완성된 다음의 이야기지만, 폐하께서 관광성 전용 소형 비공정을 대여해주실 예정도 있지."

재상이 자신이 타고 다니고 싶다는 표정으로 나에게 호소했다. 의외로 탈것을 좋아하는 모양이다.

관광용 이동 수단을 제공해주는 건 좋은데, 내 경우는 자작골렘이나 비공정이 있으니까 그다지 기쁘지는 않다. 공개적으로 쓸 수 있다는 게 유일한 메리트일까?

"그 밖에도, 귀중한 장거리 마신의 비보를 빌려주지. 사용할 때 등급이 높은 마핵이 필요하지만, 언제든지 왕도에 연락을 할 수 있다네."

장거리 마신이라는 것은 현재의 시가 왕국의 기술로는 제조

할 수 없는 통신용 마법 장치인 모양이다. 여행지에서 트러블이 있을 때 상담을 하거나 정보 수집을 할 수 있다고 한다. 신용카드의 월드 데스크 같은 느낌일까?

편리해 보이지만, 이쪽으로서는 추적장치가 될 것 같아서 사양하고 싶었다.

"더욱이, 대국인 시가 왕국의 국위를 이용하여 일반인은 볼 수 없는 방문국의 시설이나 행사를 구경하거나, 각국의 궁정에서만 맛볼 수 있는 특별한 요리를 먹어볼 수 있지."

으으음. 그건 좀 솔깃한데.

출입금지가 된 장소라도 유닛 배치나 아리사의 공간 마법으로 몰래 침입할 수는 있지만, 그러면 좀 켕기니까 마음껏 즐길 수 없을 거란 말이지.

"그리고, 관광성의 금년도 예산인 금화 1천 닢을 물 쓰듯 사용해도 상관없다네. 물론 사용처는 보고를 해야겠지만, 그건 형식에 지나지 않아."

요즘에는 소비하는 것보다 수입이 훨씬 많으니까, 금전적인 건 아무래도 좋다. 오히려 언제나 투자처를 찾고 있을 정도였다.

그런데, 재상은 이 정도 미끼를 쓰면서까지 뭘 낚고 싶은 걸까?

"—물론, 이러한 권리들에는 의무가 따르지."

내 속내를 읽은 게 아닌지 착각할 타이밍에 재상이 이야기를 전환했다.

그러면, 여기서부터가 본론이다.

여기서부터 첩보 관련의 이야기가 시작되겠지.

깊게 연관되기 전에, 이야기를 어떻게 잘 돌려서 도망가야겠군.

"타국이나 도시를 방문했을 때는, 명소나 명물 등의 보고서를 작성해줘야 하네. 특히 보존이 가능한 명물은 샘플을 확보하여 확실하게 가지고 돌아오게."

—어라?

"또한, 명물이나 특산품은 조리 레시피를 확보하거나, 귀공이나 귀공의 요리사가 레시피 고찰을 해서 반드시 첨부하게. 시가 왕국에 없는 소재일 경우, 대체품의 고찰도 필요하겠지. 식물이라면 종자와 육성 방법을 확보하는 것이 바람직하네."

잠깐 기다려—.

당신, 혹시 자기가 쉽게 외국 여행을 못하니까 나를 대신 보내려고 생각하는 거 아냐?

그런 생각이 전해졌는지, 재상이 어흠 헛기침을 하고는 체면을 차리는 것처럼 명분을 말했다.

"이것들은 이번의 범상치 않은 『마왕의 계절』로, 각국이 키워 온 문화가 사라지지 않도록 보호하기 위해서라네. 결코 내 취미나 식욕을 채우기 위해서가 아니야."

……식욕이랍시고 말도 해버렸어.

재상이라면 진심으로 말할 것 같지만, 연기일 가능성도 있다. 조금 더 확인해 봐야겠는걸.

"그러면, 각국에서 첩보 활동은 필요 없는 건가요?"

"물론이고말고. 첩보가 필요한 나라에는 수십 년 단위, 나라에 따라서는 100년 이상 전부터 이미 첩보원을 파견해뒀지. 이제 와서 벼락치기로 교육시킨 귀족을 보내는 의미가 없다네."

과연. 닌자의 「풀」처럼 현지에 녹아들어 있는 밀정이 있는 거구나.

"귀공에게 이 직위를 내리는 것은, 우선 식문화를 효율적으로 수집할 수 있는 인재라는 점. 그리고 수집 과정에서 시가 왕국에 호의적인 나라가 늘어날 것을 기대하는 점 때문이지."

"시가 왕국에 호의적인? 제가 그러한 일을 할 수 있을 것 같지는 않습니다만……."

"귀공은 그것을 의식할 필요는 없네. 식— 문화 확보를 염두에 두고서 활동해주기만 하면 돼."

잘 모르겠지만, 그 정도만 하는 거라면 편하지.

그렇지. 또 하나 물어봐야겠군.

"혹시, 방문한 나라가 마물이나 마왕에게 침략을 받았을 경우는?"

"마왕이나 용이 상대라면 즉시 도망치게. 그렇지 않고 귀공들이 이길 수 있는 상대라면, 도움을 주어 은혜를 입히는 것도 좋고, 내쳐도 좋네."

어디까지 진심으로 말하는 건지는 모르겠지만, 재상에게 내 행동을 제한할 생각은 없는 모양이라 순순히 수긍했다.

"국가간의 전쟁일 경우는 **시가 왕국으로서** 한쪽에 가담하는 것은 금지일세."

다시 말해서 인간들 사이의 전쟁에 개입하고 싶다면, 직위를 쓰지 말고 들키지 않도록 하라는 거구나.

—어이쿠.

생각이 어느샌가 받아들이는 쪽으로 가고 있네.

역시 대국의 재상이다. 상대의 생각을 유도하는 게 능숙하군.

"퇴임 규정은 있습니까?"

"방문국의 보고서를 제출한 다음이라면 임의라도 상관없네."

이 질문의 대답을 들어보니, 진심으로 첩보 활동에 쓸 생각이나 외교에 쓸 생각은 없어 보였다.

"이것 참…… 그렇다면 받는 쪽이 너무 유리하지 않을까요?"

내 질문에 재상이 코웃음을 쳤다.

"귀공은 사람이 지나치게 좋은 경향이 있군. 신중한 것은 좋은 일이지만, 상대의 실언을 이용할 정도의 기개를 가지고 행동하지 않으면, 사가 제국이나 갈레온 동맹 따위의 오래된 나라에게 좋을 대로 이용을 당할 게야."

재상이 진지한 어조로 말했다.

"그리고— 귀공에게 족쇄를 채우지 않고 방류하면, 알아서 왕국의 이익이 되는 행동을 한다고 니나와 오유고크 공작이 말을 했으니 말이야."

재상이 작은 소리로 중얼거렸다.

엿듣기 스킬이 포착했지만, 보통은 절대 들리지 않는 음량이다.

이래저래 짚이는 점이 있어서 반론을 못하겠다.

"그러면 대답을 듣지—."

나는 잠시 조용히 생각에 잠겼다.

매력적이긴 하지만, 받아들일 메리트가 적다.

받아들이는 메리트도 거의 없지만…….

망설일 바에는 거절하자.

출세 같은 거 귀찮기만 하고, 억지로 이유를 들어서 부대신이 될 것도 없겠지.

입을 열려는 순간, 내가 내키지 않는 기색인 걸 감지했는지 재상이 집무 책상 위에 있던 책 몇 권을 툭 두드렸다.

그는 제일 위에 올라간 끈 제본의 책을 나에게 내밀었다.

"이것은?"

"내가 모은 각국의 특산품이나 미식의 정보를 정리한 것이지."

─뭣, 이?!

"여행을 좋아하는 자네라면, 목이 빠지도록 가지고 싶겠지?"

크으, 마지막에 이런 히든카드를 내다니…….

제법이군, 재상!

"부대신을 맡는다면, 이 책들에 더해 각국의 유력자가 쓴 소개장을 더해주지. 까다로운 요리사를 상대로 교섭하는 수고를 덜 수 있을 거야."

─훌륭해!!

이 정도까지 오면 어쩔 수 없지.

재상이 괜히 멋진 미소를 짓고 있는 게 조금 분하지만, 이번엔 그에게 영광을 돌리자.

나는 잠시 조용히 생각한 끝에─.

재상에게, 수락한다고 대답했다.

◆

　"세리빌라 미궁 상층 『계층의 주인』 토벌에 대한 포상으로, 펜드래건 자작이 이끄는 팀 펜드래건에 금화 8,700닢을 내린다."

　"삼가 받들겠습니다."

　재상에게 부대신의 오퍼를 수락한 다음, 나는 동료들과 함께 국왕의 어전에서 「계층의 주인」 토벌의 포상을 받았다.

　포상이라고 해도, 대부분은 지난번 경매에서 전리품을 매각한 돈이다.

　중층 「계층의 주인」을 토벌한 「붉은 귀공자」 제릴 씨 일행의 포상금보다도 4천 닢 가까이 많다. 제릴 씨 일행이 적은 게 아니라, 우리들의 포상금이 너무 많은 거다. 경매 때 전력으로 입찰을 하면서 놀았던 덕분이겠지.

　이 돈은 똑같이 나누어서 동료들에게 건넬 생각이다. 모두가 어른이 되었을 때 돈이 필요해지는 일도 있을 테니까.

　"포상의 의식은 이상이다."

　재상의 말에 따라, 우리는 알현의 방에서 물러났다.

　바쁜 국왕은 이 다음에도 여러모로 알현할 사람이 있는 모양이다.

　"굉장한 금액이네. 또 에치고야 상회에 투자할 거야?"

　알현의 방을 나오자마자, 옅은 보라색 머리칼을 금색 가발로 감춘 어린 소녀 아리사가 그렇게 물었다.

　"이 돈은 모두에게 똑같이 나눠줄 생각이야."

"에~ 그러면 안 돼! 우리들 육성에 돈을 잔뜩 썼잖아? 그걸 보충하는데 써. 전에 다 함께 이야기를 했으니까."

그랬었어? 아리사 옆을 걷는 주황 비늘 종족의 리자에게 시선을 돌리자, 차분한 목소리로 「네」 하고 말하며 고개를 끄덕였다. 그녀의 손목이나 목덜미를 채색하는 주황색 비늘의 광택이나 꼬리가 의젓하게 흔들리는 걸 보니, 불만스럽게 생각하는 기색이 없었다. 오히려 자랑스러워하는 것처럼 보인다.

"그건 모두에게 투자한 게 아니라, 양육비의 일환이니까 신경 안 써도 돼."

"그건 그럴지도 모르지만 말야~."

아리사는 아직 납득 못하는 느낌이었다.

"그러면, 사용할 곳을 모두 함께 정해볼래?"

한 사람당 금화 1천 닢 이상이나 되니까, 여러 가지 할 수 있을 거다.

"마스터, 유생체의 양육비로 쓰는 것을 권장합니다."

특징적인 말투로 무표정하게 고한 것은, 고교생 정도의 외견을 가진 금발 거유 미녀 나나다.

유생체— 나나는 어린 아이들을 그렇게 부르지만, 그녀는 생후 1년 정도 된 호문클루스니까 유아들보다도 훨씬 연하이기도 하다.

"응, 타당."

미아가 고개를 끄덕이자, 트윈 테일로 묶은 그녀의 옅은 청록색 머리칼이 흔들리며 엘프의 특징인 조금 뾰족한 귀가 보였다.

앳된 모습이지만, 나나와 반대로 100세를 넘게 오래 살았다.

　"기왕이면, 루루도 미궁도시에 요리 학교 같은 거 만들면 어때?"

　"응, 좋을 것 같아! 미궁도시에 요리를 배우고 싶다는 애가 잔뜩 있었으니까."

　반짝반짝 빛나는 미소를 지으며 말한 것은, 태양마저도 그녀 앞에서는 빛이 바래 보일 법한 초절정 미모를 가진 루루다. 그녀가 걸어갈 때마다, 윤기 나는 검은 머리칼의 표면에서 즐거운 기색의 빛이 흐른다.

　"포치는 고기 요리를 잔뜩잔뜩 가르치는 게 좋다고 생각하는 거예요!"

　반짝반짝 빛나는 눈동자로 척하고 손을 든 것은 다갈색 머리칼을 보브컷으로 자른 강아지 귀 강아지 꼬리의 어린 소녀 포치다.

　"간판 가게도 즐거워~?"

　포치 옆에서 마이 페이스의 표정을 짓고 있는 것은 하얀 머리칼을 단발로 자른 고양이 귀 고양이 꼬리의 어린 소녀 타마다.

　숨겨진 미술의 거장인 타마는, 미궁도시의 매대에 간판을 제공하여 매상 증진에 커다란 공헌을 하고 있다. 그림을 그리는데 필요한 화구(畵具)는 비교적 비싸지만, 미궁도시라면 가격 인하도 가능할 것 같았다. 미궁 소재를 사용한 화구 레시피를 만들어서 상업 길드에 제공해볼까.

　"—펜드래건 경, 잠시 괜찮겠나?"

　그렇게 말을 건 것은 붉은 갑옷을 입은 「붉은 귀공자」 제릴 씨였다.

허리에는 얼음의 마검 『얼음나무의 송곳니』를 차고 있었다. 알현실에서는 풀고 있었는데, 벌써 회수한 모양이다.

"무슨 일인가요?"

"귀공이나 흑창 공은 시가8검 후보를 사퇴했다고 들었는데, 지금도 마음은 바뀌지 않았나?"

"네. 저도 리자도 시가8검이 될 생각은 없습니다."

그도 시가8검 후보니까 신경 쓰이는 거겠지.

"**될 생각이 없다,** 라……. 마음만 먹으면, 언제든지 시가8검이 될 수 있다고 말하는 건가?"

제릴 씨의 목소리에 살짝 노기가 담겼다.

꼬투리를 잡아서 시비를 걸다니, 이지적인 그답지 않네.

꽤 신경질적이 되어 있는 모양이다.

"제 말이 거슬리셨다면 죄송합니다. 저와 리자는 시가8검 후보가 될 자격이 없다고 판단하여 사퇴했을 뿐입니다."

나는 사기 스킬과 변명 스킬의 도움을 빌어서, 제릴 씨를 달랬다.

"시가8검의 후보가 될 자격?"

제릴 씨는 그 포인트를 신경 썼지만, 「시가 왕국에 대한 충성심이 없으니까」라고 바보처럼 솔직하게 말하는 것도 꺼림칙해서, 쓴웃음으로만 답하고 말은 피했다

"제릴 공이 새로운 시가8검으로 선출되기를 기대하고 있겠습니다."

제릴 씨도 그 이상 파고들지는 않기에, 한 마디 립서비스를

하고 헤어졌다.

뭐, 그러면 실력적으로도 가장 유력한 후보인 데다,「강검」고 우엔 씨가 비스탈 공작 암살미수로 제적된 지금, 시가8검의 공석이 셋이나 있으니까 가능성이 높다.

"―펜드래건 각하."

이번에는 왕성의 시종이다.

미아나 아리사의 친구인 시스티나 왕녀의 심부름꾼인가 했는데, 뜻밖에도 군무대신 케르텐 후작이 보낸 사람이었다.

듣자니 케르텐 후작의 편지와 전언을 맡았다고 한다.

"누구한테서?"

"케르텐 후작이야. 치나의 할아버지니까, 치나를 구해준 답례를 하고 싶다고 저택에 놀러 오라는 초대장이야."

전반은 아리사에게, 후반은 초대를 받은 타마와 포치에게 말했다.

"절친의 집에 가는 거예요!"

"와~아, 기대돼~."

포치와 타마 둘이서 빙글빙글 춤을 췄다.

절친인 치나 양의 집에 놀러 갈 수 있다는 게 너무나 즐거운 모양이다.

그 다음에도 몇 번 여러 사람들이 불러 세웠고, 마지막으로 시스티나 왕녀의 심부름꾼이 와서 모두 함께 왕녀의 살롱으로 갔다.

"―사토 님, 미아 님, 아리사, 잘 와주셨어요."

우리가 살롱에 도착하자, 시스티나 왕녀가 웃으며 맞이해 주었다.

왕국에서 일반적으로 존경 받는 보르에난 숲의 엘프인 미아뿐 아니라 격이 낮은 작위밖에 없는 나한테까지 「님」을 붙여서 부르는 건, 그녀가 내 주문 개발 능력에 흥미를 가졌기 때문이다.

"누구?"

고개를 갸우뚱 움직인 미아가 보는 쪽에, 시스티나 왕녀와 닮은 어린 소녀가 있었다.

"미아 님, 소개드리겠어요. 이 애는 저와 어머니가 같은 자매, 도리스랍니다."

시스티나 왕녀가 소개하자, 도리스 왕녀가 일어서서 미아에게 인사를 했다.

"처음 뵙겠습니다. 보르에난 숲의 미사날리아 님. 저는 시가 왕국 제12왕녀인 도리스 시가, 열 살입니다."

로리로리한 용모를 하고 있어서 더 어릴 줄 알았는데…….

"보르에난 숲의 가장 어린 엘프, 라미사우야와 리리나트아의 딸, 미사날리아 보르에난."

"포치는 포치인 거예요!"

"타마는 타마~?"

미아의 정식 자기소개에 낚여서, 포치와 타마도 자기소개를 했다.

"어마! 두 사람은 귀 종족이네요!"

도리스 왕녀가 청해서 두 사람이 귀를 만지게 해주고 있다.

그것이 일단락되었을 때, 내가 대표로 나머지 멤버를 왕녀들에게 소개했다.

도리스 왕녀는 포치와 타마가 마음에 들었는지, 자기 좌우에 앉히고 사이좋게 과자를 먹고 있었다.

"미아 님을 만나고 싶다고 졸라서 동석을 허락했는데……."

못 말리는 아이네. 그렇게 말하면서도, 시스티나 왕녀는 도리스 왕녀를 사랑스럽게 보고 있었다.

잠시 동안 시스티나 왕녀와 주문 담의를 나눴다. 아리사와 미아는 편해 보였지만, 리자와 루루는 시종 긴장하고 있는 상태라서 좀 가여우니, 실례가 되지 않을 정도로 일찍 물러가기로 했다.

그리고, 나나는 평소처럼 마이 페이스를 발휘하여 그 자리에 익숙해진 것은 말할 것도 없다.

"그렇지, 사토 님. 사토 님만 괜찮으시다면, 솔트릭 오라버니를 소개해 드릴까요?"

"솔트릭 님이라면, 왕태자 전하 말인가요?"

"네. 오라버니는 저와 도리스와 어머니가 같으니, 제 부탁이라면 만나주실 거라고 생각해요."

시스티나 왕녀는 친절함을 발휘해서 차기 국왕인 솔트릭 제1왕자와 연줄을 이어주려고 하는 거겠지만, 나는 가급적 사양하고 싶다.

사실 경매 일로 그다지 인상을 좋게 품질 못했단 말이지.

"모처럼 호의를 베풀어주셨지만, 저 같은 애송이가 왕태자 전하의 귀중한 시간을 빼앗을 수는 없습니다. 전하의 시간은 시가 왕국을 위해서 쓰셔야죠."

"어머, 사토는 오라버니를 싫어하는구나."

도리스 왕녀가 뜬금없는 발언을 했다.

"그게 아니에요, 도리스. 사토 님은 성실하고 점잖은 분이니까, 오라버니의 일을 방해하기 싫다고 말씀하시는 거예요."

"—그런 거야?"

"네, 시스티나 전하 말씀이 맞습니다."

시스티나 왕녀가 변호해주기에 전력으로 편승했다.

"오늘은 느긋하게 지내실 거죠? 함께 저녁은 어떨까요? 오우미 소의 고기가 좋은 부위로 들어왔다고 할멈이 말했어요."

시스티나 왕녀의 말에 아인 소녀들이 눈빛을 반짝거렸지만, 유감스럽게도 이 다음에 용건이 있었다.

"죄송합니다. 이궁 쪽에 조금 용건이 있어서……."

"고우— 아뇨, 알겠습니다. 그렇다면 어쩔 수 없겠어요. 다음에— 왕도를 떠나기 전에 한 번, 저녁을 함께 해요."

시스티나 왕녀의 권유를 웃으며 승낙하고, 동료들을 데리고 물러났다.

다음 목적지는 왕성의 부지 안에 있는 귀인을 유폐하는 이궁이다.

"루루 선생님! 나나 선생님!"

"안녕, 쉐린."

"훈련은 잘 하고 있습니까라고 묻습니다."

"물론이죠!"

우리를 웃으면서 맞이해준 것은, 예전 시가8검인 고우엔 로이탈 씨의 장녀 쉐린이었다.

그녀는 루루와 나나의 지도로 훈련을 하여, 어엿하게 이번 봄부터 왕립학원의 기사 학사에 입학이 결정됐다.

"헬로~?"

"안냥냥인 거예요."

"타마, 포치도!"

쉐린이 나이에 걸맞은 표정으로, 타마와 포치와 하이 터치를 했다.

두 사람하고는 기사 학사의 특별 교실과 유년 학사의 춘기 교실에서 합동으로 시행했던 춘기 원정 실습에서, 함께 사지를 헤쳐 나오며 사이가 좋아진 모양이다.

"사토."

사이 좋게 이야기하는 애들을 지켜보는데, 안뜰 쪽에서 미녀와 어린 여자애를 데리고 거한— 고우엔 씨가 나타났다. 함께 있는 건 그의 아내와 차녀다.

"쉐린을 신경 써줘서 고맙다."

"아뇨. 저는 대단한 일을 못했습니다. 감사는 이 애들한테—."

살짝 쓴웃음을 지은 고우엔 씨가 「그러면, 그렇게 하지」라며 쉐린 양과 환담을 나누는 동료들 쪽으로 갔다.

"루루 공, 나나 공. 그대들 덕분에 쉐린이 싸움터에서 냉정하

게 대처하여 살아남을 수 있었어. 기사 학사에 합격한 것도 포함하여, 그대들의 교육에 감사하지."

"아뇨, 그건—."

"예스 고우엔. 감사를 받아들인다고 고합니다."

당황하는 루루와 초연한 나나가 대조적이다.

"그 사람들이 언니의 선생님?"

"그래. 루루 선생님은 저렇게 보여도, 아주 강해."

"헤에, 굉장하구나~."

귓속말을 하는 차녀에게 쉐린이 대답했다.

"아버님, 포치랑 타마도……."

"그렇군— 포치 공, 타마 공. 그대들이 강대한 마물을 쓰러뜨려준 덕분에, 딸과 다시 만날 수 있었다. 그 무용에 찬사를 보내며, 이렇게 감사를 표하지."

"니헤헤~."

"어쩐지 쑥스러운 거예요."

두 사람이 몸을 꼬물거리며 쑥스러워한 다음, 「커다란 마물에 마무리를 지은 건 히카루인 거예요」라고 보충했다.

"히카루— 미츠쿠니 여공작 각하 말인가?"

고우엔 씨가 물어보기에 긍정했다.

그는 히카루를 알고 있는 모양이다.

"각하께는 이미 감사를 드렸으니 안심해라."

그 말에 타마와 포치가 고개를 끄덕였다.

듣자니, 사건 다음날에 히카루가 놀러 왔다고 한다.

한동안 히카루나 쉐린 양 일로 환담을 하고 있었지만, 우리는 이궁의 감독관 지시로 곧 물러가야만 했다.

"사토, 기회가 있을 때만이라도 좋으니, 소미에나 님을 신경 써다오."

고우엔 씨가 주군인 비스탈 공작을 죽이지 않고 넘어간 것은, 공작의 막내딸인 소미에나 양이 자기 몸을 던져서 막았기 때문이다. 그는 그것에 은혜를 느끼는 거겠지.

"알겠습니다. 힘이 되어준다고 약속할 수는 없지만, 고민을 들어주는 정도는 해볼게요."

"그거면 충분하다. 고맙군, 사토."

재촉하는 감독관을 모른체하면서 고우엔 씨와 악수를 나누고, 쉐린 양과 사모님한테도 손을 흔들며 이궁을 떠났다.

◆

"그러면, 국왕 폐하에게 보수도 받았으니까, 『축복의 보주』^{기프트 오브}를 누구한테 쓸지를 정하자."

오늘 용건은 극비니까, 우리는 비밀기지에 와있었다. 물론 나나의 자매들이나 히카루도 함께다.

"경매에서 손에 넣은 보주는 『마비 내성』이랑 『물 마법』이었지?"

"그래."

우리가 「계층의 주인」의 우선 전리품으로 받은 「물품 감정」의 보주는 이미 루루가 사용해서 스킬을 습득했다.

"전에 이야기한 그대로면 되지 않아? 방패 전사인 나나 아니면 회복 담당인 미아한테『마비 내성』을 쓰고, 방어 담당인 나나 후위인 루루한테『물 마법』을 주는 느낌으로."

"마비 내성은 어느 쪽이 쓸래?"

"나나."

미아가 즉시 대답했다.

"확실히 방어 담당이 가지는 편이 좋을지도 모르겠네."

동료들은 딱히 이견이 없는 것 같기에, 나나가 마비 내성 스킬을 습득하게 됐다.

"물 마법은?"

"사퇴한다고 고합니다."

"저도 사양할게요. 술리 마법도 거의 쓰지 않고 있고, 회복을 생각한다면 아리사 쪽이 무영창으로 쓸 수 있으니까 좋지 않을까요?"

"우~웅, 내 경우는 스킬 레벨 1로 쓸 수 있는 마법이라면, 조금 두통을 참으면 스킬이 없어도 쓸 수 있으니까 필요 없어. 아진 쪽은 어때? 그쪽은 아무도 회복 마법을 못 쓰지?"

서로 양보한 끝에, 아리사가 No.1이자 자매의 장녀인 아진에게 말했다.

"저희들이 받아도 되는 건가요? 회복 마법은 쓸 수 없지만, 지혈을 하거나 자가 치유를 가속하는 이술이라면 모두 쓸 수 있습니다만……."

"저요! 저요저요! 위트는 회복 마법을 써보고 싶다고 주장합니다."

사양하는 아진의 말을 가로막고, No.8 위트가 말했다.

"기각."

No.2 이스난이 그것을 즉시 부정했다.

"어째서인가요라고 묻습니다."

"위트는 치유를 잊고서 행동할 것 같다고 고합니다."

"동감. 견실한 피어가 좋다고 권장합니다."

No.5 퓐프가 이스난에게 동의하고, No.6 시스가 No.4 피어를 추천했다.

"그러면 트리아도! 트리아도 회복 마법에 흥미가 있습니다!"

"당신은 척후나 함정 설치로 떨어지는 일이 많으니까 적임이 아닙니다."

뿅뿅 뛰며 주장하는 No.3 트리아에게 아진이 이유를 들어 부정했다.

"실망, 트리아는 실망입니다."

"미토— 히카루는 어떻게 생각하나요?"

"나도 피어가 적임이라고 생각하지만, 피어는 어때?"

아진에게 의견을 요청 받은 히카루가 피어에게 의사 확인을 했다.

"……해도 괜찮아."

피어가 조용히 중얼거렸다.

얘는 생각보다 말이 없다.

"마스터, 물 마법을 피어에게 줘도 괜찮을까요?"

"그럼. 너희들 선택을 믿을게."

나는 나나의 자매들에게 고개를 끄덕였다.

이렇게, 나나가 마비 내성 스킬, 피어가 물 마법 스킬을 획득했다.

"피어한테는 물 마법의 마법서를 줄게. 이 세 권이 시가 왕국에서 일반적으로 쓰이는 물 마법. 이쪽이 군용 물 마법이고, 마지막 한 권은 내가 만든 오리지널이니까 다른 사람한테는 보여주지 않도록 하고."

"예스, 마스터."

피어가 고개를 끄덕이고 자신의 요정 가방에 마법서를 수납했다.

보르에난 숲의 수행을 마칠 때, 그녀들에게도 전용 요정 가방을 주었다.

그 후에는 저녁 식사 준비를 해야 한다며 루루가 저택으로 돌아간 참에 모두에게 자유행동을 허가했다.

아인 소녀들은 저녁 식사 전의 운동으로, 나나 자매들은 피어의 물 마법 훈련을 응원하는 모양이다.

"주인님. 혹시 그건 경매에서 얻은 두루마리야?"

"그래, 이 틈에 사용해둘까 해서."

아리사와 이야기를 하면서 트인 장소로 갔다. 미아와 히카루도 함께다.

경매에서 손에 넣은 두루마리는 3개.

공간 마법 「물질 전송」^{머테리얼 트랜스퍼}은 작은 비생물을 전송한다. 본래는 돌멩이 정도의 물건을 전송하는 마법이지만, 메뉴의 마법란에서는 바위도 전송할 수 있었다. 미니 메테오를 쓸 수 있겠군.

"굉장해."

"물질 전송으로 메테오라니……."

"사토 혼자서 공성전도 할 수 있겠네."

견학하는 미아, 아리사, 히카루가 감상을 중얼거린다. 공성전 정도라면 원래부터 할 수 있으니까 새삼스럽네.

이어서, 소환 마법인「전서구 소환」을 쓴다.

이건 전서구를 소환하여 특정한 장소나 특정한 인물에게 편지를 전달한다. 유감이지만 마법란에서 써도 효과는 변하지 않았다.

"평범하네."

"장로 비둘기 정도는 소환될 줄 알았는데."

"귀여워."

아리사와 히카루는 시큰둥했지만, 미아는 사람을 잘 따르는 비둘기를 보고 눈웃음을 지으며 볼을 비볐다.

그 다음에 사용한 번성 미궁산 물과 바람의 복합 마법「냄새 공간」은 위험했다.

두루마리로 쓰면 방귀 정도의 불쾌한 공기였지만, 메뉴에서 사용하자 최루탄 수준의 효과가 있었다. 위력을 최대까지 올리면 데미 고블린이 풀썩풀썩 죽어버릴 정도라서, 사용하는데 주의가 필요할 것 같았다.

"완전히 생물 병기네."

"응, 데미 고블린을 동정해버렸어."

"지독해."

참관자들의 평이 안 좋다.

최소까지 위력을 줄이면 일반인의 주의를 돌리는 것에도 쓸 수 있을 것 같으니, 익숙해질 때까지 미궁의 데미 고블린들에게 위력 조정의 협력을 받아야겠군.

"이것뿐이야? 시멘 자작에게 어쩐지 수상쩍은 두루마리 받지 않았어?"

아리사 말로 떠올랐다. 시멘 자작에게 받은 수수께끼 두루마리를 사용해볼까.

"무슨 주문이야?"

"그림자 마법인 『그림자 거울』이라는 마법이야. 어떤 주문인지는 불명이고."

토라자유야의 요람에서 얻은 「불사의 왕」 젠이 가지고 있던 그림자 마법의 마법서에는 없었다.

"히카루는 알아?"

"응. 마이너하지만, 프루 제국에 특기였던 사람들이 있었어."

환도원이라는 난처한 녀석들이 있었다고 히카루가 과거를 돌이켜보며 화를 냈다.

"그래서 효과는 어때?"

"그림자를 통해 다른 그림자에서 보이는 광경을 비추는 거야. 음성도 들리지만, 쌍방향이니까 정찰에는 안 맞아. 굳이 따지자면 영상 통화형의 『원거리 통화』란 느낌."

술자에 따라서 도시간 통신에도 쓸 수 있었다고 하는데, 대부분의 술자는 몇 킬로미터 정도의 거리밖에 통화하지 못했다고 한다.

"그래도 얼굴을 보고 직접 통화할 수 있는 마법은 적으니까, 프루 제국의 권력자는 『그림자 거울』 사용자를 중용했었어. 그렇기에, 민폐 집단인 환도원이 활개치는 원인이 됐었지만."

히카루가 씁쓸한 표정으로 후반의 말을 덧붙였다.

그 환도원이라는 조직 때문에 상당히 애를 먹었던 거겠지.

본격적으로 실증 실험을 하기 전에 루루가 부르러 와서, 오늘은 마법란에 등록만 하고 마쳤다. 그 밖에도 재상의 연줄로 군용 흙 마법 ^{아이언 토스}「철순」이나 바람 마법인 ^{터뷸런스}「난기류」와 ^{폴른 해머}「추락기류 망치」 등을 얻었으니 써뒀다.

시멘 자작에게 추가 발주한 물건은 왕도를 출발하기 전에 완성되지 않을 테니까, 때를 봐서 「펜드래건 자작 가문 어용상인 아킨도우」가 되어 받으러 가야지.

◆

이궁을 방문한 다음날, 우리는 아인 소녀들과 함께 군무 대신 케르텐 후작의 저택을 방문했다.

군벌계의 집안다운 엄격한 문 안쪽에는 가련한 꽃이 흐드러진 미려한 정원이 있었다.

"포치, 타마!"

"절친인 거예요!"

"아우들도 있어~?"

정원에서는 원유회가 열리고 있는 모양인지, 포치와 타마의 친구인 케르텐 후작의 손녀딸인 치나 양 말고도, 동생— 아우들이라고 부르는 제자와 친구의 중간 같은 소년소녀들도 있는 모양이다.

나를 올려다보며 허가를 바라는 포치와 타마에게 놀러 가도 된다고 고개를 끄덕였다.

"사토 군."

달려가는 둘을 지켜보는데, 누군가가 요염한 목소리로 불렀다.

돌아보니 끈적한 미색이 트레이드 마크인 라유나 랏홀 자작부인이 있었다. 그 뒤에는 그녀의 절친한 친구이며, 왕도의 문벌 귀족에게 절대적인 영향력을 가진 엠마 릿튼 백작부인도 있었다.

"안녕하세요? 라유나 님, 엠마 님."

내가 그렇게 인사하자, 주변의 귀족들 사이에서 술렁거림이 일었다.

분명히 그녀들의 이름을 부른 것에 놀란 것이리라. 지금까지 다과회에 참석한 경험으로 대강 알 수 있었다.

"당신이 케르텐 각하의 살롱에 오다니 드문 일이네요. 관광부대신이 됐으면서, 군에도 인맥을 넓히고 싶나요?"

과연 릿튼 백작부인. 정보가 빠르다.

"사토 군은 시가8검에도 아는 사람이 많으니까, 다음은 고급 무관이나 근위 기사단의 간부 정도가 좋을 거야."

인맥을 만들기 위해서 온 게 아니었기에, 두 사람의 조언에 대응하고 오해를 정정했다.

"오늘 실례한 건, 치나 아가씨와 제 동료가 유년 학사의 춘기 교실에서 사이좋게 지내고 있어서, 그 인연으로 왔습니다."

"어머, 그랬었군요. 그보다도, 이 목걸이를 좀 보겠어요?"

"나는 귀걸이야."

릿튼 백작부인과 랏홀 자작부인이 경매의 전리품을 보여주었다.

에치고야 상회에서 경매에 내놓은 마법 보석을 사용한 것이다.

그녀들의 보석이나 그녀 본인들을 한 차례 칭송한 다음, 조만 간 왕도를 떠나 다른 나라를 여행하러 다닌다는 소식을 전했다.

"어머나, 기껏 친해졌는데 유감이야."

"언제쯤까지 여행을 다니죠?"

"죄송합니다. 두 분이 의뢰하신 물건이 도착할 무렵에는 왕도 에 돌아올 예정입니다."

사토로서 그녀들에게 중개를 의뢰받았던 가문 문장이 들어간 보석은 남쪽 바다의 섬나라에 있는 보석사가 제작하는 걸로 되 어 있으니, 아직 반년 이상 여유가 있다.

작별을 아쉬워하면서, 정보통인 그녀들은 자신들이 아는 근 처 중소국가들의 재미있는 장소를 가르쳐 주었다.

이야기가 끝에 다다를 무렵. 원유회의 구석 쪽에서 환성이 일 었다.

"무슨 일일까?"

"군벌의 남성분들이네. 시가8검이라도 오신 걸까?"

그런 이야기를 하면서 우리도 구경하러 그쪽에 가봤다.

"근사합니다, 케르텐 각하!"

"그야말로 달인의 증거 아닙니까! 철제 갑옷이 두 동강났습니다!"

군벌 귀족들이 칭송하는 중심에는 마검을 손에 든 케르텐 후작이 있었다.

"케르텐 후작이?"

"저 분의 검 실력이 그 정도로 굉장했나요?"

릿튼 백작부인이나 랏홀 자작부인이 소곤소곤 말을 나누었다.

"각하! 다시 한 번, 부탁드립니다!"

"부디, 저에게도 보여 주십시오!"

"흐흠. 그렇게까지 말을 한다면야……."

케르텐 후작이 마검에 마력을 주입했다.

흐릿하게 붉게 빛나는 마검에, 어렴풋이 붉은 빛의 칼날이 생겼다.

"—마인이네요."

"경매에서 낙찰 받으신 거군요."

릿튼 백작부인과 랏홀 자작부인이 붉은 빛의 칼날의 정체를 맞추었다.

"할아버님도 참, 또 하고 계셔."

내 옆에 나타난 소녀가 질색하는 기색으로 팔짱을 끼었다.

치나 양과 빼닮은 얼굴을 한 소녀이며, AR표시되는 정보를 통해 케르텐 후작의 영애인 듀모리나라는 이름이라는 걸 알

앉다.

"주인~?"

"주인님인 거예요."

뒤에서 따라온 타마와 포치가 내 다리에 매달렸다. 아무래도 치나 양과 함께 온 모양이다.

성실한 애라서 그런지, 치나 양은 제대로 된 숙녀의 예의를 갖추어서 인사를 했다.

"들어봐, 치나. 요전에도 주변에서 조르는 대로 마인을 쓰다가 지나쳐서 마력 고갈로 쓰러지신 참인데, 또 신이 나셔서……. 저런 분이 군벌의 톱이라고 생각하면 한심하다니까."

언니인 듀모리나 양은 귀여운 얼굴에 안 어울리게 독설가인 모양이다.

"하하하, 듀모리나는 엄하구나."

그렇게 말한 것은 치나 양과 듀모리나 양의 아버지인 케르텐 명예자작이었다. 그는 케르텐 후작의 차남으로, 왕국군의 회계 국장이었다. 용모는 후작과 상당히 닮았다.

"아버님, 이분이 펜드래건 자작님이세요."

"허어, 소문으로 듣던 게 자네군. 생각보다 젊어서 놀랐어."

인사를 나눈 다음, 치나의 아버지가 포치와 타마가 치나 양을 구해줬다며 감사를 했다.

두 사람에게는 이미 인사를 한 다음인가 보다.

"이거 봐, 인 거예요!"

"이거 받았어~?"

타마와 포치가 함박웃음으로 치나 아버지에게 받은 장식 바구니를 보여줬다.

알맹이는 예쁘게 포장된 고급 햄이나 소시지 세트였다. 분명히 초이스는 「절친」인 치나 양이 고른 거겠지.

"정식 인사는 자네 저택에 보냈다네. 다른 뜻은 없으니 편하게 받아주게."

치나 아버지가 귓가에 속삭이고서, 후작을 부르러 가더니 그를 데리고 돌아왔다.

"펜드래건 경도 보았는가?"

"네, 여기서 각하의 마인을 보았습니다."

케르텐 후작은 기분이 좋아 보였다.

"포치도 할 수 있는 거예요!"

"타마도~?"

내가 말리는 것보다 빠르게, 치나 아버지에게 받은 바구니에서 꺼낸 소시지를 겨누고 마인을 만들어 버렸다.

"마, 마검이 아닌 것에 마인을?!"

케르텐 후작이 충격을 받았다.

그러나, 과연 군무대신으로 군벌의 정점에 선 남자다. 금방 다시 일어섰다.

"역시 미스릴의 탐색자로군! 어리더라도 달인이야."

케르텐 후작이 말하고, 타마와 포치의 머리를 쓰다듬었다.

"펜드래건 자작, 귀군의 가신들이 손녀딸을 궁지에서 구해준 일, 감사하네. 우리 케르텐 가문에서 힘이 되어줄 일이 있다면 뭐든지 말을 하게나."

통이 큰 케르텐 후작의 말에 주위의 군벌 귀족들이 웅성거렸다.

"과분한 호의에 감사드립니다."

나는 무표정 스킬의 도움을 빌어, 그렇게 무난한 말로 대답했다.

"시가8검 후보 선출은 이미 끝났지만, 최종 선발은 비스탈 공작령으로 출발하는 반란 진압군의 제2진에서 한다네."

그리고 보니 반란 진압군의 제1진은, 비스탈 공작령의 도시를 하나 되찾은 다음에 괴멸됐다고 호외에 적혀 있었지.

"출발은 내일이지만, 펜드래건 경에게 생각이 있다면 참전을 추천하겠네만?"

"아뇨, 종군 경험이 없는 저는 걸림돌이 될 뿐입니다."

"누구든지 처음은 있는 법이야. 아니면 왕국 기사단에 사관 대우로 넣어줄 수도—."

케르텐 후작이 묘하게 신이 나서 난처한데.

"—어이쿠, 그만 하지!"

"그렇고말고! 우리들의 사토 공을 군 따위에서 소비하다니, 언어도단인 행위야!"

나에게 도움을 준 것은 공도의 먹보 귀족—.

"로이드 후작에 호엔 백작인가. 귀공들이 사이좋게 지내는 걸 보면, 하늘에서 창이라도 쏟아지지 않을까 걱정이 되는군."

케르텐 후작이 미묘한 표정으로 두 사람을 보았다.

"흥. 서로 헐뜯는 것 따위, 새우튀김 앞에서는 사소한 일이야."

"생강튀김의 위대함을 아는 자에게, 시시한 권력 다툼 따위

무의미하지."

—의미를 모르겠는데요.

"두 분, 펜드래건 경의 요리가 근사한 것은 저도 알겠습니다만, 시가8점으로 천거하는 것은 무인에게 최고의 영예가 아닙니까?"

그렇게 말하면서 두 사람에게 말을 거는 무인의 얼굴이 낯익었다.

해룡 제도에서 조난당한 것을 구조해줬던 오유고크 공작령의 귀족, 지트베르트 남작이다.

"오랜만입니다, 지트베르트 각하."

"이거 인사도 안 하고 실례했군. 오랜만에 보— 뵙습니다. 펜드래건 자작. 저를 각하라고 부를 필요는 없습니다. 자작으로 승작하신 것, 참으로 축하드립니다."

지트베르트 남작이 중간에 말투를 고치면서 내 승작을 축하해 주었다.

"왕국 회의에서 재회를 약속드렸음에도 늦게 된 점, 이렇게 사과드립니다."

그러고 보니 오유고크 공작령의 무역도시 수트안델에서 그와 헤어질 때 그런 말을 했던 것 같네.

"그 사과로 삼을 수는 없겠지만, 약속드렸던 것처럼 시가 왕국 연안이나 반도의 명품진품을 모아서 왔습니다. 나중에 저택으로 보내겠습니다."

상당히 성실한 사람이군.

지트베르트 남작과 치나 아버지는 왕립학원 기사 학사에서 동기였다고 하는데, 학생 시절이 떠올랐는지 원유회 구석에서 팔씨름 대회를 개최하고 있었던 모양이다.

그리고, 그 대회는 무심코 힘을 내버린 리자가 우승했다는 것을 기록해둔다.

◆

"폐하, 영지로 귀환하였음을 보고하고자 왔습니다."

왕성의 소알현의 방에서 레온 무노 백작이 국왕에게 인사를 하고 있었다.

오늘은 무노 백작의 수행으로 니나 로틀 집정관과 함께 와 있었다.

보기 드물게도, 국왕의 곁에 재상은 없었다. 뒤에서 대기하는 것은 시가8검 제3위인 「성방패」 레이라스 씨와 시종들뿐이었다.

"보고하러 오느라 수고했다. 시가 왕국과 영민들을 위해, 영지의 발전에 힘쓰거라."

국왕은 거기서 말을 멈추고 무노 백작을 보더니, 이어지는 말을 했다.

"―레온. 무노 백작령을 부탁하마."

"예, 예에! 알겠습니다."

무노 백작이 머리를 깊숙하게 숙였다.

나중에 들은 이야기인데, 왕도에서 도나노 준남작으로서 용사 연구를 하고 있던 레온 씨를 구 무노 후작령의 영주로 발탁한 것은 현 국왕이라고 한다. 그렇기도 해서, 무노 백작을 더 신경 쓰는 것이겠지.

그런 생각을 하는 사이에 알현 타임이 끝나고 소알현의 방을 나섰다.

"무노 백작, 귀공도 다음 비공정으로 영지에 돌아가는가?"

복도에서 말을 건 것은 크하노우 백작이었다.

그는 이제부터 영지로 귀환한다고 보고하는 모양이다.

"네. 그렇습니다. 크하노우 백작도 그렇습니까?"

"그래. 가는 길에 잘 부탁하지."

왕국의 북동부로 가는 여로는 오유고크 공작령까지는 비공정으로, 공작령의 북쪽 끝까지는 대하의 배, 거기서부터는 마차로 북상을 하는 경로다. 그렇기에 무노 시까지는 크하노우 백작도 같은 코스였다.

"펜드래건 경도 무노 백작과 함께인가?"

"아뇨. 저는 미궁도시에 들른 다음, 중소국을 여행할 예정입니다."

"그렇군. 젊을 때 여행은 좋지. 견문을 넓히고, 무노 백작을 잘 도와주게나."

크하노우 백작의 격려에 고개를 끄덕이고, 「마화 떨치기 의식」 때 그의 애검을 빌려준 것에 대해 감사를 전했다.

"뭘, 상관없다네. 영주에게 검 따위는 장식이니 말일세. 그보다도 귀공이 돌려준 검 말인데, 어느 공방에 정비를 맡긴 것인가?"

"제가 아는 자에게 맡겼습니다만, 잘못된 부분이 있나요?"

"아니, 참으로 훌륭하게 손질해 놓아서 감탄했다네. 시험 삼아 베어보니, 평소의 배는 날카롭게 베어지더군. 그래서 그 명장을 소개 받고 싶은 걸세."

죄송합니다. 제가 한 거라 소개는 무리입니다.

"칼날의 정비는 헤파이스토스라는 대장장이에게 부탁했습니다. 그는 실력은 확실합니다만 변덕스러워서, 금방 거처를 바꾸기 때문에 지금은 어디에 있을지……."

"유랑하는 천재 대장장이라……. 펜드래건 경의 인맥에는 언제나 놀라게 되는군."

사기 스킬 덕분인지 크하노우 백작이 순순히 믿어주었다.

"그러면, 그 천재 대장장이 선생이 크하노우 백작령에 오는 일이 있으면, 내 성에 한 번 들르도록 말을 해주게. 헤파─."

"헤파이스토스."

"─헤파이스토스로군. 알겠네. 헤파이스토스 공의 이름은 문지기나 태수들에게도 전달해두지."

"그러면 헤파이스토스 공에게 연락이 닿으면 반드시 이야기 해두겠습니다."

상당히 마음에 든 모양이니, 크하노우 백작령에 들를 일이 있으면 새로운 변장 마스크를 준비해서 실례해볼까.

영도인 크하노우 시에는 아직 가본 적이 없으니까.

크하노우 백작과 헤어져서, 일행과 잡담을 나누며 복도를 나아갔다.

"방금, 중소국을 여행한다고 했는데, 관광 부대신 직무니?"

"네, 그것도 있어요."

기본은 유람이다.

"그건 그렇고, 네가 부대신 같은 직위를 받아들일 줄은 몰랐다. 덕분에 무노 백작령은 왕국의 배려로 소형 비공정의 우선권과 영결의 검이나 창을 열 자루, 그리고 면세 특권의 2년 연장을 받긴 했다만."

과연 니나 여사. 상당히 듬뿍 재상에게 뜯어낸 모양이다.

"그런데 여행을 떠난다면, 카리나 양은 어쩔 거니? 데리고 갈 거니?"

"아뇨, 카리나 님은 미궁도시에서 수행을 희망하셨어요. 제 동료― 나나의 자매들이 미궁에서 수행을 하니, 그녀들과 함께 활동을 하시도록 할 생각입니다."

"그 나나의 자매라…… 실력은?"

"엘프 마을에서 수행을 했으니까, 미궁도시에 도착했을 무렵의 동료들과 비슷한 정도로는 강할 겁니다. 그리고 카리나 님에게는 라카도 있으니까요."

카리나 양 단독이라면 모를까, 「지성을 지닌 마법 도구」인 라카가 서포트 해주면 어지간한 곤경은 뛰어넘을 수 있을 거다. 수비도 철벽이니까.

인텔리전스 아이템

"……흠. 백작은 어떻게 생각하지?"

"아버지로서는 위험한 일을 안 했으면 좋겠지만, 그것이 카리나의 바람이라면 이루어주고 싶지."

"여전히, 당신은 무르다니까."

니나 여사가 기가 막힌단 표정으로 무노 백작을 본 다음, 시선을 나에게 돌렸다.

"너한테 시집을 가서 정착하는 게 제일인데 말이다."

"카리나 님에게 그런 것을 강요하면, 또 성에서 뛰쳐나갈 겁니다."

"……아아, 내가 감옥에 있을 때 거인에게 도움을 청하려고 뛰쳐나갔었지."

미궁도시에 수행하러 돌아갈 수 있도록 지원한다고 카리나 양에게 약속을 했으니, 열심히 니나 여사를 설득했다.

"알았다. 1년만 상태를 좀 보자. 백작도 그러면 되겠지?"

"그래, 물론이야."

니나 여사의 말에 무노 백작이 수긍했다.

뭐, 1년이면 레벨 50 정도는 될 테니까, 미궁에서 수행하는 것도 그럭저럭 질리겠지.

"사토. 너도 상급 귀족이 됐으니까 1년 안에 아내를 맞아라."

"저에겐 아직 이르―."

"국법으로 정해진 일이야. 적자가 없는 미혼의 상급 귀족 당주는 1년 안에 적자를 얻어야 한다고. 그러니까, 정실부인이라도 첩이라도 좋으니까 아내를 맞아서 아이를 만들 필요가 있는거지."

"농담도―."

"그럴 리 있겠니? 말해두지만, 3년 안에 아이가 안 생기면 제

2부인이나 새로운 첩이 필요하다."

—진짜로?

일부다처— 여성 당주의 경우는 일처다부를 법률로 강제하다니……. 시가 왕국, 무시무시하군.

뭐, 「적자가 없는」이라는 서론이 있으니까 후계자만 있으면 문제가 없을 거야. 결혼을 강요받을 것 같으면, 누구 귀족가의 당주가 되고 싶은 영리한 애를 찾아서 펜드래건 자작가의 양자로 삼으면 되겠지.

"엠마나 라유나에게 들었는데, 그 애들의 살롱이나 다과회에서 인기만발이었다지? 누구 신경 쓰이는 애나 들이고 싶은 메이드 한 명 정도는 없었니?"

인맥이 참 넓게도, 니나 여사는 문벌 귀족인 릿튼 백작부인이나 랏홀 자작부인하고도 아는 사이인가 보다.

"유감스럽게도……."

"뭐니. 한심하구나. 뭐 1년 지나도 아내가 안 생기면, 카리나 양을 시집보내면 되겠지. 연상의 아내도 나쁘지 않아."

연상은 좋아하지만, 내 주관으로는 카리나 양이 너무 젊단 말이지.

나는 「생각해 볼게요」라고 문제를 미루는 전형적인 워드로 말을 흐리고, 국왕에게 받은 저택을 확인하러 가는 무노 백작 일행을 따라갔다.

◆

　새로운 무노 백작 저택을 견학한 날 밤, 나는 왕도를 떠나기 전에 일을 처리하러 에치고야 상회에 와 있었다.

　"어서 오십시오, 쿠로 님."

　"지배인, 마중하느라 수고하는군."

　금발 미녀인 에르테리나 지배인이 환한 미소로 맞아 해주었다.

　"쿠로 님께서 의뢰하신 각종 괴, 그리고 찌꺼기 보석, 정련 찌꺼기를 모두 모았습니다. 귀금속 괴는 지하 금고에, 그것 말고는 양이 많은지라 공장의 빈 창고에 넣어뒀습니다."

　"일처리가 빠르군, 티파리자."

　지배인 비서인 은발 미녀 티파리자가 목록을 건네주었다.

　괴는 각종 연성이나 마법 도구 제작에 쓰는 거라 한꺼번에 사봤다. 찌꺼기 보석은 마법 보석의 재료, 정련 찌꺼기는 희소금속의 추출 따위에 쓴다. 후자는 헐값으로 대량 구매를 했다고 한다.

　나는 만족스런 표정을 무표정 스킬로 억누르고, 목록을 보았다.

　"플래티넘이나 이리듐은 보기 드문 것이군. 어디 새로운 거래처를 개척했나?"

　"네. 금속 괴를 모은다는 정보를 들은 스아베 상회가 판매를 하러 왔습니다."

　스아베 상회라면, 족제비 수인족의 호미무도리 씨가 회장을 맡고 있는 상회다.

괴들이 모두 가공이 어렵기 때문에 다른 판매처를 통해서는 구할 수 없었는지, 결국 금괴와 다를 바 없는 가격으로 구입하게 되었다고 한다. 그 밖에도 사령 마법의 두루마리를 3개 정도 팔러 왔는데, 구입은 보류했다고 한다.

"사령 마법의 두루마리? 경매에 나왔던 언데드 소환 계통인 것 말인가?"

"아마도 그럴 겁니다."

사토일 때의 내게도 팔러 왔지만, 시가 왕국의 풍문에 따르면 사령 마법의 두루마리는 그레이존이라서 구입을 거절했단 말이지.

그래서 이번에는 에치고야 상회에 팔러 온 모양이네.

"보류라는 것은?"

"사령 마법의 두루마리는 거래가 터부시되고 있기 때문에, 쿠로 님의 허가를 얻은 다음에 하려고……."

"그렇군. 그러나, 사들인다고 해도 팔 곳이 있나?"

상회 안에서 사용할 용도도 없으니까.

"펜드래건 자작이 두루마리 수집가니까요."

"은혜를 입히는 건가?"

"아뇨. 굳이 따지자면 저희들이 빚이 많으니, 조금은 갚을 수 있을까 해서요."

—음? 빚 같은 게 있었나?

"그렇군. 구입은 문제없다. 최종적인 판단은 지배인에게 맡기지."

나는 호러에 그다지 익숙하지 않으니까, 언데드를 다루는 사령 마법은 그다지 쓰기 싫단 말이지.

　물론, 사령 마법인「뼈 가공」은 편리하게 쓰고 있지만.

　"다른 물자도 창고에 있나?"

　"네, 냉동 보존이 필요한 물건은 2번 창고에 넣어뒀습니다."

　소모되어 가던 곡물이나 조미료를 중심으로 이래저래 대량 구입을 해뒀다. 개인이라면 눈에 띠지만, 에치고야 상회라면 생각보다 평범하게 사들일 수 있단 말이지.

　유통량이 적은 사가 제국산 커피 원두나, 일반 상점에서 팔지 않는 오우미 소의 특상품 고기도 듬뿍 사들였다. 상회를 만들길 잘했어.

　"그리고 펜드래건 자작에게서 의뢰를 받은 유품 말입니다만, 마지막 하나의 거래처를 발견했습니다. 카게우스 여백작가 계보인 자로 판명됐으니, 백작가의 왕도 저택에 넘겼습니다."

　"그렇군. 수고했다."

　유품이라는 건 설탕 항로에서 표류선이나 침몰선에서 회수한 것들이다.

　사토로서 주인에게 나눠주는 것이 귀찮아서, 에치고야 상회에 의뢰하여 비밀리에 반납했다. 받은 사람들의 답례품이나 사례는, 에치고야 상회의 수수료를 뺀 다음에 자선사업의 자원으로 사용하게 되어 있다.

　"그렇지만, 펜드래건 자작의 이름을 숨기는 것이, 정말로 잘한 일일까요?"

　"그것이 그 애송이의 조건이 아니었나?"

"네. 그건 그렇습니다만, 수많은 귀족에게 은혜를 팔고 인연을 맺을 절호의 기회를, 저희들이 빼앗아버리는 것이 아닌가 하여 마음이 편치 않습니다."

"신경 쓰지 마라, 지배인."

섣불리 인연을 맺어서 바라지 않는 연담이 늘어나도 곤란하거든.

"그걸 아쉬워했다면, 처음부터 『이름을 숨겨달라』라고 말하지 않을 테지."

"……네."

지배인은 참 성실하네.

납득이 안 되는 표정의 지배인 대신, 티파리자가 서적을 한손에 들고 다음 용건으로 이행했다.

"쿠로 님, 재상 각하께서 인재의 수급을 타진하셨습니다."

"어떤 인재지?"

"그것이……."

지배인이 말하기 어려운 기색을 보인 다음, 티파리자가 말을 이었다.

"괴도 피핀과 괴도 샤루루룬 두 사람입니다."

피핀하고는 쿠로의 모습으로, 샤루루룬은 사토의 모습으로 인연이 있었다. 피핀은 경매 회장에서 「기원의 반지」를 훔친 일로 붙잡았고, 샤루루룬은 왕성에서 비보 「용의 눈동자」를 훔친 일로 포박했다. 둘 다 시가 왕국의 관헌에 넘겼으니 재판 뒤에 노예가 됐을 거다.

"괴도? 상회에서 어떻게 쓰라는 거지?"

오히려, 재상 휘하의 첩보 부대에서 활약할 무대가 있을 것 같은데.

"재상 각하는 용사 나나시 님의 정보 수집이나 각종 공작에 쓰는 것이 어떨까 하셨습니다."

그렇군. 그런 인재는 분명히 부족하다. 하지만, 고집이 강한 그 두 사람을 간단히 제어할 수 있을 것 같지도 않다. 괜한 고생을 짊어질 바에는, 공간 마법과 쓸데없이 많이 있는 스킬로 어떻게든 할 거다.

"나나시 님에게 그러한 인재는 필요 없다."

"그 밖에도, 지점 출점을 할 때 정보 수집이나 범죄 길드와 연줄 등, 갖가지 이용법이 있습니다."

"상회에서 쓸 길이 있다면 상관없다. 도망치는 발이 빠른 녀석들이다. 기밀 정보에는 가까이 두지 말도록."

"알겠습니다. 다만, 노예 수급에는 한 가지 조건이 있다고 해서⋯⋯."

"―조건?"

"피핀과 샤루루룬이 각자 하나씩 소원이 있다고 합니다."

"어떤 거지?"

"그것은 쿠로 님과 만난 다음에 말을 한다고⋯⋯."

"알았다."

조금 신경 쓰이니까, 에치고야의 일과 물자 회수를 마친 다음에 가볼까.

나는 개척 마을이나 광산의 진척을 확인하고, 일본인 전이자인 아오이 소년이나 그의 스승인 회전광 쟈하드 박사의 연구 보고를 들었다.

"역시 쟈하드 박사로군. 벌써 신형의 시험작을 만들기 시작했나."

"네. 조수인 아오이 군도, 2중회전식 공력 기관을 사용한 『드론』이라는 것을 개발하고 있다고 합니다.

참으로 일본인 전이자다운 발상이군.

가능하면 군사적으로 쓸 수 있는 기술이 아니라, 거품 펌프병 같은 일상생활에 도움이 되는 걸 개발해주면 좋겠다.

아오이 소년에게는 미궁 하층의 전생자들에게 들은 신들에게 금기 취급당하는 기술에 대해서 말을 해뒀으니, 최악의 사태는 일어나지 않을 거라 생각한다. 하지만 과학자라는 인종은 어쩌다 호기심에 폭주하는 경우가 있으니까, 되도록 자주 체크하는 체제를 만들어두는 편이 좋을지도 모르겠네.

그리고 괴도 두 사람의 소원 말인데, 샤루루룬의 부탁은 범죄 길드에 납치된 남동생의 구출이고, 피핀 쪽은 그의 누나를 가지고 놀다가 살해한 악덕 귀족을 처벌해달라는 것이었다.

맵 검색으로 금방 조사가 끝났으니 뚝딱 남동생 군을 구출하고, 덤으로 범죄 길드를 물리적으로 괴멸시켰다. 악덕 귀족 쪽도 악행을 조사하여 사회적으로 파멸시켰다.

이튿날 아침에 그것을 그들에게 말해주니, 남동생 군과 함께 괜히 감사를 받아 버렸다. 시간 날 때 한 일로 감사를 받는 것은 나쁘지 않지만, 묘하게 진지한 표정으로 충성을 맹세하는 것은 조금 사양하고 싶었다.

에치고야 상회의 지배인이 내 대리라고 해뒀으니, 이제부터는 지배인이나 티파리자가 전직 괴도들을 잘 써주겠지. 전직 괴도 두 사람의 주인으로는 지배인을 지정해뒀다.

◆

"……어째서, 사람들은 다투는 걸까?"

비스탈 공작 저택의 베란다에서 밤하늘을 올려다보며 울적한 분위기를 내는 것은, 공작의 막내딸인 어린 소미에나 양이었다.

"참 곤란하네~."

"누, 누구시죠?!"

내가 어둠 속에서 말을 걸자, 소미에나 양이 경계심을 드러내며 품속의 호신검에 손을 댔다.

"안녕? 멋진 달이야."

"—용사님!"

비스탈 공작 저택 습격 사건에서 만난 걸 기억해주는 모양이라 다행이군.

사토로 올까 생각하기도 했지만, 비스탈 공작이 반란 진압군의 제2진과 함께 왕도를 출발한 다음이라서, 그걸 이유로 영애와의 면회를 거부당해 버렸다.

"어째서 저한테?"

"우~응. 사실은 아는 사람이 너를 걱정하고 있어서. 뭔가 고민하고 있으면 고민이라도 들어달라고 부탁을 받았어."

"아는 사람— 그렇군요. 그 분이······."

소미에나 양이 양손을 맞잡고 묵도했다.

"용사님이라면, 전쟁을 멈출 수 있나요?"

"나는 인간들 사이의 다툼에는 개입하지 않기로 하고 있어."

소미에나 양에게는 미안하지만, 건장한 직업 군인들마저도 PTSD가 걸릴 법한 장소에 고개를 들이미는 건 사양하고 싶다. 정신 내성 스킬이나 공포 내성 스킬 같은 걸로 어떻게 될 거라 생각하지만, 피로 피를 씻는 살벌한 장소는 거북하단 말야.

"그렇, 군요······. 그렇다면, 오라버니— 트리엘 오라버니에게 편지를 전해주실 수 있나요? 상냥한 오라버니라면, 분명히 전쟁을 멈춰주실 거예요."

"알았어. 그 정도라면, 도와줄게."

자기 이상을 나아가기 위해서 친부모마저도 죽이려고 한 인간에게, 그녀의 상냥한 부탁이 닿을 것 같지는 않았다. 하지만, 그걸로 그녀의 마음이 풀린다면 그건 그거대로 좋다.

나는 소미에나 양이 편지를 다 쓰는 걸 기다리고, 그녀가 애용하는 리본이 첨부된 편지를 아이템 박스에 수납했다.

"분명히 받았어. 이 편지는 반드시 트리엘 군에게 전달해줄 테니까 안심해."

"네, 용사님."

고개를 끄덕이는 소미에나 양의 눈꼬리에 눈물이 떠올라 있다. 그것을 손가락으로 닦아주고, 나는 그녀에게 손을 흔들며 밤하늘로 날아올랐다.

그녀를 내려다보자, 언제까지고 나를 바라보고 있었다.

요요크 왕국의 용건을 마치면, 전쟁 종결에 조금 정도는 힘을 빌려줘도 되려나.

◆

"시스티나 전하, 일부러 배웅을 해주셔서 감사합니다."

"아뇨. 제자로서 당연한 일이랍니다. 선생님이 왕도로 돌아오실 때까지 과제를 해두겠어요."

출발하는 날, 시스티나 왕녀가 일부러 왕도 저택까지 배웅하러 와주었다. 호위 메이드 두 사람이나 「벗지기」 아테나 양도 함께다.

"보르에난의 미사날리아! 전에는 참패했지만, 다음은 안 질 거야."

"응, 기대."

아테나 양의 도전을 미아가 여유로운 표정으로 흘려냈다.

"카리나 언니, 사토 님을 꼭 함락시켜주세요."

"저, 저는 사토에게 한 번 차였는걸요."

"그렇게 마음이 약해서 어쩌실 건가요! 한 번 차인 정도가 어떻다고요! 언니의 그 미모와 몸으로 밀어붙이면, 한창 나이의 남자애는 한 방이랍니다. 몇 번이든 도전하면 사토 님도 훌쩍 넘어올 거예요."

메네아 왕녀가 작은 소리로 카리나 양을 부추기는 걸 엿듣기 스킬이 포착했다.

카리나 양의 마유는 공격력이 절대적이니까, 정말로 훌쩍 넘어갈 것 같아 무섭다.

—손님은 그 밖에도 많다.

타마한테는 조각 공방 사람들이 배웅하러 왔다.

"아직 내정이지만, 네 조각이 품평회에서 심사위원 특별상을 탔다."

"오우, 그레이트~?"

굉장하군. 나중에 축하해줘야겠는걸.

"젊은 나리, 이건 지배인이 보낸 거예요."

"이건 종업원 일동이 보낸검다."

에치고야 상회에서 지배인의 대리로 돌 늑대를 탄 귀족 아가씨 로우나와 붉은 머리의 넬이 왔다.

"고마워요, 로우나 공, 넬 씨. 에르테리나 지배인이나 여러분에게 사토가 감사해했다고 전해줘요."

"응, 전해둘게."

"알았슴다!"

포장을 해두긴 했지만, 작별 선물은 쿠로로 들렀을 때 이야기가 나온 두루마리 3개다. 필요해질 때까지는 사장해두면 되겠지.

넬 쪽은 구운 과자나 벗연어의 뼈다귀 전병이 포장되어 있었다. 여행의 간식으로 딱 좋네.

작별이 어느 정도 끝난 참에, 관광성의 장갑 마차를 선두로 추가 대여된 마차 3대에 나눠 탔다.

"그러면, 이만 갈게."

히카루가 쓸쓸한 표정을 짓기에, 마차에 타기 전에 다시 한 번 말을 걸었다.

"밤에 통화하자."

"응, 여행의 안전을 기도할게."

"고마워. 나도 히카루가 『히카루의 스즈키 이치로』를 만날 수 있도록 기도할게."

"……응."

히카루의 표정이 조금 밝아진 것을 확인하고, 나는 마차에 올라탔다.

아쉽긴 하지만, 배웅하는 사람들에게 손을 흔들며 출발했다.

""""미아 선생님~! 아리사 선생님~!""""

왕도의 남문 앞에는 미아나 아리사를 따르는 마법 학사의 교장, 교사, 학생들이 기다리고 있었다.

그 안에는 포치와 타마의 절친인 치나 양과 아우들도 있었다.

서로 작별의 말을 충분히 나눈 참에, 아쉬움에 이끌리면서도 마차를 발진시켰다.

"여행의 곡."

어디선가 들리는 곡에 미아가 귀를 기울였다.

왕도의 외벽탑 위에서, 악성 씨 일행이 미아와 우리들을 위해서 배웅의 곡을 연주해주었다.

상당히 화려한 여행의 출발이다. 떠들썩한 배웅에 왕도 사람들도 흥미진진한 시선을 보낸다.

"루루 선생님~! 나나 선생님~!"

"쉐린……."

"생도 쉐린, 또 만나는 날까지 정진하라고 고합니다."

움직이기 시작한 마차를 따라 달리며, 쉐린 양이 달리면서 손을 흔들었다. 그녀도 배웅하러 달려와준 모양이다.

"포치, 타마!"

"""포치 누님! 타마 누님!"""

"절치인~."

"아우들도 또 만나는 거예요!"

넘어질 것처럼 마차를 따라 달리는 아우 소년소녀들이나 건장한 기사에게 안긴 채 따라오는 치나 양에게, 타마와 포치가 창에서 몸을 내밀어 손을 흔들었다.

이윽고 마차가 속도를 올려서 아이들의 모습이 가도 너머로 보이지 않게 됐다.

친해진 사람과 작별하는 건 쓸쓸하지만, 또 언제든지 놀러 올 수 있고 여행지에서 또 새로운 만남도 있다. 작별을 슬퍼하기보다, 재회했을 때 유쾌한 이야기를 할 수 있도록 여행을 즐기는 게 좋을 것 같았다.

따끈따끈한 봄의 햇살이, 즐거운 여행을 예감하게 해주었다.

미궁도시

"사토입니다. 업무의 개선이나 효율화는 사회인에게 필수적인 일입니다만, 상사가 비용 절감 주의자일 경우 자신의 목을 조르게 됩니다. 나날의 여유가 근사한 상품의 원천이라고 생각하는데 말이죠……."

"이렇게 마차로 여행하는 것도 오랜만이네."

왕도를 출발한 우리는 4대의 마차에 나눠 타고서 이동하고 있었다.

"주인님, 남문에서 나왔을 때부터 신경 쓰인 건데, 곧장 미궁도시로 가는 거 아냐?"

그러고 보니 자세하게 설명하질 않았네.

"남쪽에 있는 미마니까지 마차로 가서, 거기서부터 강을 따라 배를 타고 분기 도시까지 갈 거야."

"헤에, 강을 따라가는 거, 어쩐지 즐거울 것 같아."

미궁도시와 왕도 사이는 기본적으로 공로나 전이로 다녔으니까, 릿튼 백작부인의 살롱에서 듣고 한 번 타보고 싶었단 말이지.

그런 대화를 나누면서, 우리들의 마차는 호숫가에 있는 미마니에 도착했다.

전세 마차는 도시에서 되돌아가고, 관광성의 골렘 말과 장갑 마차는 카리나 양 일행의 눈길이 안 닿는 장소에서 아리사의 공간 마법 「격납고」로 만든 아공간에 수납했다.

"호수."

"여기는 휴~양지인 거예요!"

"치나가 그랬어~."

미마니는 왕도에서 가까운, 귀족을 비롯한 부유층의 휴양지였다.

포치와 타마 두 사람은 유년 학사의 소풍으로 온 적이 있으니까, 그때 케르텐 후작가 영애인 치나에게 휴양지라고 들은 모양이다.

"후~응, 휴양지라서 그런지 거리가 예쁘네."

"예스 아리사. 집집마다 베란다에 장식된 꽃들이 작아서 귀엽다고 고합니다."

"호수에서 부는 바람도 상쾌해요."

아리사, 나나, 루루도 이 도시가 마음에 든 모양이다.

"위트는 빙글빙글 도는 것이 신경 쓰입니다!"

"저건 풍차라고 보고합니다."

"가까이서 보고 싶다고 선언합니다."

막내인 위트를 선두로, 나나의 자매들이 도시 안에 서 있는 풍차탑을 향해서 달려갔다.

"—잠깐! 기다리세요, 당신들!"

장녀 아진이 자매들을 막으려고 황급히 달려갔다.

어느 시대든 상식인이 손해를 보는 법이다.

나는 자매들 뒤를 지켜보면서, 아진에게 공간 마법 「원거리 통화」를 걸어서 당황하지 않아도 된다고 전했다.

"호수 경계에 작은 배가 잔뜩 있군요."

"저건 어선~?"

"그물로 잔뜩 고기를 잡는 거예요!"

리자의 발견에, 타마와 포치 둘이 보충했다.

"맛있는 생선을 기대할 수 있겠는걸요."

"밥이 기대되네요, 카리나 님."

카리나 양과 호위 메이드인 에리나가 기대로 눈빛을 반짝였다.

"두 분은 이 예쁜 광경을 보고 하는 말이 그건가요……."

주인과 선배의 대화를 들은 신입 아가씨가 쓴웃음을 지으며 그렇게 중얼거렸다.

뭐, 식욕이 있는 건 좋은 일이야.

"벚연어가 아니라, 송어 요리가 나온 건 뜻밖이었어."

"송어 아저씨도 맛있었던 거예요!"

"예에스~?"

포치와 타마에게 항의를 받은 아리사가 「물론, 맛있었어」 하고 말을 덧붙였다.

왕도의 살롱에서 소문으로 들었던 도시 제일의 레스토랑은 그 평판에 어긋남이 없는 맛이었다.

"생선 구이도 좋았지만, 버터 풍미가 농후한 뫼니에르도 맛있었어요."

"네, 그건 일품이었습니다."

루루의 말에 리자가 고개를 끄덕였다.

"트리아는 뫼니에르 만드는 법이 신경 쓰입니다!"

"미궁도시에 도착하면 함께 만들어봐요."

"예스 루루. 트리아는 기대됩니다!"

자매의 삼녀 트리아가 루루와 그런 약속을 나누었다.

"버섯 구이, 맛있어."

"예스 미아. 식후의 감미도 맛있었다고 고합니다."

"그 구운 사과는 루루나 사토가 만드는 것에 필적할 정도로 맛있었답니다."

"응, 동의."

"위트는 달콤한 거라면 얼마든지 먹을 수 있다고 고합니다!"

막내 위트가 말하자, 자매의 다른 애들도 나란히 고개를 끄덕였다.

이곳 요리는 신선한 식재료에 특산품인 오우미 소의 버터나 라라기산 설탕을 듬뿍 사용해서 무척 사치스런 맛이었다.

모두 마음에 든 모양이니, 도시를 출발하기 전에 신선한 미마니 호의 벽옥 송어와 오우미 소의 버터를 사들여야겠는걸.

◆

"시장에서 시간을 잡아먹어서 늦지 않을까 싶었어."

"아슬아슬했네."

뭐, 늦었어도 미마니에서 하루 묵으면 되지만 말야.

배는 8인승이었지만, 아이들 몸집이 작아서 배 두 척에 모두 탈 수 있었다.

뒤쪽 배에는 나나를 포함한 자매들이 타고, 나머지가 나랑 같이 앞쪽 배에 탔다.

"선장 아저씨는 봉으로 싸우는 거예요?"

"이 강에는 어지간하면 마물 같은 건 안 나와. 이 노는 배를 앞으로 보내거나, 배의 방향을 바꾸는 키의 역할을 하거나 하는 거지."

"오우 그레이트~?"

포치의 질문을 들은 사공이 털털하게 대답했다.

뒤쪽 배에서도 호기심 왕성한 위트나 자매들에게 질문을 받은 젊은 사공이, 얼굴이 새빨개져서 대답하고 있었다.

"배로 느긋하게 여행하는 것도 좋네~."

"응, 우아해."

바람도 기분 좋고, 이 강을 배로 가는 건 정답이었군.

"아! 물고기가 보인 거예요!"

"잡을 수 있어~?"

"아가씨들, 몸을 너무 내밀면 떨어진다."

"괜찮으이~?"

"그런 거예요! 포치는 떨어지지 않는 거예요."

"두 사람. 사공 아저씨를 난처하게 만들면 안됩니다."

리자가 타마와 포치의 허리띠를 잡아끌어 자리에 앉혔다.

참고로 카리나 양도 두 사람에게 이끌려 몸을 내밀려고 했지만, 물에 빠지는 결과밖에 예상되지 않아서 에리나와 신입 아가씨에게 눈짓을 하여 막아 두었다.

"이제 슬슬 급류가 시작되니까, 배 난간이나 안전그물을 붙잡도록 해. 작은 아이는 언니나 오빠가 꼭 붙들어줘. 물보라에 젖는 게 싫으면 발치에 방수 천이 있으니 그걸 쓰고."

사공이 주의를 주었다.

우아한 여행은 잠시 중단인가 보다.

"응, 안아줘."

"미아, 독점은 안 돼!"

"반씩."

내 무릎에 둘이서 올라가는 것보다, 좌우에 앉는 편이 안정이 된다고 생각하는데…….

타마가 무릎 쟁탈전에 참가하려고 사사삭 움직이려고 했지만, 리자의 견고한 홀드에 져서 포기했다. 귀를 폭 눕힌 표정이 귀엽군.

"급류에 들어간다~!"

사공이 물보라로 하얗게 변한 급류를 향해 배를 몰았다.

"""꺄아아아아!"""

노를 움직이는 소리가 계곡에 울리면서 뱃머리가 돌아갈 때마다 환성이 오르고, 뱃전을 넘어서 물보라가 날아올 때마다 즐거운 비명이 계곡에 울렸다.

바람 마법이나 술리 마법으로 물보라를 저지할까 생각했지

만, 물보라를 맞는 것도 급류 타기의 즐거움이라고 생각을 고쳐서 마법은 쓰지 않았다. 급류가 끝나면 생활 마법으로 말리면 되니까.

"하아아, 즐거웠어~."

아리사의 말인가 했는데 루루였다.

눈빛이 반짝반짝 빛나고 볼이 상기되었다. 현대의 유원지에 데리고 가면 제트 코스터나 프리폴에 푹 빠질 것 같군.

"한 번 더! 포치는 한 번 더 **급급류**타기를 하고 싶은 거예요!"

"타마도, 원 모어 찬스~?"

"기회가 있으면 저도 또 한 번 타고 싶어요."

타마랑 포치, 신입 아가씨 셋도 루루와 마찬가지로 급류 타기가 즐거웠던 모양이다.

카리나 양도 즐거웠던 모양이지만, 배에서 떨어지지 않으려고 너무 힘을 준 탓에 난간을 으스러뜨려서 깜짝 놀라 강에 떨어질 뻔했다.

"신입은 터프한 것 같습다."

"나도 한 번이면 됐어. 눈이 돌아갈 것 같아."

의외로 에리나와 아리사는 한 번이면 충분한 모양이다.

"강변에는 마물이 없었습니다만, 벼랑 사슴이나 회색곰이 꽤 있었습니다. 바위 뒤쪽으로 물고기의 그림자도 짙었고, 강가를 여행하는 것도 즐거운 것 같군요."

리자는 뛰어난 동체시력으로 사냥감을 물색했던 모양이다. 참으로 리자답다.

나도 즐거웠으니, 다음에는 히카루나 왕도의 아는 사람들을 초청해보는 것도 좋을 것 같네.

급류 타기에서 반시간 정도 지나 선착장에 도착하여, 거기서 부터 역마차에 나눠 타고서 분기 도시 케르톤으로 갔다.

여기서 귀족용 여관에 하루 묵고, 이튿날 아침에는 흙 마법으로 사람 수 만큼의 골렘 말을 만들어서 평범한 말로 위장해 미궁도시까지 타고 갔다. 지칠 줄 모르는 골렘 말은 빨랐다.

◆

"도착~?"

"오랜만에 미궁도시네."

미궁도시에 도착한 우리는 동쪽에 있는 귀족용 문으로 들어섰다.

"여기까지 꼬치구이의 냄새가 나는 것 같은 거예요!"

눈을 가늘게 뜨고서 킁킁 냄새를 맡는 포치에게 쓴웃음을 지으며, 모두에게 저녁 식사까지 자유행동을 허가했다.

"나는 태수 각하한테 인사를 하러 가야 하지만, 다른 사람들은 좋아하는 곳에 놀러 가도 돼."

인사를 하러 간다고 해도, 모래나 흙먼지를 뒤집어쓴 여장 그대로 방문하는 건 실례가 된다. 저택에서 몸가짐을 정돈한 다음에 방문할 예정이었다.

"아~! 젊은 나리다!"

"어서 오세요, 젊은 나리!"

미로 같은 미궁도시의 길을 나아가자, 여기저기 우리를 발견한 사람들이나 탐색자가 손을 흔들어준다.

나와 동료들은 그것에 응답하여 인사를 하며 저택으로 돌아갔다.

"""어서 오세요, 주인 나리."""

미궁도시에 도착했을 때 신입 아가씨를 먼저 보냈더니, 메이드장 미테르나 여사를 필두로 저택의 소녀 메이드들이나 애기 메이드들이 정렬하여 맞아주었다.

"포치는 기랑 다리한테 인사하고 오는 거예요."

"타마는 소랑 류한테, 다녀왔다고 인사~?"

포치와 타마 둘이, 마구간에 있는 말이나 주룡을 보러 달려갔다.

"""사작님~."""

"""어서 오세요~."""

나를 발견한 애가 가르쳐 줬는지, 양육원의 아이들이 넘어질 것처럼 정문으로 달려와서 인사를 해주었다.

"""젊은 나리~!"""

이번에는 탐색자 학교의 졸업생「펜드라」들이다. 낯익은 얼굴도 있는 것을 보니, 재학생도 함께 온 모양이다. 그 뒤에는 교사를 하고 있는 카지로 씨나 아야우메, 그리고「아리따운 날개」의 이르나와 지에나의 모습도 보였다.

"사토 공!"

"펜드래건 사작— 아니, 자작님. 승작을 축하드립니다."

"그래그래. 잊을뻔했느니라. 자작으로 승작을 축하하노라."

노로크 왕국의 미티아 왕녀와 듀케리 준남작영애 메리안이 다가왔다. 그녀들 뒤에는 태수3남 게릿츠 군이나 토케 남작가의 루람 군을 비롯한 소년들도 있었다.

"고맙습니다. 미티아 전하와 메리안 공도 성인하신 것 축하드립니다."

내 축하에 두 사람이 조금 쑥스러운 기색으로 웃었다.

더욱이 이웃 사람들이나 계약 농가 사람들까지 찾아와서, 그것에 대응하는 사이에 해가 져버렸다.

어쩔 수 없으니, 태수에게 인사는 내일 해야겠는걸.

예약도 없이 가는 것도 좋지 않으니, 미테르나 여사에게 말해서 편지를 보냈다.

그리고 집무실에서 급한 일을 처리하고 있는데, 내 귀에 정원에서 바비큐를 하는 아이들의 목소리가 들렸다.

"아리사! 나, 글자 배웠다!"

"나는 계산도 배웠어, 아리사!"

양육원의 연장자 팀이 아리사에게 자신들의 성과를 자랑했다.

"헤헹, 나는 영창할 수 있게 됐어!"

어이쿠, 그건 굉장한데.

미궁도시를 출발할 때 생활 마법으로 스커트를 뒤집은 남자애 말고 다른 여자애다.

상당히 노력한 모양이니, 학업이 우수한 아이를 왕도의 유년학사에 유학 보내는 것도 좋을 것 같네.

"아이들이 하숙하면 히카루의 쓸쓸함도 좀 줄어들까?"

그런 혼잣말을 하면서, 적당한 메모 용지에 생각난 것을 메모해 두었다.

"주인님~! 얼른 와~! 고기 다 먹어 버릴 거야~!"

정원에서 나를 부르는 아리사에게 「금방 갈게」라고 외쳐서 대답하고, 집무실을 나섰다.

제나 씨 일행 세류 백작령 분들도 바비큐 대회에 부를까 해서 심부름꾼을 보냈는데, 미궁으로 원정 중이라 없다고 한다. 조금 유감이군. 다음에 날을 다시 잡아서 불러야겠네.

그 다음에도 한 손에 술병을 든 길드장과 술을 좋아하는 길드 직원들이 나타나거나, 여우 장교와 대장 씨를 거느리고 에르탈 장군이 몰래 찾아오거나, 너무 신나서 불 마법으로 연회 재주를 부리기 시작한 길드장을 비서관인 우샤나 씨나 상담관인 세베르케아 양이 황급히 말리거나, 실언을 한 여우 장교가 대장 씨에게 꿀밤을 맞는 장면이 있는 등, 참으로 떠들썩한 밤이었다.

◆

"펜드래건 경, 귀군의 승작을 축복하지."

나는 태수의 궁전에서, 본래 녹색 귀족이었던 포프테마 전 백작과 재회했다.

마족의 정신 마법으로 조종당하고 있을 무렵과 달리, 오늘의 그는 이어요 말투나 녹색의 화장이 없어서 보통 귀족 같았다.

"포프테마 각하가 쾌차하셨으니 기쁜 일입니다."

"그래. 이것도 엘릭서를 구해주신 태수부인과, 그 엘릭서를 『계층의 주인』 토벌로 얻은 펜드래건 경 덕분일세."

전에 만났을 때는 마족 루더만 소동으로 하반신을 잃어 태수궁전의 마법장치로 연명하는 상태였지만, 지금은 태수부인이 경매에서 낙찰한 엘릭서를 사용해 건강한 상태로 돌아왔다.

"우후후. 두 사람은 그런 곳에서 이야기하지 말고 어서 앉으세요."

기분이 좋은 태수부인의 재촉을 받아서, 우리는 살롱의 착석감 좋은 소파에 앉았다.

"오늘의 다과회 화제는 펜드래건 경이 명예사작에서 자작으로 승작한 기적에 대해서, 같은 건 어떨까요?"

"그건 제가 모르는 곳에서 어느 틈엔가 정해진 일이라, 그다지 이야기할 만한 것은 없습니다만―."

일단 그렇게 서론을 꺼내고, 내가 아는 일을 이야기했다.

"어머나아, 남작으로 신청했는데 자작으로 승작한 건가요?"

"그건 굉장하군. 그렇다면 폐하께서 준남작이나 남작으로는 부족하다고 판단하여, 자작으로 승작을 정하신 거겠지. 이것은 내가 아는 한, 전례가 없는 일이야."

"저도 들어본 적이 없어요."

정보통인 포프테마 전 백작이나 태수부인이 말하는 걸 보니, 어지간히 희귀한 경우인 모양이다.

국왕 앞에서 어떤 일을 했는지 물어봤지만, 성기사단의 본부에서 나랑 동료들이 시가8검 사람들과 훈련을 하거나, 마화 떨치기 의식에 난입한 대형 마물 퇴치에 협력을 한 정도라고 사실대로 말했다.

쿠로나 나나시로서도 이래저래 암약했지만, 그건 「사토」의 공적이 아니라 제외했다.

"그렇군. 그 정도 활약을 했다면, 폐하께서 장래를 기대해버리는 것도 순리라 할 수 있어."

"지금이라도 시가8검에 들어가겠다고 하는 건 어떨까요? 펜드래건 경이나 키슈레시가르자 공이라면 충분히 자격이 있다고 생각하는걸요?"

태수부인의 반쯤 농담 같은 부추김을 웃으며 부정했다.

시가 왕국의 수호자 같은 포지션은 세계를 여행하고 다니려는 나에게는 족쇄가 되니까.

그런 건 더욱 애국심이나 야심이 넘치는 사람한테 맡겨야지.

"그리고 재상 각하께서 관광성의 부대신으로 임명을 해주셨으니, 얼마 동안은 그쪽 직무에 매진하고자 생각하고 있습니다."

태수부인이나 포프테마 전 백작은 얼굴을 마주보더니, 「아아, **그거**」라고 말하고 싶은 표정이 되었다.

"펜드래건 경이라면 적임일지도 모르겠어요."

"그 견원지간이던 로이드 후작과 호엔 백작을 중재할 수 있었던 펜드래건 경이라면 괜찮을 겁니다."

"그러고 보니, 변덕스럽고 까다롭기로 유명한 브라이브로가 왕국의 스마티트 왕자하고도 친해졌다고 엠마가 편지에 썼던데요. 어떻게 그 왕자와 친해진 건가요?"

나는 괴도 샤루루룬이 훔친 브라이브로가 왕국의 비보 이야기를, 재미있는 추임새를 넣으며 두 사람에게 들려주었다.

이야기는 대략적으로 호평이었지만, 브라이브로가 왕국의 요리가 맛있었다는 부분에 관해서는 미묘한 표정을 지었다. 그 나라의 요리는 그다지 일반적이지 못한 모양이네.

"관광 부대신에 취임했다면, 또 왕도로 가버리는 건가요?"

"아뇨, 왕도에는 가지 않습니다. 새로운 동료들이 수행할 준비를 갖추고 나면, 중소국을 여행할 예정입니다."

"중소국— 대륙 서방에 갈 거라면, 전란에 말려들지 않도록 정보수집을 게을리하지 말게. 특히 파리온 신국 주변은 분쟁이 끊이지 않지. 그 나라는 파리온 신의 위광으로 주변 국가의 분쟁에 개입하여 중재를 하고 있는데, 주변 나라들은 그다지 좋게 생각하지 않아. 들를 거라면 특히 주의하게나."

포프테마 전 백작의 충고를 받았다.

우리들이 당장 가려는 목적지는 시가 왕국의 북쪽에 있는 중앙 소국군이니까 파리온 신국으로 관광을 하는 건 꽤 나중이 되겠지만, 메모장에 지금 그 이야기는 적어둬야겠는걸.

"여행에는 카리나 공도 함께 가나요?"

"아뇨. 그녀는 미궁도시에 남아서 수행을 계속한다고 합니다."

덤으로, 카리나 양과 나나 자매의 후견을 태수부인에게 부탁했다.

태수부인이 흔쾌히 받아들여주기에, 그 참에 그녀가 엘릭서에 쏟아 부은 것과 같은 금액의 금화를 미궁도시의 사업에 투자하고 싶다고 말했더니 싱겁다면서 혼나고 말았다.

이야기의 순서 탓에 후견의 대가로 받아들여 버린 모양이다.

내가 정정하자, 투자를 받아 주었다.

투자한 자금은 실험 농장의 확장과, 수습 기술자나 수업을 시작한 젊은이에게 대여해 주는 용도로 쓰인다고 한다. 어쩐지 벤처기업 지원 같네.

◆

태수부인에게 인사를 한 날의 오후, 나는 나나 자매를 데리고 서쪽 길드로 찾아갔다.

"등록을 희망한다고 고합니다!"

자매의 막내인 위트가 자신만만하게 접수처에 신청했다.

"저건 젊은 나리네 새로운 애인가?"

"미인들만 모여 있군."

"너네들 눈은 옹이 구멍이냐! 저거 모두 방패 공주랑 같은 얼굴이잖아!"

"방패 공주가 저렇게나 많이? 이번에는 젊은 나리들끼리만 『계층의 주인』을 토벌할 셈인가?!"

주위의 탐색자들이 술렁거리며 자매들에 대한 이야기를 했다.

접수원이 접시에 올려 내민 탐색자증을 보고 위트가 고개를 갸우뚱 기울였다.

"나무증이 아닌 건가요라고 묻습니다."

"너희들 실력은 어제 연회에서 사토가 보증을 했으니까. 처음부터 청동증이라도 상관없어. 적철 쪽은 마핵을 제대로 정기 납품해서 얻도록 해라."

위트가 길드장에게서 청동증을 받았다.

어제 바비큐 대회에서 자매의 탐색자 등록을 한다는 이야기를 했으니, 미리 배려를 해서 준비를 해준 모양이다.

"길드장님의 배려에 감사드립니다."

"너는 말을 평범하게 하는구나. 크게 다치지 않도록 하고 열심히 해라."

장녀인 아진에게 길드장이 조언을 했다.

금방이라도 미궁에 들어가고 싶다는 자매의 인솔은 나나와 미아 두 사람에게 맡겼다. 아인 소녀들은 아침부터 카리나 양과 함께 미궁에 들어갔으니까.

함께 미궁에 들어간 다음, 아리사와 둘이서 따로 행동한다.

"기점은 평소처럼 제11구역으로 할 거야?"

"아니, 요즘에는 그곳에도 사람이 많아졌으니까, 인기가 없는 제9구역으로 하자."

우리들이 이야기하는 건 전이 거울을 설치할 장소 고르기다. 이 전이 거울을 설치하여, 나나의 자매들이 미궁 안쪽까지 들어갈 수 있도록 배려할 생각한 거다.

"아무도 없네~. 여전히 소외된 구역이야."

"그래서 고른 거야."

제4구역과 제9구역의 경계까지는 아리사의 공간 마법으로 건너뛰고, 그곳에서부터는 아리사를 안고서 천구로 이동을 시작했다.

"이 근처야?"

"조금 더 안쪽으로 가자."

맵을 보니 이 앞에 있는 막다른 길에 적당한 높이 차이가 있어서, 전이 거울을 숨겨 설치하기에는 최적이라는 걸 알았다.

그곳까지는 재빨리 천구로 이동했다.

통로 쪽에서 보이지 않는 위치에 흙 마법「석제 구조물」로 계단을 만들어야겠네.

"용케 이런 장소를 발견했네."

"아리사의 공간 마법으로도 알 수 있을걸?"

"에이, 이렇게 복잡한 장소의 조사는 어지간해서는 안 하잖아."

아리사와 이야기하며 전이 거울을 꺼냈다.

"우와 크다."

아리사가 대형 전이 거울을 보고 놀랐다.

이 전이 거울은 왕도 저택과 비밀기지를 연결하는 것에 사용한 것과 달리, 장치가 거대하고 한 쌍의 장치 사이에서만 전이를 할 수 있는 하위 호환품이다. 그 대신 비교적 낮은 노력과 비용으로 제작할 수 있는 데다가, 거대한 크기가 도난 방지에 도움이 되니까 생각보다 나쁘지 않다.

이 장소에서는 미궁의 세 군데로 전이할 수 있도록 할 예정이라서, 세 쌍의 거울을 준비했다.

전이 거울 앞에 사용법 설명을 적은 석비를 흙 마법 「석제 구조물」로 만들었다. 아리사의 제안으로 문맥을 「수수께끼」 풍으로 했으니, 그럴 듯한 분위기가 나온다.

"전이할 곳은 어떻게 갈 거야?"

"우리가 사냥에 쓰고 있던 장소니까 평범하게 「귀환전이」로 갈 수 있어."

전이할 곳은 위험이 적은 마물이 많은 장소를 골랐다. 각각, 레벨 10대, 레벨 20대, 레벨 30대의 사냥에 최적 포인트였다.

가볍게 이동하여, 아리사의 도움을 받아 아까 것과 짝이 되는 전이 거울을 설치했다.

전이 거울에 달려있는 투입구에 마핵을 던져 넣으면 기동하는 구조다.

"여기는, 카리나 님이나 자매들만 쓸 수 있어?"

"아니, 제나 씨나 펜드라한테도 개방할 예정이야."

"세류 백작령의 병사들한테도?"

"물론이지. 최종적으로는 일반 탐색자들에게도 개방할 생각이야."

사용을 제한하기 위해서, 처음에는 특정한 아이템을 가진 자만 통과할 수 있도록 할 예정이다.

아이템은 전이 거울에 관리자 권한으로 등록만 하면, 파란 리본이든 춤추는 개구리 인형이든 뭐든지 괜찮다.

"세 군데뿐인데, 금방 포화되지 않을까?"

"괜찮아. 이 세 군데는 인접한 구역으로도 갈 수 있으니까."

중간에 「구역의 주인」이 지나가는 위험지대도 있지만, 모두 덩치가 큰 녀석들이니 어지간히 소란스럽게 이동하지 않는 한 접촉을 회피할 수 있을 거다.

나는 그런 이야기를 하면서, 제나 씨 일행용으로 만든 사냥터 시설과 같은 것을 전이처의 구역에 만들고 다녔다.

오늘은 지쳤으니까 자매들이나 카리나 양에게 가르쳐주는 건 내일 해야겠네.

◆

이튿날부터, 서둘러 자매들이 나나와 아인 소녀들의 에스코트를 받으며 전이 거울을 설치한 곳에 있는 미궁 탐색을 하러 갔다. 카리나 양 일행도 함께다.

레벨 10 코스에는 미궁 개구리 구역이 있으니, 오늘 저녁은 개구리 고기 튀김으로 결정이군.

제나 씨 일행도 아직 미궁을 탐색하고 있는 모양이니까, 아이들의 유학 건으로 왕도의 히카루를 만나러 가기로 했다.

미츠쿠니 공작 저택으로 전이하자, 히카루가 웃으며 맞아주었다.

이곳에는 메이드들도 있으니, 후드를 깊숙하게 뒤집어쓰고 방문했다.

"이치로 오빠!"

전에는 「사토」라고 불렀는데, 또 「이치로 오빠」로 돌아왔군.

히카루가 메이드들을 내보내자 후드를 내렸다.

"오늘은 어쩐 일이야? 며칠 안 지났는데, 나를 만나고 싶어졌어?"

"송어 요리를 나눠주는 거랑, 조금 상담하고 싶은 게 있어서."

"미마니 호수의 벽옥 송어 요리다! 이거 맛있어~."

히카루는 일단 송어 요리에 기뻐한 다음, 「상담은?」이라고 물었다.

"미궁도시에서 양육원 운영한다는 얘기는 전에 했었지? 거기서 성적이 좋은 아이들을 왕립학원으로 유학 보내고 싶거든. 히카루에게 후견인과 하숙집 관리인을 부탁하고 싶은데 괜찮을까?"

"할래할래! 관리인 하고 싶어!"

굉장히 신이 났군. 이렇게 반응이 좋으니까, 왕도에 놔두고 가는 게 조금 켕긴다.

태평해 보이지만 쓸쓸함을 타는 면이 있으니까, 아이들 보살필 수 있는 게 기대되는 거겠지.

"하숙 장소는 내 왕도 저택을 생각하고 있는데, 유년 학사랑 가까운 장소에 새롭게 빌리는 편이 좋을까?"

"으~음, 펜드래건 저택은 조금 머니까, 그러는 편이 좋을까?"

"그러면, 에치고야 상회에 수배 의뢰 편지를 보내둘게."

"그 정도라면 내가 할게."

컴~온. 하고 손짓하는 히카루에게 사사삭 적은 수배 의뢰 편지와 함께 예산 금화가 든 주머니를 건넸다.

"그렇지! 병아리가 삐약삐약하는 앞치마랑 대나무 빗자루 준비해야지!"

그건 아파트의 관리인이다.

나는 마음속으로 태클을 걸면서, 스토리지에서 꺼낸 앞치마와 대나무 빗자루를 선물했다.

히카루는 이상한 부분에서 오래된 명작 만화 소재를 꺼낸단 말이지.

숙모가 가르쳐 준 거라고 했던가?

"준비성이 좋, 네?"

"앞치마는 나나 취향이야."

나나는 병아리 무늬를 좋아하니까 스토리지에 몇 개 여분을 마련해뒀단 말이지.

나는 그대로 3시의 티타임을 히카루와 보내고, 아쉬움을 느끼는 히카루와 함께 왕도의 거리 산책을 했다. 아무래도 후드만 쓰면 누군가에게 들킬지도 모르니까, 변장 마스크를 쓰고서였지만.

이 정도로 히카루의 쓸쓸함을 달랠 수 있다면 또 놀러 와야겠네.

◆

"마스터, 다녀온다라고 듬직하게 선언합니다."

"트리아도! 트리아도 열심히 하고 옵니다."

위트가 선언하자, 트리아도 지지 않고 주장했다.

왕도에서 돌아온 지 사흘째 아침, 나나의 자매들은 카지로 씨의 지도를 받으며 시험 탐색을 하러 출발했다.

카리나 양도 동행할 예정이었지만, 무노 백작령에서 그녀에게 보낸 짐이 태수 공관에 도착했다는 소식 탓에 불참하게 됐다.

물론, 그 덕분에 미궁에서 돌아온 제나 씨가 선물해준 「환상의 궁정요리」라는 타이틀의 고문서에 적힌 레시피를 함께 재현하게 됐으니까 그렇게 나쁜 일은 아니었다.

특히 요리의 재현에는 카리나 양의 미라클이 빛을 발했으니까.

이날 재현한 것은 「드래곤 스테이크」, 「베히모스와 만드라고라 스튜」, 「피닉스 샐러드」의 세 종류였는데, 모두 대단히 맛이 좋았다.

물론 3종의 요리는 미궁에 가 있던 나나 자매들뿐 아니라, 왕도의 히카루나 보르에난 숲의 하이 엘프인 사랑스런 아제 씨, 더욱이 낙원섬의 레이와 유네이아에게도 가져다 주었고, 모두들 대호평을 해주었다.

"주인님, 부탁드렸던 분이 요리 교실의 선생님을 받아들여주셨어요. 요리 교실용 레시피를 나중에 봐주시겠어요?"

"그래, 알았어."

"마스터, 양육원의 목공 교실을 은퇴 탐색자에게도 널리 퍼뜨리고 싶다는 타진이 있었다고 보고합니다."

"선생님들이 좋다고 하면 오케이야. 자금이나 장소가 필요하다면 말하고."

"사토, 음악 교실."

"그쪽은 이미 준비가 끝났어. 루루의 요리 교실과 같은 건물에 방음 교실을 만들어뒀지. 악기류나 연습용 악보도 상회에 발주했어."

"주인 나리. 진흙 전갈의 스코피 님에게, 서민가의 직업 훈련 시설 건으로 문의가 와 있습니다."

"금방 답장을 쓸 테니까, 심부름꾼에게 기다려달라고 해."

나는 쉴 새 없이 안건을 정리했다.

안건은 지상뿐 아니라 미궁 이야기도 있었다.

"마스터, 위트는 주룡이 가지고 싶다고 고합니다."

"뭐에 쓰려고?"

"미궁 안의 이동에 쓴다고 보고합니다. 척후에게 편리하다고 주장합니다."

나는 위트의 제안을 생각해봤다.

주룡은 답파 능력이 뛰어나고 밤눈도 밝으니까, 미궁 안에서 쓰는 건 좋을지도 모른다.

미궁도시 안에서는 주룡들이 활약할 장소가 거의 없으니까, 뒤쪽 목장에서 달리도록 해주는 것밖에 못해준단 말이지.

"알았어. 한 번 시험해봐. 주룡이 싫어하면 그건 기각할 건데, 괜찮지?"

"예스 마스터. 주룡은 좋아했다고 고합니다."

아무래도 이미 시험은 해본 모양이군.

나는 안전에 조심하라고 말하며 허가했다.

그런 느낌으로, 1주일 정도 미궁도시에 머무르며 상당히 짙은 나날을 보냈다.

그리고, 미궁도시를 떠나는 날—.

"사토 씨, 파리온 신전에서 받은 여행의 안전을 기원하는 부적이에요."

"고맙습니다, 제나 씨."

배웅을 하러 온 제나 씨에게, 교통안전 같은 부적을 받았다.

"우리는 1년 정도 미궁도시에 있을 예정이지만, 어쩌면 다음 달 정도에는 중간보고를 하기 위해 세류 시로 돌아가는 임무를 받을지도 몰라요."

"그러면, 세류 시 가까운 곳에 들렀을 때는 성이나 병사 숙소에도 들러볼게요."

지금 예정으로는 요워크 왕국에 들른 다음 중앙 소국군을 어슬렁거리면서 사가 제국의 용사 소환진 견학을 갈 셈인데, 제나 씨의 마커 위치에 따라서는 세류 시에 들르는 것도 좋을지 모르겠다.

그도 그럴 것이, 그곳에는 아는 사람이 많다. 포치나 타마는 문전 여관의 유니를, 미아는 해결사의 점장 씨나 나디 씨를, 그리고 리자도 아는 사람을 만나고 싶겠지.

"사토, 이걸."

"이건—."

카리나 양이 내민 것은 뜻밖의 물건이었다.

"—『마를 봉하는 방울』인가요?"

"네, 여행지에서 마족과 만날지도 모르니까, 사토에게 맡기는 편이 좋을 거라고 라카 씨가."

『사토 공에게는 필요 없을지도 모르지만, 마족 놈들이 무고한 백성에게 빙의 했을 때 내쫓을 수단이 있는 편이 좋겠지.』

그렇군. 확실히 마족 리무버가 있는 편이 편리하지.

미궁도시 주변의 마족은 이미 토벌했으니 한동안 마족들도 손을 대지는 않을 거야.

"고맙습니다, 카리나 님. 라카도 배려 고마워."

나는 인사를 하고 방울에 손을 뻗었다.

그 손을 카리나 양이 쓱 당겼다.

"—어?"

볼에 부드러운 감촉이 닿았다.

한 순간이었지만, 카리나 양이 볼에 키스를 한 모양이다.

"길티!"

"잠깐! 뭐 하는 거야!"

철벽 페어가 카리나 양을 떼어낸다.

"이, 이건 여행의 안전을 기원한 것뿐이랍니다."

카리나 양이 볼을 붉히고 변명을 한다.

"타마도 해줘~?"

"포치도 안전 기원의 쪽을 해주는 거예요."

타마와 포치가 카리나 양에게 졸랐다.

"카리나님, 장해!"

"이야~ 카리나 님이라면 중간에 포기할 거라고 생각했습니다."

"잠깐 에리나 씨. 갑자기 삐치지 마세요. 질투할 거면 자작님에게 허그 한 번 정도는 하지 그래요?"

카리나 양의 호위 메이드인 에리나와 신입 아가씨가 그런 대화를 나누었다.

"잠깐, 제낫치! 우물쭈물거리지 말고 반대쪽 볼에 키스를 해야지!"

"그렇지! 지금 안 하면 탈락할 거야!"

"잠깐, 여러분……."

"—얼른!"

동료인 릴리오와 루우 씨에 떠밀린 제나 씨가, 결심하고서 내 곁으로 달려와 정말로 반대쪽 볼에 키스해 주었다.

어쩐지 제나 씨랑 마주보게 된다.

"……여행의 안전 기원이에요."

시선을 내리깐 제나 씨가 카리나 양의 변명을 흉내 냈다.

기세에 휩쓸려 행동했지만, 뒤늦게 창피해진 모양이다.

"자, 출발이야! 다른 애들도 행동을 하기 전에!"

"응, 서둘러."

으캬~ 하고 부르짖은 아리사가 마부석의 루루에게 신호를 보냈다.

내 손을 이끌고 마차에 올라탄 미아도 루루에게 출발을 재촉했다.

""""다녀오세요~ 젊은 나리.""""

""""주인 나리, 조심하세요.""""

""""마스터의 여행에 행운이 있기를!""""

어수선한 출발에, 배웅하러 온 사람들이 떠들썩하게 배웅해준다.

제나 씨나 카리나 양도 다른 사람들에게 지지 않는 목소리로 「사토 씨」, 「사토」라고 외치고 손을 흔들어 주었다.

우리는 그런 사람들에게 보이도록 커다랗게 손을 흔들었다.

가끔은 이런 떠들썩한 여행의 출발도 좋다니까.

돌아왔을 때는 맛있는 이국의 진미와 함께, 잔뜩 여행 이야기를 해야지.

황폐한 영지

"사토입니다. 입장이 다르면 생각이나 바라는 것이 달라집니다. 상대의 입장을 생각해볼 수 있어야 자신에게 부족한 것이나 상대가 오해하고 있는 것을 감지하고 상호이해로 한 걸음 나아갈 수 있는 것 같아요."

"이 근처라면 미궁도시에서도 고개의 파수탑에서도 안 보이려나?"

"응, 가는 간도도 가깝고, 괜찮지 않을까?"

"—그러면, 날아가자."

우리는 분지를 둘러싼 산을 넘어가는 도중에 마차를 수납하고서, 공간 마법 「귀환전이」를 써서 분기 도시 케르톤 앞의 포인트까지 건너뛰었다. 지상 여행을 즐긴다는 방침이지만, 몇 번이나 지나다닌 길에 새로운 것은 적으니까 조금 생략했다.

분기 도시에 들르지 않고, 왕가 직할령의 중앙 가도를 북쪽으로 가서 젯츠 백작령, 렛세우 백작령, 카게우스 백작령을 빠져나가 아리사와 루루의 고향인 구 쿠보크 왕국을 병합한 요워크 왕국으로 여행을 할 예정이었다.

"꽤 깊은 산이네."

전이 포인트가 되어 있는 반지하의 건물에서 바깥으로 나오자, 아리사가 주위를 둘러보며 중얼거렸다.

"사냥꾼이랑 마주치는 것도 싫으니까, 날개가 없으면 올 수 없는 장소에 전이용 각인판을 설치해 둔 거야."

여기는 산 정상 부근이며, 멀리 분기 도시가 내려다보인다.

우리들은 진짜 말로 위장한 골렘 말에 나눠 타고서 산을 내려갔다. 산을 내려가는 도중에 점심용 산새나 녹색 잎 멧돼지를 확보했다. 녹색 잎 멧돼지는 냄새가 없는 돼지고기 같아서 맛있다고 한다.

"산포도."

"시어~?"

미아가 발견한 산포도를 입에 냠, 넣은 타마가 너무나 신 맛에 표정을 마구마구 일그러뜨렸다.

"그쪽 보라색은 안 되는 거예요. 이쪽 빨간 건 달콤한 거예요."

"정말이다. 역시 포치네."

향기 마이스터 포치가 코를 킁킁 움직이며 달콤한 산포도를 선별해냈다.

여행을 시작했을 무렵에 가시감초에서도 발휘한 것처럼, 포치의 먹보 센서는 우수한 모양이다.

"간식으로 조금 따가자."

"네! 남으면 건포도로 만들게요."

다 함께 산포도 따기를 즐기고, 충분한 양을 채취하고서 다시 이동을 시작했다.

승마로 장거리를 가는 건 생각보다 지치니, 진동 대책으로 스토리지에서 간이 공력 기관을 탑재한 반부유 마차를 꺼내 말에 매었다. 마차는 6인승 상자마차니까, 두 사람은 교대로 호위를 하기 위해서 승마다.

"역시, 골렘 말은 빠르네."

아리사가 골렘 말을 칭찬했다.

휴식이 필요 없는 데다가, 마차를 끌어도 보통 말의 2배 가까운 속도로 달릴 수 있으니 하루의 여정이 5배에서 10배 가까이 된다.

"기랑 다리도 안 지는 거예요."

"네잉네잉~."

포치와 타마가 미궁도시의 저택에 두고 온 마차말인 기와 다리를 옹호했다.

"마스터, 가도 위에 피로한 사람들이 많다고 고합니다."

마차에 말을 댄 나나가 보고했다.

그녀가 말한 것처럼, 마르고 비틀거리는 사람들이 분기 도시 방면을 향해 걸어오고 있었다.

아무래도 렛세우 백작령에서 온 난민인 모양이다.

"주인님, 부상자나 병자도 많은 것 같습니다."

반대쪽 창으로 리자가 가르쳐주었다.

가도를 따라 나무들 아래서 휴식하는 사람들 중에는 피가 베어 나온 붕대나 천을 감은 사람, 그리고 상태가 안 좋아 보이는 얼굴을 한 사람도 있었다.

"사토."

미아나 다른 애들이 나를 보았다.

아무래도 다들 난처한 사람들을 방치할 수가 없는 모양이다.

"조금 이르지만, 이 근처에서 휴식을 하자."

나는 마차를 갓길에 세우고, 루루와 리자에게 점심 준비를 부탁했다.

물론 우리들 것만 만드는 게 아니라, 만족스런 영양을 섭취 못한 듯 보이는 사람들에게 대접할 분량도 포함해서다. 아까 사냥한 녹색 잎 멧돼지나 산새들만 가지고는 부족하니, 대량으로 비축해둔 마물 고기도 추가한다.

"미아는 마법으로 부상자 치유를 부탁해. 나나는 미아의 호위야. 나는 아리사와 함께 병자 치유를 할게. 포치랑 타마는 가도를 달리면서 식사를 대접한다고 홍보를 해줘. 움직이지 못하는 병자나 부상자가 있으면 날라오고."

내가 지시하자 동료들이 행동을 시작했다.

타마와 포치만으로는 믿지 않는 자가 많을지도 모른다고 생각을 고쳐서, 나나에게 고지를 부탁했다.

"가도를 가는 사람들이여! 무노 백작 가신, 펜드래건 자작님이 식사와 치유를 내리신다고 고합니다. 희망하는 자는 모이도록 고지합니다."

나나가 커다란 소리로 선언했다. 문맥은 아리사가 생각한 거다.

명백하게 이름을 파는 행위지만, 난민들이 받아들이기 쉬운 이유를 만들기 위해서라고 해서 동의했다.

"병은 마법약으로 고칠 거야?"

아리사의 물음에 고개를 끄덕였다.

"몇 명을 빼면, 감기나 과로랑 영양부족이 원인인 건강 이상이니까, 가지고 있는 약으로 충분할 거야."

몇 명의 예외도, 희석한 만능약으로 고칠 수 있을 거고.

"딸의 열이 내리지 않아요."

"할머니의 기침이 멈추질 않아유. 할머니를 구해주셔유, 젊은 나리."

"우리 아들 안색이—."

그런 식으로 호소하는 사람들에게, 마법약을 통 크게 풀었다.

"주인님. 이렇게 마구 써도 괜찮아?"

"그래, 이 정도는 문제없어."

미궁도시의 「담쟁이 저택」에 있는 대형 연성솥으로 이것저것 마법약을 양산해서, 오크통 단위로 비축해뒀으니까 이 정도 방출은 문제없다.

부족해지면 「담쟁이 저택」에 돌아가서 재생산하면 된다. 하룻밤이면 재보충을 할 수 있을 거야.

"고맙습니다. 딸의 열이 내렸어요. 어떻게 답례를 해야 할지 모르겠어요. 대단한 것은 없습니다만, 도시에서 팔려고 만든 짚신이라도—."

"고마워유, 젊은 나리. 할머니의 기침이 그쳤어유. 이렇게 혈색이 좋은 할머니는 마을에 있을 때 이후 처음이어유."

"아들이 눈을 떴습니다! 고마워요, 귀족님. 정말로 고마워요."

병을 치료한 아이나 부모가 입을 모아서 감사를 한다. 사투리는 출신지에 따라 다른 모양이군.

개중에는 얼마 없는 물건을 답례라며 건네려는 사람도 있었지만, 그건 마음만 받기로 하고 물품 그 자체는 정중하게 거절했다.

"엄마, 배고파."

"정말 이 애는 참……."

아무래도 건강해져서 식욕이 생긴 모양이다.

"유생체. 이쪽에서 식사배급을 한다고 고합니다."

"여러분도 드세요. 활력이 붙는 것을 먹고 여행의 기운을 북돋아 주세요."

나나와 루루가 당황하는 사람들에게 건더기 가득한 스튜 그릇을 나눠주었다.

"맛있다아아아!"

"맛있어, 엄마. 맛있어!"

"이렇게 맛난 건, 수확제에서도 먹은 적이 없시유……!"

사람들이 눈물을 흘리면서 스튜나 꼬치구이를 먹었다.

지금껏 조잡한 식사로 버텨온 모양이다.

"더 먹을 것도 잔뜩 있으니까, 차분히 먹도록 하세요."

"나중에 보존식도 나눠줄 테니까, 지금 있는 요리는 전부 먹으세요."

리자와 루루가 사람들에게 말하고 다녔다.

조리용 건조 마법 도구를 만든 다음에, 마물 고기로 말린 고기나 말린 크라켄을 대량으로 만들었으니 사양할 건 없다.

특히 말린 크라켄의 재료인 문어형 해마나 오징어형 해마는
^{옥토퍼스 크라켄} ^{스퀴드 크라켄}
둘 다 배수량 1만톤을 넘는 커다란 녀석이라, 물기를 빼고서도
말도 안 되는 양이 되었다. 솔직히 너무 만들었다고 반성하고
있다.

"귀족님은 인정 많은 분이셔유. 젊은 나리 영주님도, 조금 더
영민을 생각해 줬으면 좋을 건디……."

"그런 녀석이었으면, 우리들이 마을을 버리지도 않았지."

"무노 백작령이란 데가 어디 있어? 우리도 거기로 이주하자."

"그렇지. 세금이 비싸도, 인정이 있는 영주님 쪽이 좋아유."

조금 거창한 반응이지만, 나에 대한 평가는 상관없더라도, 인
구가 적은 무노 백작령으로 이주 희망은 서로 메리트가 있을 것
같다.

"그치만, 무노 백작령이라는 영지, 못 들어봤어유. 왕도보다
멀리 있는 것이어유?"

"여기서는, 마침 후지산 산맥의 반대편이네요."

"산 너머!"

"그건, 무리어유. 산 너머에는, 용이나 와이번밖에 못 갈 것
이고만유."

밝은 표정이 됐던 사람들의 안색이 다시 어두워졌다.

분명히, 왕도나 시가 왕국 서부에서 무노 백작령으로 이민은
힘들겠네. 이민용의 대형 비공정을 만들어서 그걸 써볼까?

다 쓰고 나면, 에치고야 상회에서 무역 사업을 시작하는 것도
좋을 것 같다.

다음에 왕도의 에치고야 상회에 들렀을 때, 지배인에게 이야기를 해봐야지.

"딱 좋은 이야기가 그리 쉽게 있을 리가 없겠쥬."

어이쿠. 괜한 생각을 하는 사이에 주변이 장례식 같은 분위기가 됐다.

"무노 백작령은 멀지만, 왕도의 에치고야 상회에서도 개척 마을 이민을 모집하고 있어요."

"개척 마을이유……. 우리 할아버지가 마을을 개척했는데, 음청 힘들고, 먹고 살게 되기까지 겨울마다 사람이 죽었다고 했어유."

노인이 조부나 부모에게 몇 번이나 들었다는 이야기를 했다.

"괜찮아요. 에치고야 상회의 이민 모집은 개척이 된 마을이니까요."

"개척이 된 마을? 그렇게 좋은 이야기가 있어유?"

너무 딱 좋은 이야기라서 그런지, 사람들에게 의심이 싹튼 모양이다.

"네, 에치고야 상회는 시가 왕국의 용사 나나시 님이 만드신 상회니까요, 자선사업도 하고 있어요."

"용사님이!"

"그러면, 분명 괜찮겠네유."

"그럼, 그럼."

용사의 네임 밸류는 굉장하네.

아마 사가 제국의 역대 용사들 덕분이겠지.

"내는, 먹고 살 수 있으면, 소작인으로 시작해도 좋아유."

"이걸로 희망을 가지고 왕도에 갈 수 있겠어유."

"그럼. 아이들에게 미래를 남겨줄 수 있시유."

난민 젊은이나 노인들이 희망에 찬 얼굴로 말을 나누었다.

소작인이 아니라 농지를 가진 농민이지만, 그것을 여기서 말해도 믿도록 하는 게 힘들 테니까, 정정 안 했다.

이런 느낌으로 자선을 계속하며, 우리는 예정보다 조금 늦게 왕가 직할령의 북쪽에 있는 젯츠 백작령에 도착했다.

이 영지에서는 난민을 받아들이지 않는지, 난민들이 도시 바깥에 머물러 있는 모양이다.

"여기서는 식사 배급 안 해?"

"젯츠 백작이랑 마찰이 생기는 것도 싫으니까, 도시 안의 신전에 기부해서 자선이나 치료는 그들에게 맡길 생각이야."

우리들은 그런 이야기를 하면서 파우라는 이름의 소도시에 들어갔다.

오늘 점심은 히카루나 나나의 자매들이 아르바이트를 했다는 식당이다.

상당히 역사가 있는 반점으로, 건국할 무렵부터 있었다고 한다. 왕조 야마토가 즐겨먹었다는 볶음밥이 명물이라고 하는데, 잘게 다진 귤껍질이 들어간다. 구운 돼지가 아니라, 작은 염소 내장이 그걸 대신하는 모양이다.

우리가 볶음밥 정식을 부탁하자, 구운 산천어나 데친 야채를 곁들여 주었다.

내가 아는 볶음밥하고는 다르지만 꽤 맛있었다. 산천어는 하얀 살이 잘 어울리고, 달걀이 코팅된 밥도 알알이 식감이 좋고, 잘 게 썬 귤껍질이 내장고기의 냄새를 지워주어 뒷맛이 산뜻했다.

배부르게 먹은 다음, 파우의 시장을 산책했다.

"귤."

미아가 귤을 가득 채운 짐마차를 보고 내 소매를 꾹꾹 잡아당 겼다.

"젯츠 백작령의 귤은 맛있으니까 머무르는 사이에 잔뜩 사가 자."

"응, 찬성."

보통 귤에 더해서, 팔삭 같은 커다란 것도 몇 종류인가 있는 모양이다.

"귤 말고는 특징이 없는 도시네."

"건물은 왕도하고 조금 다른 느낌이야."

여기는 삼림이 풍부한 탓인지, 1층이나 2층짜리 목조 건물이 많았다.

그런 식으로 파우의 거리를 바라보면서 걷고 있는데, 길 너머 에서 웬 소동이 일어났다.

"도둑이야! 붙잡아줘!"

주먹을 치켜든 노점 주인 쪽에서 인파 사이를 빠져나가며 달 려온 것은, 빼빼 말라 건강하지 못한 소년이었다.

노점 주인과 거리는 계속 멀어지고 있었지만, 소년의 도주가 성공하지는 못했다.

"붙잡았다, 이 꼬맹이!"

꼬치구이 노점 앞에서 땡땡이치던 위병이 가지고 있던 창 자루로 소년의 다리를 걸어서 넘어뜨리고, 일어서기 전에 발로 밟아서 붙잡았다.

"빈민가의 꼬맹이 따위는 도시 밖으로 내쫓아버려!"

"그래, 그래!"

따라잡은 노점 주인이나 주위의 노점 주인이 소년에게 매도를 쏟아 부었다.

"도, 도시 밖은 싫어!"

소년이 얼굴이 파래져서 호소했다.

"추방이 싫으면 노예 강등이다!"

"그런 곳에 가서 쓰러져 죽을 바에는, 노예가 그나마 나아."

도시 바깥이 그렇게 심한가…….

"주인님, 평소처럼 참견 안 해?"

"부당하게 폭력을 휘두르는 것도 아니니— 참견은 벌을 받은 다음에 해야지."

위병에게 연행되는 소년을 보면서 아리사에게 대답했다.

우리는 도시의 신전을 돌면서 기부를 하고, 난민이나 빈민가에 대한 식사 배급이나 치유를 흔쾌히 받아들여준 신전에는 대량의 식재료와 각종 마법약을 기증했다.

놀랍게도, 신전 몇 군데는 곧장 식사배급을 시작해주었다. 기부액이 많았기 때문인지 신전 사람들도 전부터 난민이나 빈민가를 신경 쓰고 있었기 때문인지는 알 수 없지만, 선행의 풋워크가 가벼운 건 좋은 일이다.

"양육원은 있는 거지?"

"다들 비좁은 모양이야."

신전의 대부분은 양육원이 병설되어 있지만, 어디든 규모가 작고 수용할 수 없는 아이들이 부랑아가 되어, 개중에는 아까 그 소년처럼 범죄에 손을 대는 아이도 있다고 한다.

"일거리 자체는 있는 걸까?"

"신전장 이야기로는, 빈민가의 직업소개소가 일용직을 알선하고 있나 봐."

애당초, 그 일거리가 충분하지 못한가 보다.

"뭔가 일을 만들 수 있으면 좋을 텐데……."

아리사가 중얼거리며 고민하고 있는데, 루루가 제안을 했다.

"주인님, 귤로 드라이 후르츠 같은 것을 만드는 건 어떨까요?"

"드라이 후르츠라……. 누가 하고 있지 않을까?"

"아까 시장을 본 바로는 평범한 감귤만 있고, 드라이 후르츠로 만든 건 보이지 않았어요."

단순하게 이 계절에는 갓 딴 귤이 있기 때문일지도 모르지만, 드라이 후르츠라면 보존도 되고, 무엇보다 가볍다. 미궁도시나 무역도시에 가져가면 탐색자나 뱃사람들에게 대량으로 팔릴 것 같다.

"건조용 마법 도구가 있으면 누구든지 만들 수 있을까?"

"그렇게 비싼 물건을 줘도, 나쁜 어른이 훔치지 않을까?"

"그것도 그렇네……."

주위를 둘러본 내 시선에 에치고야 상회의 간판이 보였다.

그러고 보니 시가 왕국의 도시나 소도시에서 지사 설립 준비를 진행시키고 있었지.

"재료 수급이나 판매도 해야 하니까, 에치고야 상회를 끌어들이자."

"과연, 귀찮은 건 남한테 떠넘기는 거구나."

남들 듣기 안 좋다. 상회에서 새로운 사업을 시작하는 것뿐이야.

"─드라이 후르츠 공장이라 하셨나요?"

"그래. 젯츠 백작령에서는 귤이 풍작이라고 하더군. 탐색자나 뱃사람에게 좋지 않겠나?"

나는 밤중에 에치고야 상회의 왕도 본부를 찾아가, 에르테리나 지배인이나 비서인 티파리자에게 젯츠 백작령에서 드라이 후르츠 사업 시작을 제안했다.

건조용 마법 도구는 말린 고기나 말린 크라켄 양산을 위해서 만든 적이 있으니, 그것을 값싸게 만들 수 있도록 재설계한 설계도와 제품 견본 몇 개를 에치고야 상회에 제공했다.

"내일이라도, 설계도와 견본을 계약하고 있는 마법 도구 기술자에게 건네고 견적을 내겠습니다."

"쿠로 님, 어디선가 시험 운용을 해서 손익을 맞출 수 있는지 확인을 해야 한다고 생각합니다."

티파리자가 좋은 제안을 하기에, 왕도에서 가장 가까이 있고 귤의 산지이기도 한 파우에서 시험운용을 시작하도록 지시했다.

"파우로군요. 마침 지사의 건물을 확보했다는 보고가 있었으니, 개점 준비 담당자에게 드라이 후르츠 공장의 시험 운용을 지시해두겠습니다."

본격적인 운용은 한 달 정도 뒤가 될 거라 생각하지만, 개점 준비 담당자가 빈민가의 고용 확대를 위해서 분투해줬으면 좋겠다.

빈민가는 이걸로 됐고…….

덧붙여서 서두르는 안건이 아니라고 말을 해둔 다음에, 대형 비공정을 이용한 이민 사업을 생각하고 있다는 걸 두 사람에게 전했다. 두 사람에게는 문제점의 도출이나 관계 각처에 대한 사전 조율 같은 것을 맡기고 싶다. 다 쓴 대형 비공정은 무역에 사용하는 것도 제안했다.

두 사람의 얼굴이 조금 경련하는 것 같기도 하지만, 분명 기분 탓일 거야.

왕도에서 파우로 돌아온 나는 쿠로의 모습 그대로 도시 밖에서 생활하는 난민들을 찾아갔다.

난민 캠프에는 모닥불이나 화톳불도 없었다. 새까만 장소에 간소한 텐트가 늘어서 있었고, 그 아래에 난민들이 딱 붙어서 잠들어 있었다.

"멈춰라! 이 앞에 무슨 용건이냐!"

텐트 뒤에서 봉을 든 남자들이 나타났다.

비쩍 말라 있지만, 농작업으로 단련된 것으로 보이는 근육은 건재한 모양이다.

"나는 상인이다. 네놈들에게 팔고 싶은 것이 있어서 왔다."

"하! 무슨 농담이야? 우리들은 보는 것처럼, 도시에 들어갈 돈마저 없는 가난뱅이들뿐이다. 여자들도 병이나 과로로 몸을 팔 수조차 없는 꼴이지. 그런 우리들한테 뭘 팔겠다고?"

"희망과 미래다."

가도에서 도와준 난민들이 했던 말이지만, 조금 마음에 들어서 써봤다.

"희망이라고? 여기에는 절망밖에 없다! 미래라고? 여기에는 내일마저 올지 알 수 없는 병자나 반죽음한 자들뿐이야!"

남자 한 명이 버럭 화를 내며 외쳤다.

목소리가 컸기 때문인지, 텐트에서 잠든 사람들이 몸을 일으켜 이쪽을 살피고 있었다.

신전에서 식사배급을 해서 그런지, 조금은 혈색이 좋아진 모양이다.

"왕도로 가라. 왕도의 에치고야 상회가 너희들의 희망이다. 거기서 개척 마을의 이민 모집을 신청하도록 해라. 개척 마을에서의 생활이 너희들의 미래다."

나는 설득 스킬을 의식하면서, 남자와 그 등 뒤에 있는 난민들에게 연설을 했다.

"가면 형씨. 내 증조부는 렛세우 백작령에서 개척을 해서 마을을 만들었어. 나는 그 시대를 모르지만, 증조부한테 개척에 관한 처절한 이야기를 몇 개나 들으며 자랐지. 산이나 숲을 베어내고서 마을을 만드는 건 지옥이야. 일이 힘든 게 아냐. 작물이 자랄 때까지 몇 년이나 제대로 먹을 것도 없고, 겨울마다 아이들이나 노인들이 굶주림과 추위로 죽어간다고."

가도에서 도와준 노인도 같은 말을 했었지.

마법 없이 마을 개척은 상상 이상으로 가혹한 모양이다.

"그럴 걱정은 없다. 마을은 이미 개척된 상태다. 이제는 밭을 일굴 사람을 보내기만 하면 된다."

"그런 헛소리를 믿을 수 있겠냐!"

"그럼, 그럼!"

뭐, 안 믿겠지.

이번에는 식사배급이나 병의 치료라는 절차를 밟지를 않았으니까, 용사의 이름값만 가지고서는 믿어줄 것 같지 않을 것 같았다.

"그러면, 믿도록 만들어주지."

나는 주위를 둘러보고, 난민 캠프 가까운 바위나 수목이 있는 장소를 가리켰다.

"저기가 좋겠군. 실제로 보여주마."

남자들을 이끌고 가자, 난민들도 잠자리에서 일어나 따라왔다.

믿을 수 없는 헛소리라고 하면서도, 마음 속 어디선가는 내 말을 믿고 싶은 거겠지.

적당한 장소에서 발을 멈추고, 마법으로 빛을 만들어 어둠을 걷어냈다.

"《경작》."

나는 석제 구조물로 만든 커다란 마법 보석을 들고, 작은 소리로 영창 흉내를 냈다.

적당한 타이밍에 메뉴의 마법란에서 흙 마법의 「농지 경작」을 썼다.

범위를 20미터 사방으로 설정하여 실행해봤다.

""""오오오오오오오오오.""""

남자들이 흘린 술렁거림이 난민들 사이에도 퍼졌다.

"바, 밭이 생겼잖아?!"

"바위나 나무까지 밭으로 변했어!"

"그런 바보 같은 일이 있겠냐! 이건 환영이야! 저 녀석은 마법으로 우리를 속이는 거야!"

의심 많은 녀석이 있네.

"만져서 확인해보면 된다."

"그래, 만져봐야겠다! 나는 절대 안 속아!"

남자가 어깨를 씩씩거리며 밭이 된 장소에 손을 집어넣었다.

"부드러워, 게다가 비옥한 좋은 흙이야."

흙을 손바닥으로 집은 남자가 무심코 중얼거리는 게 들렸다.

그 목소리가 들렸는지, 다른 남자들이나 난민들이 차례차례 밭이 된 장소로 가서 마찬가지로 흙을 만지기 시작했다. 사람들은 흥분한 기색으로 말을 나누고, 아직 반신반의인 사람들에게 흙을 만져보라고 권했다.

이윽고 대다수가 납득한 참에, 아까 그 남자를 선두로 난민들이 다가왔다.

모두 내 앞에 엎드렸다.

"내가 잘못했어. 당신을 사기꾼이라고 부른 건 나랑 이 둘뿐이야. 뒤에 있는 녀석들은 상관없어. 그러니까, 벌을 주는 건 우리들한테만 해줘. 뒤에 있는 녀석들은 당신이 말하는 개척지로 데리고 가줘. ―이렇게 부탁할게!"

말 마지막에, 남자들 셋이 땅에 이마를 찧을 정도로 고개를 숙였다.

"너희들에게 벌을 줄 생각은 없다. 믿기 어려운 이야기라는 건 알고 있었다."

나는 그렇게 말을 해두고, 모두를 개척 마을에서 받아들일 준비가 되어 있다는 말과 함께 왕도까지 여행에 필요한 보존식이나 도구가 든 배낭을 선물했다. 정체가 들키지 않도록, 사토로 나눠준 것하고는 라인업을 바꿨다.

덤으로 노인이나 아이들의 운반용 짐수레 몇 대와 「석제 구조물」과 「땅의 종자 제작」 마법으로 만든 소 골렘 몇 마리를 준비했다. 호위용 돌 늑대도 추가해두자.

"나, 나도 데리고 가줘!"

그렇게 말하며 내 앞으로 뛰쳐나온 것은 낮에 빈민가에서 본 소년이었다. 위병은 선언한 것처럼 그를 도시 밖으로 추방한 모양이다.

"좋다. 성실하게 일할 생각이 있다면 받아주마."

농업은 힘들지만, 소년도 노력을 해주면 좋겠다.

"이 편지를 왕도의 에치고야 상회에 전달해라. 왕도의 문이나 관문에서 막는다면, 이 서면을 보여주면 된다."

지배인에게 부치는 편지와 에치고야 상회가 그들의 후견을 맡는다는 서류를 건넸다.

덤으로 왕도까지 가는 도중에 만나는 난민들도 그들의 판단으로 무리에 더해도 된다고 말을 해두었다.

"어려운 길이지만 약자를 버리지 말고, 왕도로 같이 데리고 가라."

전이로 파밧, 보내지 않는 건 이유가 있다.

사람은 간단하게 「누가 준」 것보다도, 고생해서 「얻어낸」 것이 더 가치가 있다고 생각하니까.

"알았어— 아니, 알겠습니다. 이 모테의 목숨을 걸고서, 반드시 모두를 왕도로 이끌겠습니다. 그리고, 개척 마을에서 분골쇄신 일하여, 쿠로 님께 은혜를 갚겠습니다."

남자의 이름을 처음 들었는데, 어쩐지 바다라도 가를 것 같은 느낌이다.

"그래, 기대하고 있지."

나는 또 다시 엎드리는 그들을 남기고, 동료들 곁으로 귀환전이했다.

〉칭호 「희망을 가져오는 자」를 얻었다.

〉칭호 「포춘 텔러」를 얻었다.

〉칭호 「예언자」를 얻었다.

점술사가 된 기억은 없는데, 칭호 시스템이 이상한 건 어제오늘 시작된 게 아니니까 가볍게 무시하자.

이튿날 아침, 도시를 떠나기 전에 난민 캠프를 확인했는데 이미 사람들의 모습은 사라져 있었다.

분명 지금쯤은 희망이 가득한 미래를 위해서 왕도로 가고 있겠지.

◆

"드디어 영도구나."

젯츠 백작령의 영도에서도, 도시 바깥은 난민으로 넘치고 있었다.

우리는 처음에 방문한 파우 이후, 대부분의 도시나 소도시에서 비슷한 인명 구조를 반복했다. 난민들이 품고 있는 문제는 공통된 것이 많았기 때문에, 지금까지의 사례를 참고하여 동료들에게도 도움을 받았다.

"몰개성."

"예스, 미아. 다른 도시나 소도시 정도로 지방색이 풍부하지 않다고 고합니다."

"가게의 요리는 왕도풍인 것 같아요."

"고기류가 적습니다만, 건물은 뛰어나군요. 1층 건물이 거의 없습니다."

건축 기술은 영내에서 제일인 느낌이지만, 그것 말고는 특색이 없는 거나 마찬가지다.

"여기도 특산품은 귤뿐일까?"

"젯츠 백작령은 모난 곳 없는 와인으로도 유명하니까, 포도도 키우고 있을 거라고 생각해."

여기 와인은 특별히 맛있는 건 아니지만, 마시기 쉬운 초보자용 와인이라서 도매점을 방문하여 마음에 든 것을 통으로 사러 다녔다.

그런 조금 화려한 행동이 사람들 이목을 모아 버린 건지, 쇼핑을 마치고 여관에 돌아오자 영주인 젯츠 백작이 만찬 초대장을 보냈다.

"시간이 별로 없네……."

갑작스런 초대에는 선물을 준비할 시간이 없어서 난처하다.

상급 귀족용 보석이나 미술품을 적당히 고르고, 그것만 있으면 재미가 없으니까 여행하면서 루루와 함께 개발한 감귤 스위츠 중에서 귀족용으로 몇 개 골랐다. 나머지 대다수는 레시피와 함께 에치고야 상회에 제공할 예정이다.

"펜드래건 자작, 환영하네."

젯츠 백작령의 영주는 자그마한 남성이었다.

"뭐야, 어린애 아닌가? 용을 물리친 자에다 미스릴 탐색자라고 하기에, 어떤 용맹한 거한인지 기대했는데."

나를 그런 식으로 평가한 것은 젯츠 백작의 3녀였다.

17세라고 생각하기 어려울 정도로 어른스러운 사람이고, 프로레슬러처럼 훌륭한 체격을 가지고 있었다.

"실례다, 호르나! 그는 갑옷도 안 입고 거대한 와이번에게 도전하는 멋진 검사다. 펜드래건 경, 딸의 무례를 사과합니다."

딸과 상당히 닮은 영주부인이 울퉁불퉁한 팔로 딸의 머리를 억지로 숙이면서, 자신도 함께 나에게 고개를 숙였다.

아무래도 그녀는 젯츠 백작과 함께 연말의 마화 떨치기 의식에 참가해서, 내가 시가8검인 류오나 여사와 함께 사왕 비룡을 ^{카오스 와이번} 쓰러뜨리는 걸 본 모양이다.

한바탕 소동이 일어난 방문이었지만 내가 가져간 감귤 스위츠는 호평을 하며 받아주었고, 부인의 애원에 져서 감귤 스위츠의 레시피 몇 개를 전수했다.

젯츠 백작은 사모님에게 완전히 반해 있는지, 그녀의 도움도 얻어 레시피의 대가로 젯츠 백작령을 여행하는 난민들의 원조를 약속 받았다. 이걸로 내가 떠난 다음에도 이동하기 어려운 사람들은 줄어들 거야.

◆

"뭐라고 할까, 이 쇠퇴한 모습은 옛날의 무노령이 떠오르네."

"뭐, 그만큼 주민이 유출됐으니 이렇게도 되겠지."

젯츠 백작령을 빠져나간 곳에 있던 렛세우 백작령은 아리사가 말한 것처럼 과거의 무노령이 떠오른다. 쇠퇴한 모습도 그렇고, 쌀쌀한 것도 똑같다. 후자는 기후 조정에 할당된 도시 핵의 힘이 적은 거겠지.

폐촌이나 남겨진 노인들만 있는 한계 촌락을 몇 번인가 봤고, 굶주림에 도적이 되는 자도 적지 않은 모양이다.

여기까지는 왕국군이 통과한 적이 있어서, 소문만 들리고 도적 그 자체는 보이지 않았는데—.

"금품을 놓고 가라!"

"먹을 것도다!"

"여, 여자도 두고 가라아!"

가는 길에 몇 개의 화살이 박혔다 싶더라니, 너덜너덜한 가죽 갑옷을 입은 남자들이 검이나 창을 손에 들고 길을 막았다. 전방에 여섯 명, 후방에 다섯 명이다.

『전형적인 도적이네.』

아리사가 「전술 대화」로 동료들을 연결했다.

『활을 가진 자는 2시랑 10시 방향에 세 명씩. 8시 방향에도 두 명 숨어 있어. 좌우의 수풀에는 복병이 다섯 명씩 숨어 있으니까 주의해.』

『마스터, 복병은 투망을 들고 있다고 보고합니다.』

내가 맵 정보를 동료들에게 전달하자, 이슬로 수풀을 투시하고 있던 나나가 정보를 덧붙여주었다.

『왼쪽.』

미아가 입가를 소매로 가리고, 작은 소리로 「급팽창」의 마법 영창을 시작했다.

오른쪽의 복병을 담당해줄 모양이다.

『왼쪽의 투망은 제가 막는다고 고합니다.』

『그러면, 화살은 내가 막을게.』

『그러면, 전방의 사수는 제가 막을게요.』

『뒤쪽 사수는 타마~?』

『포치는 앞의 적을 유우린하는 거예요!』

『그럼 저는 후방의 적을 맡겠습니다.』

동료들이 신속하게 도적 퇴치를 위한 역할 분담을 정했다.

『다들, 이 도적들은 상당히 약하니까 힘 조절하는 거 잊지 마라.』

만약을 위해서 못을 박았다.

포치와 타마가 완력 제어 팔찌를 조작하고, 무기도 『부드러운 타격』을 발동한 목마검으로 변경했다.

"이봐이봐, 쫄아버렸는데?"

"캬하하하, 귀여워해주마."

도적 한 명이 복병에게 신호를 보내는 게 보였다.

『온다.』

내 말과 거의 동시에, 미아의 「급팽창」이 발동하여 왼쪽 도적들을 날려버렸다.

"젠장! 들켰잖아!"

오른쪽의 도적들이 투망을 던졌지만, 그것은 모두 나나가 만들어낸 「자유 방패」가 막아내고, 그대로 기세가 줄어들지 않은 채 덤벼드는 자유 방패의 실드 배쉬로 일망타진됐다.

"사수! 마법사를 죽여!"

"—그렇겐 못하지."

날아온 화살을 아리사의 「격리벽」이 받아냈다.

그 사수들도—.

"에잇, 에잇!"

"슈바바바바밧~?"

루루가 양손에 든 권총 사이즈의 마법총으로 나무 위에 숨은 사수들을 처리하고, 후방의 수풀에 숨은 사수들은 타마가 요정 가방에서 차례차례 보충하는 돌멩이를 맞고 제거됐다.

"처벌."

"인 거예요!"

전후의 적을 리자와 포치가 때려눕혔다.

"음."

팔찌 플러스 부드러운 타격 목마검의 포치는 그렇다 치고, 리자의 힘 조절은 조금 부족했는지 도적이 생각보다도 중상을 입어 버렸다.

상대는 도적이니까 신경 쓸 필요도 없지만, 황폐한 영지 안의 사정을 생각하면 다소나마 정상참작의 여지가 있다. 마법약으로 후유증이 남지 않을 정도의 치료는 해두도록 할까.

"주인님, 수고를 끼쳐 죄송합니다."

"대단한 수고도 아니니까 신경 쓰지 마. 그보다도, 도적들의 뒤처리부터 먼저 하자."

우리는 도적들의 무기와 방어구를 빼앗아 근처 나무에 매달고, 가까운 요새에 도적들을 잡으러 오라고 전서구로 편지를 보냈다. 「전서구 소환」은 의외로 쓸만한 마법일지도 모른다.

이걸로 도적의 뒤처리는 끝났다고 봐도 되겠지.

우리는 말에 타고 여행으로 돌아갔다.

"―그렇지. 리자, 나나, 다음 전투에서 힘 조절이 필요하면 이걸 써."

리자와 나나에게도 타마와 포치가 쓰고 있던 구형 파워 세이브 팔찌를 건넸다.

"똑같아~?"

"페어룩, 인 거예요!"

네 명이니까 페어는 아니지만, 포치가 말하고 싶은 건 전달이 된 모양이니까 사소한 태클을 거는 건 그만두자.

"나도 미아처럼 대인 제압 마법이 갖고 싶어."

"공간 마법이라면 공기를 압축해서 날려버리는 건 어때?"

"좋네. 그거라면 기존의 마법으로도 어떻게든 될 거야."

아리사가 말하고, 공간 마법을 써서 팡팡 소리를 냈다.

이미 도적들을 매단 장소에서도 나름대로 떨어진 가도라 사람이 없고, 잠시 아무도 보지 않을 테니 마음대로 하도록 했다.

"―됐다!"

아리사가 내민 손끝에 공간 마법으로 급속 압축된 공기를 만들어, 가까운 나무에 때려 박았다.

우지지직, 사람 허리 정도 굵기의 나무가 쉽사리 부러졌다.

"위력이 너무 높다고 평가합니다."

"살짝 실패했을 뿐이야. 실전에 쓰려면 조금 더 연습이 필요하겠네."

아리사가 나무를 향해 연습했다.

그 옆에서 아인 소녀들이나 나나도 힘 조절 연습을 시작했다.

"주인님, 바람 지팡이의 위력이 낮은 거 있나요?"

연습을 바라보고 있는데, 루루가 조심조심 물어봤다. 그녀도 비살상용의 무기가 가지고 싶은 모양이다.

바람 지팡이는 불 지팡이보다도 살상력이 낮지만, 그래도 일반인이라면 전신 타박의 중상이 되어버리고, 잘못해서 급소 같은 곳에 맞으면 죽는다.

나는 스토리지에서 꺼낸 짧은 지팡이에 바늘처럼 뽑아낸 마인으로 끝 부분에 가느다란 구멍을 뚫고, 그 안에 바람 광석을 끼웠다.

집속 회로는 없지만, 지팡이에 마력을 주입하면 바람이 뿜어져 나올 거다.

"이거라면 어때?"

루루가 시험해보자, 바람은 나오지만 금방 확산되어버려서 대인제압이 가능할 정도의 위력은 없었다.

구멍을 나선 모양으로 만들거나, 바람 광석에 룬을 새겨서 조정하자 괜찮아졌다.

"아와와, 인 거예요."

조정할 때 깎아낸 바람 광석의 가루를 콕콕 찔러보던 포치가, 무심코 마력을 주입해서 발생한 돌풍에 밀려나 데굴 넘어졌다.

"뉴~?"

타마가 가루를 손바닥에 올리고 뭔가 생각에 잠겼다.

"뇨와와~."

마력을 주입하면 바람이 일어나는 걸 시험해본 다음, 자기 옷이나 포치의 옷을 펄럭펄럭 움직이게 만들며 기뻐했다.

"풍둔(風遁)의 술(術)~?"

타마가 바람 광석 가루로 나나와 루루의 스커트를 펄럭거리게 만들었다.

"꺅, 타마! 장난치는 애는 간식을 안 줄 거야!"

"죄송해요~."

스커트를 누르면서 루루가 타마를 야단쳤다.

"아하하, 그건 풍둔이 아니라 신풍(神風)이네."

아리사가 동그란 닌자가 나오는 명작 만화의 기술 이름을 들며 웃었다.

"불 광석으로 화둔(火遁)도 할 수 있겠다."

"해보고 싶어~."

"포치도 해보고 싶은 거예요!"

아이들끼리만 불을 다루는 건 위험할 것 같으니까, 내가 타마와 포치 옆에 붙어서 연습을 시켜봤다.

"불잠자리 술법~?"

타마가 과녁용 골렘에 불 광석의 가루를 사용한 화둔의 술법을 썼다.

"포치도 불잠자리 술법인 거예— 아와와와와!"

예상대로 포치가 불 광석 가루를 쓰다 불덩어리가 될뻔했지

만, 유닛 배치로 즉시 끌어당겨 별 일 없었다.

"―인 거예요. 포치는 사무라이니까, 인술(忍術)은 안 맞는 거예요."

상당히 무서웠는지, 포치는 거합 발도 연습을 시작해버렸다.

나도 대인 제압 수단을 늘리는 편이 좋을까?

「냄새 공간」도 조절을 잘못하면 사람을 죽여 버리는 데다가, 미리미리 방독 마스크를 하고 있지 않으면 아군까지 대미지를 입어버리기 때문에 편의성이 안 좋다. 폭도의 거점 제압에는 쓸 수 있을 것 같지만, 반사적으로 빠르게 쓰는 것에는 안 좋다.

―그렇지.

새로운 바람 마법 「추락기류 망치」는 하늘을 나는 와이번마저도 떨어뜨리는 마법이라서 사람에게 쓰면 너덜너덜해질 것이 예상되지만, 또 다른 바람 마법인 「난기류」라면 기류를 흐트러뜨릴 뿐이니까 귀찮은 조준 없이 대인제압이 가능할지도 모른다.

"조금 시험해 볼까―."

모두가 시험하는 숲하고는 반대쪽을 향해, 마법란에서 「난기류」를 사용했다.

마력을 최소한까지 줄여서 썼으니 위력은 살짝―.

우수수수수 소리를 내면서 숲의 나무들이 흔들렸나 싶더니, 으직으직하는 소리로 변하면서 한아름은 될 법한 나무도 뿌리부터 빠질 정도의 폭풍으로 발전해버렸다.

나는 재빨리 마법을 중단하고 바람 마법 「밀담 공간」이나 「공기 벽」으로 난기류의 영향을 억눌렀다.

"자, 잠깐! 주인님, 뭐 하는 거야!"

"대인 제압에 쓸 수 있을까 해서, 조금 시험해 봤는데……."

눈앞에 펼쳐지는 대형 태풍이 통과한 다음 같은 광경에 식은 땀이 흘렀다.

"이걸 아까 그 도적들한테 쓰면, 시체의 산이 쌓일 거야."

"그렇겠지……."

기류를 흐트러뜨리는 거라면 괜찮을 거라고 생각했는데, 바람 계통 공격 마법 급의 위력이 나와 버렸다.

역시, 대인제압용은 위력 고정의 오리지널 주문을 두루마리화해야 할 모양이군. 앞으로도 대인제압은 「유도 기절탄」을 쓰자. 표적을 조준하는 시간이 신경 쓰이지만, 무차별로 제압하는 일은 그렇게 많지 않을 테니까.

나는 반성도 담아서, 「이력의 손」으로 숲의 파괴 흔적을 되도록 원래 상태로 복구했다. 위장 스킬도 병용했으니까 가도에서는 그렇게 눈에 안 띌 거야.

복구가 마무리 될 때 즈음이 되자 슬슬 가도에 사람들이 보이기 시작했기에, 어느샌가 힘 조절 연습에서 샛길로 빠져버린 동료들의 훈련을 중단하고 여로로 돌아갔다.

"도중에 들은 만큼 마물이 나오지는 않는군요."

말에 탄 리자가 주위를 둘러보았다.

"그건 비스탈 공작령으로 가는 원정군이 일을 해서 그래."

왕국회의에서 결정된 그대로, 왕국군은 길을 가면서 마물을 소탕하는 임무를 다한 모양이다.

주 가도에서 벗어난 장소는 방치한 모양이라, 우리들이 야영할 때마다 섬구로 마을들을 돌면서 「유도 화살」의 난사로 대강의 마물은 토벌했다.

어째선지 중간에 있던 영도의 탈환은 종료되지 않고 있었다. 렛세우 백작령의 군대가 영도 안의 마물을 열심히 토벌하고 있기에, 그들의 명예를 존중해서 손대지 않았다.

가까운 촌락에서 얘기를 들어보니, 왕국군이 영도의 마물 토벌을 하겠다고 했는데도 영주 측이 영지군으로만 탈환하는 것을 강경하게 주장한 결과라고 한다.

그런 것을 떠올리면서 말을 몰아 나아가는데, 나란히 달리던 타마와 포치가 앞쪽을 가리켰다.

"반짝반짝~?"

"주인님, 산 너머에 반짝반짝하는 게 있는 거예요!"

"벌써 따라잡은 모양이네. 걱정 안 해도 돼. 그건 비스탈 공작령으로 가는 왕국군이야."

산을 넘는 왕국군의 창이나 갑옷이 빛을 반사하는 것이리라.

몸이 데워지는 냄비 요리로 점심을 먹은 우리는 왕국군을 따라잡기 전에 마차를 수납하고, 다섯 마리의 골렘 말에 나눠 타고 왕국군의 대열을 따라갔다.

"사토."

"마스터, 전방에서 군사가 온다고 고합니다."

전방에 정찰을 보낸 미아와 나나가 보고했다.

뭐, 왕국군의 대열에 고속으로 다가가는 다수의 기마가 있으면 경계해야겠지.

"본관은 왕국군, 성기사단 제8중대 소속 바우엔— 아니, 리자 공!"

군사가 자기소개를 하는 도중에 리자의 이름을 불렀다.

아마 성기사단의 주둔지를 방문했을 때 만난 사람이겠지.

"리자가 아는 사람이니?"

"네, 왕도에서 몇 번인가 겨루기를 한 분이라—."

"그쪽 소년이 『상처 모르는』분이시오이까! 본관은 『풍인(風刃)』바우엔 간리우— 사가 제국 변경 태생이지만, 귀공과 마찬가지로 시가8검 후보 중 한 사람이외다."

바우엔 씨의 고풍스러운 말투에 아리사가 반응했지만, 이야기가 성가셔질 것 같아서 무시했다.

그의 이름은 전직 시가8검인 「강검」고우엔 로이탈 씨랑 이름이 비슷해서 헷갈리지만, 근육질인 고우엔 씨와 달리 바우엔 씨는 날렵한 느낌의 검사다. 등에 지고 있는 것은 대검이 아니라 날이 휘어진 장도 같았다.

아마도 미궁도시의 탐색자 학교에서 교사로 일하고 있는 지게인류의 카지로 씨와 마찬가지로, 사가 제국의 사무라이일 것이다.

"처음 뵙겠습니다, 바우엔 공. 당신도 비스탈 공작령으로 원정을 가시나요?"

"그렇소이다. 허나, 성기사단은 가도를 따라서 마물 사냥을 하는 것이 주된 일이외다. 적군에 용맹한 기사나 뛰어난 마물술사가 있다고 하니, 그 상대마저 하게 될지도 모를 일 아니겠소이까?"

바우엔 씨가 소속된 성기사단 제8중대는 시가8검의 말석인 「풀 베기」류오나 여사가 대장을 맡고 있다고 한다.

"이번 원정에서는 소인들 시가8검 후보의 최종 선별을 겸하고 있다고 하니, 모쪼록 만만찮은 상대와 겨뤄보고 싶소이다. 역시 귀공들도 최종선별에 참가할 생각이시오이까?"

웃으면서 물어보지만, 눈이 안 웃는다. 꽤 진지한 느낌이다.

"아뇨. 저도 리자도 시가8검 후보를 사퇴했습니다. 목적지도 비스탈 공작령이 아니라, 카게우스 백작령 너머에 있는 중앙 소국군이니까요."

"그렇소이까······. 본관의 『풍인』을 초견(初見)에 곧바로 파훼한 리자 공과 자웅을 가리지 못하는 것은 유감이외다만, 장차 기회가 있다면 또―."

딱 잘라 부정하자, 드디어 바우엔 씨의 웃음이 진짜가 됐다.

관광 부대신의 메달리온을 보여준 것도 효과가 있는 모양이다. 내가 무관이 아니라 문관으로 영달을 바란다고 해석한 거겠지.

바우엔 씨와 대화를 하면서 말을 몰아 나아가, 산꼭대기 부근에서 왕국군의 대열을 따라잡았다.

"마스터, 대열의 중간에 민간인으로 보이는 마차가 있다고 지적합니다."

"아아, 그건 행군에 편승한 상인들이외다."

군대와 함께 이동하면, 적어도 마물이나 도적을 두려워하지 않아도 될 테니까.

바우엔 씨의 이야기로는 행군에 방해가 되지 않는다는 조건으로 묵인하고 있다고 한다.

가도는 군의 대열로 꽉 차 있어서, 우리는 갓길의 풀 위를 기마로 달려갔다.

어째선지 바우엔 씨가 원대로 복귀한 다음에, 소대장의 허가를 얻어 우리를 따라와버렸다.

"기왕 만났으니, 본진에 있는 비스탈 각하나 장군들을 소개해드리겠소이다."

—아뇨, 괜찮아요.

괜한 참견이라고 말하고 싶었지만, 상급 귀족이 되어버린 지금은 비스탈 공작이나 장군들 근처를 인사도 없이 지나가면 불경한 행동이 된다.

우리는 어쩔 수 없이 바우엔 씨와 본진으로 갔다.

유일한 구원은 그들도 행군중이기에, 짧은 면회로 끝난다는 것이리라.

"잘 왔다. 펜드래건 자작. 역시 참전하여 공을 세우고 싶어졌는가?"

"비스탈 각하께서 전장에서도 강건하신 모습을 뵈니 기쁘기그지없습니다. 지금 소관은 폐하께 받은 관광 부대신의 직무를수행하고 있는 도중이라, 각하의 군열에 참전하지 못하는 것을너그러이 용서해주십시오."

궁정 예절의 어법을 떠올리면서, 에둘러 「다른 일이 있으니까

침전 안 해」라고 비스탈 공작에게 고했다.

"흥. 영예로운 시가8검의 길보다도, 재상에게 꼬리를 흔드는 길을 골랐는가. —모사드 남작. 네놈의 눈은 옹이 구멍이었던 모양이다."

비스탈 공작의 근처에 대기하고 있던 시가8검 후보인 「붉은 귀공자」 제릴 모사드 남작이 「예」 하고 짧게 고하며 고개를 숙였다.

이곳에 방문한 당초에는 그나 다른 시가8검 후보들이 나를 라이벌처럼 보았지만, 방금 그 설명을 듣고서 「풍인」 바우엔 씨와 마찬가지로 안도한 모양이다.

"인사 수고했다. 물러가도 좋다."

내가 자신의 이익이 되지 않는다고 깨달은 비스탈 공작이 심드렁하게 고하여 물러나는 걸 허가해 주었다. 인간성이야 그렇다 치고, 그의 판단이 빠른 것은 싫지 않았다.

"사토! 전우인 나에게 인사도 없이 가다니 서운한걸."

식스팩으로 갈라진 복근을 자랑하면서 나타난 것은 시가8검 「풀 베기」 류오나 여사였다. 그녀의 트레이드 마크인 커다란 전투 낫을 어깨에 올리고 있었다.

전우 운운하는 건, 마화 떨치기 의식에 난입한 사왕 비룡을 함께 쓰러뜨린 것을 말하는 것이리라.

"공작한테 들었는데, 네가 참전하지 않는다는 게 사실이냐?"

"네, 사실입니다."

류오나 여사가 턱 어깨동무를 했다.

"같이 안 갈래? 이번에는 한 차원 다른 괴물이 상대거든?"

"한 차원 다른 괴물?"

"그래, 성채도시를 함락시킨 기사단 둘을, 고작 한 마리로 괴멸시킨 녀석이야."

왕도에서 반란 진압군이 괴멸당했다는 건 들었지만, 고작 한 마리를 상대로 괴멸당했다는 건 몰랐다.

정보 제공은 기쁘지만, 군사 기밀을 간단히 말하는 건 좀 그만두죠.

"상급 마족인가요?"

만약 그렇다면, 용사 나나시로서 급행하여 섬멸하고 와야지.

"그건 조사 중이야. 하지만 종군 신관이나 종군 무녀의 말로는, 마족일 가능성은 낮다고 하더라."

류오나 여사가 마족설을 부정했다.

"그밖에 두 기사단을 괴멸시킬 수 있는 상대라면—."

"—용이지. 내 예상으로는 적은 용이야."

"성룡인가요?"

"바~보야. 그 정도 괴물이라면 쥬레바그 나리나 레이라스가 나섰을 거라고. 인간의 군대를 상대로 날뛰는 건 젊은 하급룡일 테지만, 반드시 싸울 맛이 있을 거야."

류오나 여사가 수상한 웃음을 지으며 입맛을 다셨다. 배틀 중독을 다 드러내는 표정이다. 여기에 우리 애들을 데리고 오지 않기를 잘했군. 이런 이야기를 들으면 싸우고 싶어했을 게 틀림없어.

"다행이네요. 머나먼 하늘 아래서 무운을 기도하고 있겠습니다."

127

"뭐야~ 정말로 안 오는 거냐? 네가 도와주면 커다란 와이번 때처럼 즐겁게 싸울 수 있는데 말이야~."

개인적인 사정으로, 용하고는 죽고 죽이는 싸움은 하기 싫어요.

뭐, 피해 상황이 세류 시를 공격한 하급룡하고 너무 다르니까, 분명히 하급룡이 아니라 히드라 같은 아룡이겠지만.

"제가 돕지 않아도, 시가8검 후보 여러분이 있지 않나요?"

"아~ 그 녀석들 말이냐. 제릴이랑 바우엔 말고는 도토리 키 재기란 말이지~."

그렇게 말하면서도, 「어쩔 수 없구만」하고 납득해 주었다.

괴멸한 기사단의 규모나 피해 상황으로 생각하면, 대상은 레벨 45에서 레벨 50쯤 된다고 했다. 그 이상의 레벨이라면, 주변 영지에서 과거에 목격한 예가 있을 거라고 했다.

류오나 여사도 레벨 48이고, 시가8검 후보의 절반이 레벨 40대 후반이니까 레벨 50 전후의 하급룡이 상대라면 일방적으로 학살을 당하는 일은 없겠지.

우리는 왕국군과 헤어져서, 남북으로 긴 렛세우 백작령을 나아가 임시 영도가 되어 있는 세우스 시에 도착했다.

◆

"우와~ 어쩐지 전쟁영화의 패전국 도시 같은 느낌이네."

아리사가 실례되는 표현을 내뱉었지만, 우리가 방문한 세우스 시는 그야말로 그런 인상의 도시였다.

물품이 적고, 활기가 없는 시장. 치안이 나쁘고, 소매치기나 도둑이 많다. 가끔 길을 걷는 사람들도 생기가 없는 가라앉은 눈이었다. 뒷골목에는 부랑아가 주저앉아 있고, 소문으로는 위법적인 인신매매나 납치범이 횡행하고 있다고 한다.

에치고야 상회의 지사는 있지만 개점휴업 상태였다.

도산한 공장이나 용지가 많은데, 이 지역 상회에 의한 방해 때문에 살 수가 없다고 한다.

"좀 수고를 해볼까?"

기껏 왔으니까 세우스 시의 성에 있는 렛세우 백작을 방문하기로 했다.

면회에 적지 않은 뇌물을 요구 받았지만, 뇌물만 건네면 신속하게 행동을 해주니 그날 밤에는 영주 주최의 무도회에 참가할 수 있었다.

"……뭐라고 해야 하나."

주민의 고생과 반대로, 귀족들은 사치삼매경이다. 무도회 회장이라는 것을 가미해도 성 바깥하고는 다른 세계다.

"어머나, 사모님의 보석은『하늘의 눈물방울』이 아닌가요?"

"그렇답니다. 도세우 자작가의 정실부인으로서, 이 정도 물건은 가지고 있어야죠."

"짓스 경의 자제는 영도 해방을 하러 가셨다고요?"

"선조부터 전해지는 렛세우 시를 왕국군이 마음대로 하게 할 수는 없으니까요."

"과연 그렇군요. 그에 비해서, 우리들의 영주님은 왕도의 산

129

전수전을 겪은 여우와 너구리에게 밀려서, 마핵의 배당이 끊어졌다고 하던가요."

"개탄스런 일이네요. 우리들의 광산이나 공장은 대체 언제가 되면 재개할 수 있을지……."

"이거야 참. 마핵의 공급이 없는 것은 곤란하군요."

"정말 그래요. 그 이야기를 들었을 때, 역시 영주에 걸맞은 것은 젊은 크루마스 님이 아니라, 노련한 지르고스 님이라고 생각했어요."

"아무리 그래도 그것은 불경하군요."

"그렇군요. 조심하도록 하지요."

귀족들의 이야기에 귀를 기울여봤는데, 기본적으로는 얄팍한 자랑 이야기거나 자기들의 권익이 정지한 것에 대한 불만, 혹은 젊은 영주를 업신여기며 기뻐하는 것 중 하나였다.

마물이라는 외환만 해도 큰일인데, 젊은 렛세우 백작에게는 내우도 많은 모양이군.

티파리자나 넬의 일로 선대 렛세우 백작에게는 감정이 좀 있지만, 아들인 그에게 조금 정도 손을 뻗어주는 건 괜찮을지도 모르겠다.

"펜드래건 경, 머나먼 무노 백작령에서 잘 왔네!"

아무래도, 렛세우 백작은 내가 무노 백작령에서 열심히 찾아왔다고 생각하는 모양이다.

왕도의 살롱이나 무도회에서 이야기할 기회도 없었으니, 그것도 어쩔 수 없는 일이겠지.

"도련님, 응접실 쪽으로……."

"알고 있다."

집정관 노인에게 귓속말을 들은 렛세우 백작이 나를 응접실로 안내했다.

아무래도 나에게 뭔가 용건이 있는 모양이다.

응접실에 앉을 틈도 없이, 소년 영주가 본론을 꺼냈다.

"—투자, 말인가요?"

"그래. 내 영토에서는 뜻있는 자의 투자를 모집하고 있다."

투자란 이름의 돈 빌려달라는 요청인 모양이다.

"물론, 보답은 있다."

내가 기가 막혀서 입을 다무는 걸, 소년 영주는 보답의 재촉으로 판단한 모양이다.

"내 사촌 여동생은 지난번 마족 소동으로 약혼자를 잃어 상심에 빠져 있다. 귀공이 바란다면, 다과회에서 사촌과 이야기할 기회를 만들어줄 수 있어."

그 상심에 빠져 있는 공주님은 간식 코너에서 술통 같은 바디를 선보이고 계셨는데요.

"아뇨. 저 같은 젊은이가 고귀한 공주님의 우려를 풀어드리는 것은 불가능하겠죠."

"그러면 뭘 바라나?"

어이쿠, 단도직입적으로 물어보네.

그는 속내를 잘 못 숨기는 모양이다.

"그건 그쪽이 바라는 투자액에 따라 다릅니다."

"뭣……."

되물을 거라고 생각 못했는지, 소년 영주가 동석한 노집정관에게 시선으로 도움을 청했다.

"금화 5천닢— 이라고 말하고 싶습니다만, 영지 바깥의 귀족에게 그렇게까지 부담시킬 수는 없을 겁니다. 금화 1천닢 정도는 어떨까요?"

소년 영주에게 이야기하고 있지만, 나에게 직접 하는 말이나 다름없군.

처음 금액 제시로 말도 안 되는 금액을 말하고, 나중에 말한 진짜 금액을 받아들이게 하는 수법이겠지.

내 개인 자산을 생각하면 대단한 액수는 아니지만, 일반적으로는 나름대로 고액이다. 관광 부대신의 연간 예산급이고, 경매에서 아시넨 후작부인이 낙찰받은 엘릭서도 그 정도였을 거야.

"금화 1천 닢의 투자에 걸맞은 것이라……."

지금까지 본 피폐해진 렛세우 백작령에서 얻을 수 있는 것 따윈— 있군.

"아는 사람의 상회에서 부탁을 받은 것이 있습니다만—."

나는 양육원의 개설을 희망하고, 덤으로 에치고야 상회가 필요로 하는 건물이나 도산한 공장을 요구해 봤다.

"양육원? 도산 공장?"

내 대답이 예상 밖이었는지, 소년 영주가 당황한 표정으로 노집정관을 보았다.

노집정관이 고개를 끄덕이자 소년 영주는 전자를 간단히 승

인해 주었지만, 후자는 휘하 귀족의 소유물이라며 조금 난색을
표했다.

"도련님, 받아들이십시오. 신에게 맡겨 주신다면 반드시 설득
하겠습니다."

"알았다. 할아범이 그렇게 말한다면 맡기지."

노집정관의 중재로, 어떻게든 내 요구가 받아들여졌다.

양육원의 운영은 에치고야 상회에 위탁할 셈이다. 건물이나
공장을 에치고야에 매각한 금액을, 이후 10년간의 양육원 운영
비로 삼을 생각이다.

렛세우 백작령 변경의 와이너리에서 만들고 있는 「렛세우의
혈조」 우선 판매권을 받을까 생각하기도 했지만, 말하기 전에
멈췄다.

괜한 짓을 해서 욕심쟁이 귀족의 참견으로 유통이 멈추면 곤
란하다. 그 와인은 세리빌라 미궁 하층에 사는 흡혈귀의 진조이
자 전생자인 반이 대단히 사랑하는 와인이니까.

"—그런데 펜드래건 자작. 귀공은 이름 높은 탐색자라고 들었
네만."

이야기가 정리되고 서면에 사인이 끝난 참에, 노집정관이 그
런 화제를 꺼내며 내게 직접 말을 걸었다.

"듣자니, 세리빌라 미궁에서 『계층의 주인』을 쓰러뜨리셨다고?"

"네, 그 공적으로 폐하께 훈장을 받았습니다."

"그거 멋진 일이군."

내 대답에, 빈틈없이 소년 영주가 찬사를 보냈다.

마치 처음부터 정해진 수순대로 하는 것처럼 부자연스럽게 빠르다.

"동료의 협력 덕분입니다."

"그거 좋군. 펜드래건 자작에게는 좋은 동료가 있는 모양이시네."

노집정관이 괜히 추종한다.

이제 슬슬 본론이 오겠군.

"렛세우 백작령 변두리에, 고대 프루 제국의 유적이 있는 것은 아시는가?"

"아뇨, 듣지 못했습니다."

맵 검색을 해보니, 가까이 폐촌과 폐광이 있는 것 말고는 반경 10킬로미터 안에 아무것도 없는 산속 깊은 곳에 유적이 존재했다.

유적에 있는 보물이나 수호자의 배치를 보니 대부분의 방은 탐색이 끝난 모양이고, 최하층의 일부만 미탐색으로 남아 있었다.

최근에는 유적을 탐색하는 자도 없는 건지, 가장 가까운 마을에서 가는 길도 군데군데 끊어져 있었다.

"그곳의 탐색권을 10년간 금화 500닢으로 자네에게 양도하고 싶네."

"금화 500닢으로, 말인가요? 상당히 저렴하군요. 혹시 탐색이 끝난 유적인가요?"

"지난 100년간은 아무도 탐색하러 들어가지 않았지."

"다시 말해서 100년 이상 전에 탐색이 끝난 유적이라는 건가요?"

가까운 폐촌의 맵 정보를 봐도, 그 정도는 지났어도 이상하지 않았다.

"—유적에는 숨겨진 문이 있는 법이지. 고명한 펜드래건 자작이라면, 발견할 수 있지 않으시겠나?"

"그렇지만, 긴 조사 끝에 미답 구역이 없다고 판단된 유적이 아닌가요? 과거의 탐색자들이 모두 저희들보다 운이나 실력이 뒤떨어질 것 같지는 않습니다."

"그러할까? 펜드래건 경 정도로 강운을 가진 자는 발견할 수 있지 않으시겠나?"

미묘하게 무례한 발언이네.

그도 그걸 깨달았는지, 「물론, 실력이 뒷받침되는 강운이네만」이라고 덧붙였다.

"운을 시험하는 것에 금화 500닢은 액수가 너무 크군요. 그리고, 유적에서 뭔가 발견했다고 해도 물품의 우선권은 렛세우 백작에게 있는 것 아닌가요?"

탐색에도 비용이 드니까요. 노집정관을 견제했다.

"물론—."

노집정관이 내 진의를 읽으려고 바라보기에, 무표정 스킬 선생님의 도움을 빌려 무관심한 표정을 만들었다.

"—비과세지. 물품의 우선권은 붙이지 않겠지만, 우리 영지에도 체면이라는 것이 있네. 희귀한 물품이 발견되었을 경우엔 알려주셨으면 하네."

렛세우 백작령에서 발견된 희소품을 렛세우 백작이 모른다, 라는 것은 그의 체면을 뭉개는 일이 될 테니까.

"통이 크시군요. 그렇지만, 거금을 들여서 유적을 구경하는 것에만 그치면 미스릴의 탐색자로서 긍지가 허락하지 않습니다."

"그러면, 가는 길의 마물 퇴치로 얻은 소재는 비과세로 하세나. 물론, 마핵은 시세로 팔아줘야 하네."

조금만 더.

"근처의 산에는 폐광이 있지. 50년 전까지는 풍부한 자원을 산출하고 있었다네. 그곳의 채굴권을 20년 분량 정도 덧붙여드리도록 하지."

노집정관이 사기꾼 뺨을 칠 정도의 공수표를 뿌렸다.

"폐광에서 그 어떤 희귀한 금속이나 보석을 얻든, 5년 동안은 비과세로 하세나. 그걸로 어떠신가?"

보통은 폐광을 채굴 가능하게 만드는데 몇 년이나 걸릴 거고, 에치고야 상회의 지배인이 해준 이야기에 따르면 광산 개발부터 5년 동안 비과세는 짧다고 한다.

게다가 채굴권이 20년 분량이라는 것은, 광산이 궤도에 오를 때 즈음이면 렛세우 백작에게 권리가 돌아간다는 거다.

덤으로 맵 검색을 해보니, 오랜 기간 방치된 폐광에는 천 수백 마리의 데미 고블린을 비롯한 마물이 살고 있는 걸 알 수 있었다.

"광산 개발이 의무가 아니라면."

"물론이네."

개발 범위를 산 하나 분량으로 정하고, 금화 500닢으로 유적과 폐광의 권리를 획득했다.

폐광은 완전히 말라버렸다고 생각하는 모양인데, 그들이 채굴한 것의 3배 심도에 금광맥이 있다. 유적 쪽도 미답 구역에 손대지 않은 보물이 있고, 프루 제국의 금화만 따져도 1천 닢 이상 있으니 확실하게 본전을 건질 수 있다.

그렇게 해서, 나는 거래를 마친 바로 다음날 곧장 동료들과 유적의 미답 구역 탐색을 마쳤고, 며칠에 걸쳐 금광맥에서 대량의 괴를 획득해서 최종적으로는 들인 돈의 수십 배 보상을 얻었다는 것을 기록해둔다.

정말이지 메뉴랑 모든 맵 탐사 마법의 조합은 치트라니까.

한 탕 크게 번 대신에, 폐광에서 쓰러뜨린 데미 고블린에게 얻은 천 수백 개의 마핵은 모두 렛세우 백작에게 선물해뒀다. 등급이 낮은 마핵이라도, 마력로의 연료로는 도움이 되겠지.

이걸로 마핵 부족이 조금은 해소됐을까?

◆

"주인님, 저기서 누군가 싸우고 있는 거예요!"

"전쟁~?"

남북으로 긴 렛세우 백작령의 북쪽 고개에 접어들었을 때, 포치가 멀리 전장을 발견했다. 그 근처는 비스탈 공작령일 거다.

"요새의 공방전인 것 같다고 보고합니다."

나나가 망원경을 보면서 말했다.

왕국군과 반란군의 싸움인가 보다. 도시를 점령한 뒤에 전멸당한 부대하고는 다른 부대겠지.

공격 측은 골렘이나 투석기에 더해서 각종 공성 병기를 이용하고, 요새 측은 마력포로 응전하고 있었다. 쌍방 모두 마법사는 적은 모양이다. 공격 측은 흙 마법사를 사용한 참호나 성벽으로 진지 구축을 한 흔적도 있었다. 그리고 요새 측이 왕국군이다.

"상당히, 구석진 장소에서 싸우고 있네."

"저 고개는 비스탈 공작령의 북쪽 가도의 요소인가봐."

나는 맵으로 알게 된 정보를 아리사에게 전달했다.

여기를 확보해두지 않으면, 왕국군도 반란군도 등 뒤를 신경 쓰면서 싸우게 되는 것 같았다.

"꽤나 화려한 싸움이네."

아리사가 망원경으로 전장을 바라본다. 공간 마법 「멀리 보기」를 사용하지 않는 것은 피투성이 영상을 선명하게 보기 싫어서겠지.

공격 측 사령관이 무능했는지, 전선의 병사가 마력포로 쓸려나가 풀썩풀썩 쓰러졌다.

……인간들끼리 싸우는 전쟁은 너무 처참하다.

관전할 생각이 사라진 나는 가도로 돌아가고자 말머리를 돌렸다.

"저거…… 쿠보크 왕국의 문장이야."

아리사의 말에 무심코 돌아보았다.

맵 정보를 체크하자, 공격 측의 보병 부대 하나가 요워크 왕국의 노예병 부대라는 걸 알 수 있었다.

나도 망원경으로 그쪽을 보았다.

그들이 가진 방패에 그려진 문장이 아리사의 고향인 구 쿠보크 왕국의 문장인 거겠지. 요워크 왕국 사람이 그런 건지, 일부러 문장에 검은 도료로 가위표를 그려놓았다.

"가자."

"구해주지 않아도 돼?"

"죽는 건 쿠보크의 병사들뿐만이 아니니까."

아리사가 고개를 숙인 채 고개를 옆으로 저었다.

잠시 지나자 반란군 측이 병사를 물리고, 노예병을 포함한 요워크 군도 후퇴를 시작했다.

나는 그것만 확인하고, 말머리를 돌려서 앞서 가는 아리사 일행을 따라갔다.

◆

"마스터, 영지 경계의 관문이 어쩐지 삼엄하다고 보고합니다."

렛세우 백작령에서 카게우스 백작령으로 빠져나가는 계곡에, 카게우스 백작령의 요새가 있었다.

나나가 말한 것처럼 요새에는 수많은 병사가 있었고, 통행하는 상인들의 체크도 삼엄한 인상이었다. 난민은 모두 돌려보내는지, 최근에는 이쪽으로 오는 자가 없는 모양이다.

조금 긴장하면서 관문에 들어갔는데, 우리는 자작의 신분증과 관광 부대신의 메달리온 덕분에 간단히 관문을 빠져나갈 수 있었다.

영지 경계를 넘어가서 오랜만에 「모든 맵 탐사」의 마법을 써 봤는데, 경계가 필요한 인물이나 마족 따위는 보이지 않았다. 이곳에서는 평화롭게 지낼 수 있겠어.

"고기~?"

"저건 양 아저씨인 거예요! 징스기칸으로 만들면 맛있는 거예요!"

관문이 있는 산을 넘어가자, 양들이 평화롭게 풀을 먹는 고원지대로 나왔다.

"그러면, 오늘 점심은 양고기를 사용한 징기스칸으로 하자."

"와~아."

"인 거예요!"

고원의 마을에서 먹기 좋은 양 고기를 나눠 받아 풍광이 미려한 장소에서 징기스칸을 즐겼다.

전장을 목격한 뒤로 조금 풀이 죽었던 아리사의 얼굴에도 웃음이 돌아왔다. 맛있는 요리와 상쾌한 경치가 그녀의 우려를 치유해준 거겠지.

초원이나 숲의 영지를 나아가, 그날 저녁에는 영도인 카게우스 시에 도착했다.

"어쩐지, 그리운 느낌인 거예요."

"네잉네잉~?"

"여기는 세류 시와 분위기가 비슷하군요."

아인 소녀들이 고향을 그리워하는 표정을 지었다.

아리사와 루루 일을 어떻게든 한 뒤에, 다음은 세류 시에 가 보는 것도 좋을지 모르겠다.

"사토."

미아가 내 소매를 잡아끌었다.

그녀가 가리키는 방향으로 시선을 돌리자, 수염 난 남자가 이쪽을 응시하고 있었다.

"왜 그래?"

아리사가 그쪽을 돌아본 순간—.

『아, 아리사 님 아니우!』

남자가 사투리가 섞인 목소리로, 아리사의 이름을 불렀다.

생각지 못한 재회

"사토입니다. 휴대전화나 메일이 평범하게 있던 현대에도, 소식이 끊어지는 사람이 있습니다. 소원한 상대라면 상관없지만, 친했던 사람이라면 조금 걱정이 된단 말이죠."

『⋯⋯벤! 당신이야?!』

카게우스 백작령의 영도에서 아리사의 이름을 부르는 남자가 있었다.

아무래도, 두 사람은 아는 사이인가 보다. AR표시를 보니 수염 난 그는 벤 파머라는 가문 이름을 가지고 있지만, 지금은 작위가 없는 모양이다.

『아리사 니임, 다행이유. 살아 계셨슈.』

『벤이야말로! 용케 살아남았네.』

아리사와 벤 씨가 눈물로 얼굴을 적시면서 재회의 허그를 했다.

쿠보크 국어를 사용하는 걸 보니, 왕녀 시절에 알던 사람인가 보다.

"아는 사람이야?"

"네, 아리사의 가신이었던 파머 사작님이에요."

옆에서 놀란 표정을 짓고 있는 루루에게 확인해봤다.

듣자 하니 벤 씨는 아리사의 내정 개혁을 실증 실험해준 인물로, 아리사가 왕녀이던 시절에 그녀의 오른팔이라고 할 법한 충신이었다고 한다.

농지에 부엽토를 섞는 일부터 시작하여, 퇴비 만들기, 양봉, 4륜농법, 중간부터는 그의 친족도 끌어들여서 새로운 공구나 기구의 제조까지. 아리사의 개혁을 지탱해줬다고 한다.

『다른 친족도 함께 있어?』

『암유. 아리사 님이 루루한테 편지를 맡겨준 덕분에, 모두 무사히 탈출할 수 있었시유.』

『그래, 다행이야.』

눈물을 닦으면서, 아리사가 웃었다.

『그렇지! 아리사 님! 아리사 님이 만나봐야 할 사람이 있어유!』

『─만나봐야 할 사람?』

『암유!』

벤이 아리사를 안고서 달렸다. 기세가 지나쳐서 아리사의 가발이 벗겨졌다.

그에게 아리사를 유괴할 생각은 없는 모양이다. 마음이 급한 건 알겠는데, 조금 진정해줬으면 좋겠네.

우리는 다 함께 아리사와 벤 씨 뒤를 따라갔다.

『전하! 전하 계셔유?!』

『뭔가, 파머 사작! 문을 열기 전에 암호로 노크를 하라고 그렇게─.』

냉혹해 보이는 청년이 벤 씨에게 쓴 소리를 하는 도중에, 그가 안고 있는 아리사를 보았다.

『마, 마녀!』

『피드 공! 아리사 님을 그런 식으로 부르지 마슈!』

청년의 실언에, 벤 씨가 열화처럼 화를 냈다.

입구 홀에 있던 다른 사람들의 시선도 이쪽에 모였다. 그 시선 다수는 아리사를 포착하고서 험악하게 변했다.

그러고 보니, 아리사의 칭호에는 「망국의 마녀」나 「미치광이 왕녀」라는 게 있었지.

『시끄럽다! 벤, 네놈은 하필이면, 나라를 멸망시킨 마녀를 왕국 재건의 거점으로 데리고 온 것이냐! 이 부끄러움도 모르는 녀석 같으니라고!』

『나라를 멸망시킨 건 아리사 님이 아녀유! 요워크의 부추김에 넘어간 제2왕자랑 대신이쥬.』

그런 다툼은 미리 전부 해결해둔 다음에 아리사를 불러줬으면 좋겠는데.

나는 복잡한 표정의 아리사를 벤 씨의 팔에서 회수했다.

『어전에서 무엇들을 하는 것이냐!』

2층까지 트여 있는 홀에서 보이는 2층의 문이 열리고, 기분이 틀어진 노신사가 나타났다.

노신사 뒤에는 중학생쯤 되는 통통한 소년이 있었다. 그가 노신사가 말하는 「전하」— 아마도 아리사의 오빠가 틀림없다.

아리사의 이야기로는 그녀의 가족은 루루 외에 모두 처형되거나 「말라 죽은 미궁」을 부활시키기 위해서 산 제물이 되었다고 했는데, 그밖에도 살아남은 사람이 있었구나.

『엘루스 오라버니!』

『─어? 아리사? 아리사다!』

아리사가 이름을 부르자 엘루스 군이 노신사를 밀어내고 계단을 달려서 내려와, 그대로 아리사를 끌어안고 재회를 기뻐했다.

『오라버니, 혹시 또 있어?』

다른 가족도 무사한지 묻는 아리사의 말에, 엘루스 군의 표정이 흐려졌다.

『살아남은 건 나뿐이야. 스이탐 형님 덕분이야.』

『그렇구나, 스이탐 오라버니가…….』

AR표시로 확인해 봤는데, 엘루스 군은 노예 신분이었다.

아무래도 그 역시 아리사나 루루와 마찬가지로 「강제」^{기아스}에 묶여 있는 모양이다.

『아리사! 형님이나 모두를 위해서, 함께 쿠보크 왕국을 재건하자!』

엘루스 군이 아리사의 손을 붙들고 그렇게 말했다.

『┳아니 됩니다, 전하!┻』

엘루스 군의 갑작스런 말에, 주위의 측근들이 맹렬하게 반대했다.

방금 아리사를 「마녀」라고 부른 실례되는 청년뿐 아니라, 노신사나 다른 사람들도 반대인 모양이다.

그들하고 뜻이 다른 것은 엘루스 군과 벤 씨 일족 사람들뿐인가 보군.

"아리사, 오늘은 여관으로 이동하자."

"응, 그렇게 할래. 저쪽도 냉각 기간이 있는 편이 좋을 테니까."

아무리 의젓한 아리사라도, 자기 고향 사람들이 이렇게 거절하면 쇼크겠지.

나는 비교적 이야기가 통할 법한 노신사에게 여관을 잡고서 진정되면 심부름꾼을 보낸다고 이야기를 전한 다음, 그들의 거점을 나섰다.

거점을 밀고하면 곤란하다며 몇 명이 우리들 앞을 막아섰지만, 미스릴 탐색자인 우리들 앞길을 막을 수 있을 리 없었다.

포치와 타마가 가볍게 몇 명 던져버렸더니 다들 순순히 길을 터주었다.

"아리사, 오늘은 아리사가 좋아하는 거 만들어줄게. 배부르게 먹고, 얼른 자자."

눈물을 흘리는 아리사의 어깨를 끌어안고서, 내가 한 말이지만 서투른 위로의 말을 했다.

"─아니야, 주인님. 슬퍼서 흘리는 눈물이 아냐. 한 명뿐이지만, 엘루스 오라버니뿐이었지만, 나랑 루루 말고 살아남아준 것이 기뻐서……."

나를 올려다본 아리사가 눈물에 젖은 얼굴로 웃음을 지었다.

"그렇구나……. 그러면, 오늘은 엘루스 군이 살아남은 걸 축하해야겠네."

"응, 고마워."

아리사가 내 팔에 머리를 맡겼다.

강한척하는 게 다 보이지만, 나는 그것을 깨닫지 못한 척했다.

147

하다못해, 조금이라도 아리사의 슬픔이 치유되기를 바라면서—.

◆

"—누구냐?"

책상에 앉아서 일을 하고 있던 노신사가 문을 여는 소리를 깨닫고 돌아보았다.

나는 아리사를 재운 다음, 엘루스 제5왕자의 후견인을 맡고 있는 전직 쿠보크 왕국의 후작과 이야기를 하기 위해 찾아왔다.

"안녕하십니까."

그가 시가 국어로 물어보기에, 나도 그것에 맞추어 시가 국어로 인사했다.

"너는 아리사 님과 함께 있던……."

"네. 아리사를 보호하고 있는 시가 왕국의 사토 펜드래건 자작입니다."

무노 백작의 가신이라는 건 생략했다. 머나먼 이 땅에는 아직 「저주받은 영지」의 소문이 남아 있을지도 모른다고 생각했으니까.

"시가 왕국의 자작가에 속한 사람인가—."

노신사는 내 말을 잘못 들은 모양이다.

"아, 제가 가장—이라고 해야 할까요? 초대 펜드래건 자작입니다."

"그 젊은 나이에?"

"네. 아리사나 동료들의 도움을 받아서, 요전에 승작했습니다."

노신사가 내 젊음과 작위의 언밸런스함에 놀랐다.

"혼자서 오셨다는 것은 아리사 님과 관련된 일 때문이신가?"

내 말을 믿어준 모양인지, 노신사의 말이 존대로 바뀌었다.

"네, 맞습니다."

"엘루스 전하는 그렇게 말씀하셨지만, 파머 사작 일족 말고는 찬동하는 자가 없다네. 내게 설득을 의뢰하러 오셨겠지만, 그것은 헛수고로 끝나셨네."

그런 착각을 했구나…….

"아뇨. 제 용건은 그게 아닙니다."

내가 부정하자, 노신사의 얼굴이 의심스레 일그러졌다.

"저는 아리사와 루루를 노예 신분에서 해방해주고 싶습니다."

"……불가능할걸세. 자작께선 『강제』— 기아스라는 역겨운 기프트에 대해서 알고 계신가?"

"네, 아리사에게 들었습니다."

내가 대답하자, 노신사가 무거운 한숨을 쉬었다.

"기아스를 풀 수 있는 것은 술자뿐일세. 아리사 님을 **비롯한 분들**에게 기아스를 건 궁정 마술사는 쿠보크 왕국 멸망 직전에 요워크 왕국으로 넘어가, 지금은 그 나라에서 중직에 있지."

어이쿠, 생각보다 빨리 흔적을 찾을 수 있겠네.

"그 궁정 마술사는 요워크 왕국에 있는 건가요?"

"거기까지는 알지 못한다네. 그러나, 십중팔구는 요워크 왕국 성일 터이지. 요워크 왕국이 비스탈 공작령의 반란군에 참여했다는 소문은 있네만, 그쪽으로 파견됐을 가능성은 없을 걸세."

"그런가요?"

평범하게 생각해서 기아스를 남용할 수 있다면, 전장에서 비스탈 공작령의 군세를 수중에 넣는 것도 가능할 것 같은데.

"흠. 쿠보크 왕국 시절에 본인에게 들은 적이 있네만, 기아스를 쓰려면 몇 가지 조건이 필요하다고 하였네. 전장에서 그 조건을 갖추는 것은 고생스럽겠지."

어이쿠, 생각지 못한 정보다.

듣고 보니, 무조건으로 타인에게 기아스를 걸 수 있다면 그 궁정 마술사 자신이 왕이 되었어도 이상하지 않고, 요워크 왕국이 더 세력을 키울 수도 있었을 거다.

"그 조건이란 것은?"

내 물음에, 노신사가 가늠하는 것처럼 나를 본 다음, 그걸 가르쳐 주었다.

"기아스를 쓰는 조건은 네 가지. 『마술사 100명 분량의 마력』, 『이 저택 정도 크기의 치밀한 마법진』, 『마황장』, 그리고 『상대의 동의』일세. 모든 조건이 정말로 필요한지는 알 수 없지만, 전투 중에 적진에 쓸 수 있는 것은 아니겠지."

그렇군. 그 궁정 마술사를 상대할 때는 「마법진」이나 「지팡이」에 주의하면서, 섣불리 「동의」를 하지 않도록 말이나 행동을 조심해야 된다는 거구나.

"요워크 왕국에 가시려는가?"

내가 주의점을 메뉴의 메모장에 기입하고 있는데, 노신사가 그렇게 물어봤다.

"네, 궁정 마술사를 만나보려고 합니다."

"그 나라는 다소 배타적인 구석이 있지. 정면으로 가서 물어봐도, 놈이 어디에 있는지를 가르쳐줄지는 모를 일일세."

보통은 곤란하겠지만, 내 경우는 맵 검색이 있으니까 문제없다.

"그건 좀 난처하군요."

그에게는 아직 하고 싶은 말이 있는 것 같기에, 말을 재촉하는 의미를 담아서 말했다.

"자네만 괜찮다면, 내 도와드리지."

"도와, 주신다고요?"

"그래. 그 나라에는 연줄이 몇 있다네. 중간의 지도뿐 아니라, 카게우스 시와 요워크 왕국 사이를 오고 가는 행상인을 소개해줄 수도 있지."

"그거 기쁜 일이네요."

행상인에게 중간의 관광지 정보를 입수하거나, 현지의 숨겨진 특산품을 알려달라고 할 수도 있겠다.

물론, 그도 그냥 친절한 마음에 하는 말은 아닐 거고—.

"그래서, 저는 그 호의에 어떤 보답을 해드리면 될까요?"

내 직설적인 물음에, 노신사는 희미하게 깔보는 표정을 지으며 입가를 끌어올렸다.

"엘루스 전하의 대의을 위해, 마음을 써주는 것으로 충분하다네—."

—어라?

분명히「엘루스 군의 기아스를 해제」하는 걸 조건으로 삼을 줄 알았는데, 그는 그런 말은 조금도 안 하고 쿠보크 왕국 재건을 위한 자금이나 물자를 달라고 했다.

뭐, 엘루스 군은 아리사의 가족이니, 그가 부탁하지 않아도 엘루스 군의 기아스까지 풀어줄 셈이지만.

"그러면, 이것을 엘루스 공의 대의에 보태 주세요."

나는 테이블에 「마법의 가방」을 두었다.

이것은 렛세우 백작령의 유적에서 획득한 물건으로, 옷장 2개 분량의 아이템이 들어간다.

"가방도 드리겠습니다. 쿠보크 왕국의 재건에 써주세요."

안에는 금화 2천 닢이 들어간 주머니와, 정규병 같은 모습의 마물 소재 무기나 방어구, 전투에 도움이 될 법한 마법약 여러 종, 행군에 편리할만한 물 광석이 사용된 「맑은 샘의 물주머니」 같은 것도 들어 있었다.

다만, 무차별 테러에 쓸 수 있을 법한 불 지팡이나 폭탄 같은 건 안 넣었다.

"이, 이것은……."

노신사는 안을 보고 말을 잃은 뒤, 내 얼굴과 가방 속으로 시선이 몇 번 왕복했다.

"……펜드래건 경, 이 정도 물건을 엘루스 전하께 내놓는다는 것은, 역시 아리사 님을 왕족으로 대우하라는—."

노신사가 떨리는 목소리로 내 진의를 물었다. 나에게는 아무렇지도 않은 물건들이지만, 왕국 재건으로 분주한 노신사에게는 조금 자극이 강한 내용물이었나 보다.

"아까도 말씀 드렸지만, 아리사를 여왕으로 삼아 쿠보크 왕국에 괴뢰정권을 만들려는 야욕은 없습니다. 이건 어디까지나 『아리사의 오라버니』에 대한 선물입니다."

아리사를 왕족으로 우대해 준다면야 대환영이지만, 그로 인해 아리사의 자유가 사라지는 건 바라는 바가 아니다.

가능하면 아리사와 엘루스 군이 마음 편히 만날 수 있는 환경이 되는 것이 바람직하지만, 위에서 돈 다발로 후려치는 식으로는 괜한 화근이 남을 것 같으니, 여기서 노신사에게 약속을 받을 생각은 없었다.

"다른 의미 따위 없으니, 부디 받아주세요."

"—자작의 조력에 감사하네."

노신사가 깊숙하게 고개를 숙이며 인사를 했다.

어지간히 자금 운용에 고생하고 있었던 모양이다. 노신사는 만족한 표정으로 요워크 왕국의 연줄에 보내는 편지를 써주었다.

지도의 사본이나 행상인의 연결은 담당자를 여관으로 보낸다고 했다.

편지를 받은 나는 자리를 떴다.

—어이쿠, 잊고 있었네.

"마지막으로 하나 괜찮을까요?"

"무엇이신가?"

"그 궁정 마술사의 이름을 가르쳐주실 수 있을까요?"

이름만 알면, 맵 검색으로 금방이니까.

"오르키데일세. 지금은 나라를 판 대가로 얻은 마토슈라는 가문 이름을 쓰고 있지.”

나는 노신사의 정보에 감사하며, 그들의 거점을 떠났다.

◆

『─보고해라.』

『펜드래건 자작은 곧장 여관으로 돌아갔습니다. 그대로 어딘가 나가는 기색도 없었으니, 여관을 감시하는 자들에게 뒤를 맡기고 돌아왔습니다.』

노신사에게 청년 귀족이 대답했다.

나는 그림자에서 올려다보는 광경을 뇌리에 떠올리면서, 두 사람의 대화를 들었다.

이 청년 귀족이 거점부터 미행하는 걸 깨닫고서, 감지하기 어려운 「그림자들이 박쥐」를 그의 그림자에 숨겨 저들의 속셈을 조사하기로 한 것이다.

『각하, 야음을 틈타 마녀를 쳐야 합니다.』

청년의 말에 노신사는 대답하지 않고, 냉혹한 시선을 보냈다.

나는 그림자들이 박쥐 너머로, 청년에 대한 살의와 노기가 전달되지 않도록 마음을 가라앉혔다.

『그 애송이가 마녀를 추켜세워서, 새로운 세력을 만든 다음에는 늦습니다.』

청년이 바보 같은 말을 시작했다.

그가 무슨 걱정을 하는지는 이해했지만, 딱히 새로운 세력을 만들 필요 따위 없다. 만약 아리사가 그걸 바란다면, 지금 당장이라도 쿠보크 왕국을 재건할 수 있다.

『네 걱정은 이해하지만, 습격은 허가할 수 없다.』

『—어째서입니까!』

『당연히 전멸하니까 그런 거지.』

대답한 것은 노신사가 아니라, 처음부터 방에 있던 무인이었다. 맵 정보에 따르면 레벨이 38이나 된다.

『장군! 당신까지, 그런 나약한 소리를 하다니!』

『나약하다고? 꼬맹이들에게 뻗어버린 녀석이 상당히 잘났다고 말을 하는군.』

『그, 그땐 방심했을 뿐이다.』

『그런 말이나 하다가는— 다음엔 죽을 거다, 너.』

장군의 말에 청년의 얼굴이 경련했다.

『그 녀석들은 강하다. 특히 주황 비늘 종족의 여자는 내가 열 번 도전하면 열 번 다 패배할 거다. 전에 시가8검 중 한 명을 만난 적이 있는데, 그 여자는 그에 비견되는 강함을 지닌 것처럼 느껴졌다.』

—오오! 굉장하네.

감정 스킬도 없는데, 그 정도까지 알 수 있나?

『그, 그러면 그 추녀를 납치해서 협박하면 된다. 마녀가 데리고 있는 메이드 정도라면—.』

『얻어맞아서 뻗겠지.』

『—나를 모욕하는 건가!』

『사실을 말하는 것뿐이다. 주황 비늘 종족의 여자에게는 못 미쳐도, 그 여자도 숙련자다. 너희들과 다퉜을 때의 발놀림만 봐도 알 수 있지.』

루루의 미모를 이해 못하는 청년에 대한 불만을 마음속에 담아두고, 그들의 이야기에 귀를 기울였다.

『퐛삼, 그건 자작도 마찬가지인가?』

노신사의 질문에, 장군이 조금 말문이 막히는 듯 대답했다.

『―그건 모르겠어. 강해 보이지는 않지만, 내 감이 속삭인다. ―「저건 절대로 건드리지 마라」라고.』

뭐라고 할까. 나를 괴물처럼 말하지 말아주시죠.

『루크보 경, 펜드래건 자작 일행에게 손을 대선 안 된다. 그 자는 엘루스 전하께 도움이 된다. 물론, 아리사 님도.』

노신사가 못을 박자, 청년이 불복하는 기색으로 승복하고 방에서 나갔다.

『퐛삼, 녀석들이 괜한 짓을 못하도록 부탁하지.』

『알았어.』

『녀석들이 뭘 할 수 있을 것 같지는 않지만, 자작의 역정을 사서 전하의 유력한 협력자를 잃는 것은 피하고 싶으니까.』

일단, 청년들의 폭주는 걱정 안 해도 되겠네.

그들이 제대로 고삐를 쥐어줄 거라 생각하지만, 안락한 잠을 위해서 소환한 박쥐들에게 밤의 경비를 시켜두도록 할까.

요워크 왕국으로

"사토입니다. 자신의 결정이 많은 사람의 생활을 좌우한다는 것은, 대단히 커다란 스트레스가 되는 일이라고 상상하기 어렵지 않습니다. 수상쩍은 컨설턴트나 영능력자에게 경도되는 사람이 나오는 것도 이해가 된다니까요."

"저게 국경인가?"

노신사에게 정보를 얻은 다음, 나는 요워크 왕국으로 갔다.

흙 마법 「석제 구조물」과 각인판으로 전이 포인트를 만들면서, 밤의 어둠을 틈타서 하늘을 날아갔다.

"무슨 전시상황 같네……."

국경의 요새에는 화톳불이 밝혀져 있고, 심야인데도 병사가 보초를 서고 있었다.

나는 가도에서 떨어진 국경선을 넘어, 「모든 맵 탐사」의 마법으로 요워크 왕국의 정보를 모두 밝혀냈다.

결과부터 먼저 말하면, 「강제」 스킬을 가진 자는 영지 안에 없었다.

노신사에게 들은 「오르키데 마토슈」라는 이름으로도 맵 검색에 걸리지 않고, 가족도 없는지 가문 이름의 검색도 결과가 없었다. 당연히 그의 가옥 부지 또한 발견되지 않았다.

"외부 원정에 동행했거나, 추기경처럼 아이템으로 위장을 했거나⋯⋯."

혹은 영지 안에 몇 개 있는 공백지대— 다른 맵에 숨어 있을 가능성도 있다.

국내에 전이용 거점을 설치한 다음에 비스탈 공작령으로 가서 마찬가지로 검색을 해봤지만, 역시 그 궁정 마술사를 발견할 수는 없었다.

귀찮지만 평범하게 요워크 왕국에 쳐들어가서 그의 행방을 물어보는 수밖에 없겠군.

나는 요워크 왕국의 왕도와 가까운 산 속에 전이 포인트를 추가하고, 흙 마법 「집 제작」으로 반지하의 세이프 하우스를 준비했다. 조금 요새처럼 된 것은 마물 대책일 뿐이지 다른 뜻은 없다.

◆

요워크 왕국의 조사를 한 다다음날, 우리는 카게우스 시의 정문에서 엘루스 군이나 벤 씨 일행에게 배웅을 받았다.

"아리사, 요워크 왕국에 가다니 위험해! 나랑 같이 이 도시에서 기다리자."

"미안해, 오라버니."

엘루스 군 일행도 거점 밖에서는 시가 국어를 쓰는 모양이다.

"아리사 님, 역시 우리도 같이 가겠슈."

"안 돼, 벤. 당신들은 지금까지처럼, 엘루스 오라버니를 도와줘."

벤 씨나 그의 일족도 아리사를 따라가려고 했지만, 아리사에게 「부탁해」라는 말을 듣고서 최종적으로 엘루스 군 곁에 남기로 약속했다.

출발이 다다음날이 된 것은 우리들의 방문을 안 카게우스 여백작이 나를 포함하여 모두를 성의 만찬에 초대했기 때문에, 그것에 응답하느라 어쩔 수 없이 지연되었다.

양고기 요리에 그 정도의 레파토리가 있는 것은 솔직히 놀라웠다. 특히 소시지와 특산품인 에일이 멋졌다. 에일은 그다지 좋아하지 않지만, 이곳의 에일은 순순히 맛있다고 생각했다.

"어제 양고기 요리는 맛있었어."

"네잉!"

"포치는 양 아저씨 상대라면, 매일 밤이라도 싸울 수 있는 거예요!"

"무척 맛있었습니다. 다채로운 소시지도 좋았습니다만, 양의 힘줄 고기로 만든 찜의 씹는 맛이 최고였어요."

아인 소녀들은 양 고기 요리에 푹 빠진 모양이다.

"대략적인 레시피는 상상이 되니까, 열심히 재현해 볼게요."

"예스, 루루. 양고기 스튜를 한 번 더 먹고 싶다고 고합니다."

"감자버터."

루루의 말을 들은 나나와 미아가 재빨리 요청을 하고, 다른 아이들도 그것을 본받아 자기가 먹고 싶은 요리 요청을 했다. 포치는 어째선지 어제의 라인업에 없었던 햄버그를 요청했다.

"주인님, 기다렸지."

"작별은 다 했어?"

"응, 평생 헤어지는 것도 아니고, 또 만나러 오면 되잖아."

조금 산뜻한 표정의 아리사에게 고개를 끄덕여주고, 우리는 카게우스 시를 떠났다.

◆

"어이구, 잔뜩 대접을 받아버려서 미안하구만."

"아뇨, 이쪽이야말로. 이래저래 다른 나라 이야기를 들어서 즐거웠습니다."

점심 휴식 장소로 고른 가도 옆의 광장에서, 요워크 왕국에서 막 돌아왔다는 행상인과 점심을 함께 먹었다.

"그러면, 조심해서 가라구~. 요워크 왕국은 요즘 뒤숭숭하니 까~."

마음씨 좋은 행상인이 손을 흔들며 떠났다.

"좋은 정보를 들었네."

"그래, 공개적으로는 시가 왕국과 전쟁 상태가 아니라는 걸 들어서 다행이야."

요워크 왕국은 비스탈 공작령의 반란에 조력을 하고 있지만, 그것은 시가 왕국군을 사칭하는 도적 퇴치에 협력하고 있다는 명목이라서 공개적으로 대립하는 것은 아니라고 한다. 그렇기 에, 그들 시가 왕국의 행상인도 지금까지 그런 것처럼 국경을 넘어 장사를 할 수 있다고 말했다.

노신사가 소개해준 행상인에게도 이야기를 들었지만, 그들이 요워크 왕국에 간 것은 요워크 왕국군이 참전하기 전이었기 때문에 지금 현재의 생생한 정보가 들어온 것은 큰 수확이다.

우리는 국경의 도시까지 마차로 여행을 즐기고, 거기서부터는 전이를 써서 요워크 왕국 안에 만들어둔 전이 포인트로 건너뛰었다.

"―요새?"

"마스터, 이 요새가 목적지인가요라고 묻습니다."

세이프 하우스를 재빨리 발견한 미아와 나나가 물어보기에 고개를 끄덕였다.

"이 세이프 하우스는 요워크 왕국을 조사하는 거점으로 삼을 생각이야."

"세이프 하우스? 이게?"

아무리 봐도 요새라는 것처럼 아리사가 눈으로 말했다.

"이 근처에는 마물이 어슬렁거리니까 만약을 위해서야."

"사냥감~?"

"포치는 사냥을 하고 싶은 거예요!"

"두 사람, 일단은 『세프하우스』를 확인한 다음입니다."

"네잉."

"네, 인 거예요."

리자가 재촉하자 모두가 세이프 하우스로 갔다.

어째선지 타마와 포치가 탐험대 같은 액션으로 들어갔지만, 그곳에는 함정이나 괴물이 없으니 안심해도 된다. 호러 하우스

163

로 착각을 한 건가?

"루루, 가자."

"네! 금방 갈게요."

이파리나 가지로 위장해둔 파수탑을 올려다보던 루루를 불렀다.

우수한 스나이퍼인 루루로서는 저격 포인트가 되는 파수탑이 신경 쓰이는 거겠지.

요새 안으로 들어가서 채광이 좋은 유리 천장의 살롱에서 푹 쉬었다.

"요워크 왕국의 왕도로 쳐들어가는 건 내일이야?"

"아니, 조금 휴식을 하고 나면 금방 다녀올 거야."

"―다녀와? 혼자서 갈 셈이야?"

아리사의 말에, 동료들이 걱정하는 시선을 보냈다.

"아니, 종자 역할로 두 사람 정도 동행시킬 생각이야."

인선으로 조금 다퉜지만, 첫 대면인 상대가 얕보는 일이 적은 리자와 나나 두 사람을 동행자로 정했다.

자기들 일이라며 아리사와 루루도 가고 싶어했지만, 두 사람은 요워크 왕국 사람에게 내력이 들키면 위험하니 따라오지 못하게 했다.

◆

"삼엄한 분위기로군요."

"예스, 리자. 전시인 것처럼 묵직한 분위기라고 고합니다."

요워크 왕국 왕도의 정문에서 하는 엄격한 체크에, 리자와 나나가 외투의 후드를 깊숙하게 눌러쓰면서 중얼거렸다.

이제 슬슬 우리 차례다.

『—다음, 그쪽 너희들이다.』

병사가 우리를 불렀다.

요워크 왕국의 말은 쿠보크 국어의 방언 같은 차이밖에 없는 건지 평범하게 알아들을 수 있었다. 시가 국어하고도 비슷하지만, 쿠보크 국어 쪽에 가깝다.

〉「요워크 국어」 스킬을 얻었다.

스킬 포인트 분배를 할 필요가 없는 것 같기도 하지만, 이제부터 국왕을 알현할 텐데 쿠보크 왕국 어조의 말을 쓰는 건 안 좋을 것 같다는 생각이 들어, 요워크 국어 스킬에 포인트를 분배하고 유효화했다.

『신분증을 보여라.』

거들먹거리는 기색의 병사에게 미궁도시 세리빌라의 탐색자증을 보여줬다.

『미궁도시에서 온 녀석인가—.』

『미궁의 소문을 듣고 왔겠지. 그보다도, 은색 탐색자증이라는 게 있었나?』

옆에서 다른 병사가 들여다보았다.

『이봐! 홉! 너, 미궁도시에서 탐색자 했었지? 이거 뭔지 알겠냐!』

165

『오! 희한한 탐색자증이군. 탐색자 길드의 각인도 있고, 부자나 귀족용으로 황금증이라는 게 있으니까, 그 아래 녀석이겠지.』

아무래도 그는 미스릴증을 모르는 모양이다.

『졸부용인가? 그러고 보니, 가지고 있는 검도 비싸 보이고, 옷도 좋은 거 입고 있구만.』

『통행세는 한 사람당 은화 3닢이다. 그쪽 아인이 가지고 있는 창은 칼집을 끈으로 묶어둬라. 너랑 그쪽 미인도. 왕도 안에서 날붙이로 사고를 치면 즉시 감옥에 처넣을 테니까 명심해두고.』

병사들은 은화를 받더니 우리들을 보내주었다.

『―여관「영화의 언덕」에 잘 오셨습니다!』

요워크 왕국의 왕도에서 가장 등급이 높은 여관으로 왔다. 행상인들이 가르쳐준 여관이다.

필요 이상으로 호화찬란한 여관의 지배인은 웃는 표정 뒤에서 손님을 가늠하는 타입인가 보다. 접수처에서 체크인의 수속을 하는 사이에도, 뱀 같은 눈으로 우리들의 옷이나 액세서리 등을 체크하고 있었다.

그것 자체는 아무래도 좋지만, 리자의 외투를 밀어 올리는 꼬리를 본 지배인이 『……꼬리붙이라니』라고 아인에 대한 차별 발언을 한 것이 신경 쓰인다. 행상인들의 정보에서는 못 들었는데, 이 나라에도 아인 차별이 있는 모양이다.

그걸로 조금 망설이긴 했지만, 예정한 것처럼 나나와 리자 두 사람을 심부름꾼으로 보냈다.

비싼 헌상품을 사용해서 국왕을 알현하는 단계를 마련하기 위해서다. 공개적으로 요워크 왕국과 시가 왕국은 전쟁 상태에 돌입한 것이 아니니까, 시가 왕국 귀족으로서 알현을 바란다. 관광 부대신의 지위도 이용해봤다.

이틀 정도 걸렸지만, 계획대로 등성할 수 있었다. 다음은 성 안에서 궁정 마술사의 행방을 캐면 된다.

여관에서 기다리는 사이에 소환한 그림자들이 박쥐나 공간 마법을 사용해서 조사를 했는데, 신통한 정보는 얻을 수 없었다. 얻을 수 있었던 것은, 왕비와 기사단장의 불륜 사실이나 대신 중 몇 명이 직권을 남용해서 안 좋은 일을 하고 있다는 추문 같은 것뿐이다.

다음은—.

"마스터, 골렘이 잔뜩 있다고 보고합니다."

"외장은 조금 다릅니다만, 족제비 놈들이 사용하는 유인 골렘과 같은 거군요."

성문을 통과한 앞의 통로에 100명 가까운 기사들과 유인 골렘 30개체가 의장병처럼 늘어서 있었다. 넷 정도 되는 성벽탑의 꼭대기 부근에는 비룡 기사가 대기하며 이쪽을 내려다본다.

비룡 기사가 탄 와이번은 나사로 지배되고 있으며, 방금 본 유인 골렘과 마찬가지로 족제비 제국의 병기가 비스탈 공작령의 반란군 경유로 들어온 모양이다.

"제법 성대한 환영이네."

우리를 확인한 지휘관이 나팔을 불자, 금속이 스치는 소리와 함께 골렘들이 발검하고 예쁜 소드 아치를 만들었다.

─오옷, 꽤 볼만한데.

의외로 요워크 왕국의 국왕은 우리를 환영해주는 모양이다. 녹화해둘걸 그랬네. 일단, 이 멋진 광경을 촬영해두자.

"치졸한 위압이군요."

"예스, 리자. 우리들에 대한 위협이라면 전력이 부족하다고 평가합니다."

……대환영의 어트랙션이 아니었구나. 뭐, 됐어. 나는 즐거웠으니까.

나는 헛기침을 해서 마음을 고쳐먹고, 시가 왕국의 귀족답게 소드 아치 아래를 우아하게 나아갔다.

그 앞에는 완전무장한 기사단장이 기다리고 있었다. 그 불륜을 하던 사람이다.

"성대한 환영에 감사드립니다."

나는 진심으로 인사를 했다.

"나는 기사단장인 호르헨 미드나크 백작이다. 시가 왕국 관광 부대신, 펜드래건 자작의 방문을 환영한다."

불륜 기사단장이 나를 내려다보면서 맞이해 주었다.

작게 「이런 애송이가 부대신이라고?」라고 중얼거리는 걸 엿듣기 스킬이 포착했지만, 마음은 이해가 가니까 가볍게 흘려들었다.

오른손을 내밀기에 악수로 응답했다.

제법 힘이 좋다. 강력 스킬을 가진 사람답네.

"으, 그그그그그……!"

묘하게 긴 악수를 하고 있는데, 기사단장이 새빨간 표정으로 신음을 했다.

그의 힘과 비슷한 정도로만 마주 쥐었는데, 혹시 아팠나?

"그, 그러면 안내를 하지. 따라오게."

손을 떨치는 것처럼 악수를 마친 기사단장이 빙글, 등을 돌려 성내로 걸어갔다.

일단은 우호적인 인사도 마쳤으니 우리도 그의 뒤를 따라갔다. 맞이해준 기사들도 뒤에서 함께 따라온다. 호위인가?

"―위협을 계속하는 모양입니다만, 살기가 느슨하군요."

아니었구나.

"예스, 리자. 마스터, 진짜 위압을 보여줘도 될까요라고 묻습니다."

그만해주렴.

나는 나나에게 고개를 옆으로 저었다.

기사단장의 선도를 받은 우리는 시가 왕국과 다른 건축 양식이나 미술품을 구경하며 나아갔다. 메이드나 문관의 의상도 시가 왕국하고는 조금 다른 모양이다. 천의 질이 나쁜 건지, 입고 있는 모습이나 동작이 세련되지 못한 건지, 어쩐지 엉성해 보인다.

알현의 방에 도착하여, 기사단장의 지시로 고개를 숙이고 국왕을 기다렸다.

『에르데오크 대왕국의 정통 후계자, 요워크 왕국 국왕, 우사르서키스 17세 폐하 납시오~.』

묘하게 소절이 있는 목소리로 국왕의 등장을 고하기에, 고개를 숙인 채 몰래 그쪽으로 시선을 보냈다.

노예들이 짊어진 가마를 타고서 입실한 국왕은 병에 걸렸는지 기이하게 초췌한 모습이었다. 이상한 약물을 의심했지만, 알코올 의존증 말고 다른 상태 이상은 없었다.

나중에 알았는데, 에르데오크 대왕국이란 것은 먼 옛날에 이 나라를 포함한 중앙 소국군이 하나의 대국이었을 무렵의 이름인 모양이다.

『시가 왕국 관광 부대신 펜드래건 자작, 고개를 들라.』

정면에서 본 국왕은 열이 있는 것 같은 표정이었지만, 눈만은 활활 타오르고 있었다.

『흠, 젊군. 사가 제국의 젊어지는 약이라도 사들였는가? 아니면 요정족의 피라도 섞여 있는가─.』

요정족과 인간족 사이에서 아이를 만들 수 있다면 기쁘겠지만, 유감스럽게도 절대로 안 된다고 보르에난 숲의 하이 엘프, 사랑스런 아제 씨가 말했거든.

『─혹은 그저 젊은 애송이에게 가공의 직위를 내려, 나를 우롱하러 온 것인가?』

『어느 쪽도 아닙니다.』

나는 예복의 가슴에 단 훈장 중에서 가장 희귀한 시가 왕국 퇴룡 훈장과 네임 밸류가 있을 법한 미스릴 훈장을 풀어, 국왕에게 잘 보이도록 들어보였다. 후자는 미스릴 탐색자가 됐을 때 미스릴 탐색자증과 함께 받은 훈장이다.

국왕 뒤에 있던 문장관은 알고 있었는지 금방 상관인 대신에게 귓속말을 했고, 그것이 국왕에게 전달됐다.

『—퇴룡 훈장? 네놈은 용을 물리쳤는가!』

『사가 제국의 용사 하야토 님을 도왔을 뿐입니다.』

실제로 물리친 적도 있지만, 혼자 힘으로 해냈다고 주장하면 거짓말 같으니까 용사 하야토의 네임 밸류를 이용했다.

그렇지만, 국왕은 내 겸손을 전혀 안 들었다.

『그렇군! 용을 물리쳤는가! 그 용을……!』

비틀거리면서 옥좌에서 일어서더니, 그대로 넘어질 뻔해서 측근이 지탱했다.

『펜드래건! 네놈에게 백작위를 주마! 내 가신이 되어라!』

국왕은 용에 집착이나 트라우마가 있는지, 필사적인 표정으로 나에게 말했다.

『**용과** 용을 물리친 기사를 거느리면, 소국으로 분열된 에르데오크 지역을 평정하고 내가 에르데오크 대왕의 지위에 앉는 것도 가능하다! 아니, 틀림없이 대왕이 될 수 있지! 그렇다, 대왕이다! 나야말로 대왕이 되는 것이다!』

위험한 약이라도 했는지, 좀 무섭다.

『폐하, 마음을 편히 가지소서.』

『뮤데로군……. 나는 대왕이—.』

『네, 폐하께서 대왕이 될 수 있고말고요.』

베일을 쓴 뮤데라는 거유 미녀가 국왕 옆으로 달려가 뭔가 주문 같은 것을 말했다.

─으엑, 정신 마법사네.

저 베일이 고성능 인식 저해 마법 도구라서 감정으로는 정보를 읽기 어려웠지만, AR표시에 따르면 「환도원」이라는 조직의 일원이라는 걸 알 수 있었다.

스킬 구성을 보니 어딘가의 첩보원이나 범죄자 같은 느낌이다. 이미 아는 맵을 검색해 보니, 시가 왕국의 왕도나 대부분의 영도에 구성원이 있었다. 다만, 그녀처럼 정신 마법사는 없다. 만약을 위해, 그녀에게 마커를 달아둬야겠군.

다음에 미궁도시의 포프테마 전 백작이나 왕도의 재상에게 편지를 써서 「환도원」이라는 조직에 대해서 물어봐야겠는걸. 전서구 소환으로 불러낸 전서구로 보내면 좋을지도 모르겠다.

그런 식으로 생각하는 사이에, 국왕이 몸의 이상으로 퇴실하게 되었다.

『오르데오크 대왕국의 정통 후계자, 요워크 왕국 국왕, 우사르서키스 17세 폐하 가시오~.』

실려가는 가마에서 떨어질 뻔 하면서, 국왕이 외쳤다.

『펜드래건! 내일도 왕성으로 와라! 반드시다!』

국왕의 목소리가 멀어지자, 기사단장이 못을 박는 것처럼 내게 말했다.

"펜드래건 경. 폐하는 저리 말씀하시지만, 조금 변덕스런 분인지라 내일은 마음이 바뀌실지도 모르네. 과도한 기대는 하지 말도록."

뭐, 여기서 벼슬을 할 생각은 전혀 없으니까 딱히 상관 없어.

그보다도—.

"궁정 마술사 오르키데 공을 만나고 싶은데, 연결을 부탁드릴 수 있을까요?"

여기에 온 본론인 오르키데의 행방을 조사하기로 했다.

왕성에는 없을 테지만, 그것 자체가 극비 사항일지도 모르니까 연결을 부탁해봤다.

"오르키데? 펜드래건 경은 마토슈 공과 가까운 사이인가?"

기사단장이 싫다는 표정으로 되물었다.

"아뇨. 면식은 없습니다. 지인이 제게 맡긴 지팡이와 전언을 오르키데 공에게 전하러 온 겁니다."

나는 사기 스킬의 도움을 빌려서 미리 생각해둔 설정을 말하고, 알현하기 전에 맡겨둔 짐 안에서 산수의 가지를 사용한 성능이 높은 긴 지팡이를 기사단장에게 보였다.

지팡이 끝에 청정과 빛 광석을 내포한 커다란 수정을 달아놓아서, 생각보다 신비한 느낌으로 위장할 수 있었다.

아리사나 미아가 쓰는 지팡이에는 미치지 못하지만, 시가 33 지팡이 하위인 붉은 띠들이 사용하는 지팡이보다는 고성능이다.

"멋진 지팡이다……."

알현의 방에 있던 궁정 마술사들이 지팡이에 빨려 드는 것처럼 모였다.

"내가 책임지고 마토슈 공에게 건네두지."

"아니, 내가 맡도록 하지."

어쩐지, 묘하게 인기 있네. 지팡이도 겉보기가 중요하구나.

"마토슈 공은 왕성에 계시지 않은 건가요?"

"뮤데 님에게 접근하려다 좌천됐지."

"그런 엉터리 마술사에게는 타고 남은 성이 어울려."

"이보게! 그것은 극비 사항이라고 엄명을 받지 않았나!"

아무래도, 오르키데는 「타고 남은 성」이 있는 장소에 좌천된 모양이다.

그러고 보니 아리사의 이야기로는 마족이 성이나 성 아래 서민가를 파괴하여 그녀가 있던 이궁도 다 타버렸다고 했으니까, 구 쿠보크 왕국의 왕도일 가능성이 높다.

지금은 직구로 물어봐야지.

"혹시 쿠보크 왕국의 왕도입니까?"

내 질문에, 능구렁이가 못 되는 몇 명이 「아차」 하고 얼굴에 적어둔 것처럼 알기 쉬운 표정을 지었다.

"미안하지만 그것은 극비 정보다. 전언을 맡아줄 수는 있지만, 그것을 말할 수는 없어."

"그러습니까……. 그러면 전언을 부탁드립니다. 『약속은 지켰다. 너도 약속을 지켜라』라고."

더 이상 파고들어도 의심만 할 테니까, 나는 납득이 된 척을 하고서 어떻게든 해석할 수 있는 전언과 지팡이를 눈앞의 궁정 마술사에게 맡겼다.

지팡이 자체는 이번 일을 위해서 준비한 더미니까, 그가 착복해도 문제없다.

나는 궁정 마술사들에게 얻은 정보를 가지고 왕성을 떠났다.

그날 밤, 그림자 마법 「그림자 거울」을 활용할 겸 왕도의 히카루에게 연락을 해봤다.

얼굴을 보면서 이야기할 수 있으니, 히카루나 아제 씨, 그리고 낙원섬의 레이와 유네이아에게도 공간 마법 「원거리 통화」보다도 호평이었다.

"―환도원."

"그래, 요워크 왕국의 국왕을 정신 마법으로 지배하고 있는 녀석이 있었어."

"아직, 남아 있었구나, 그 조직."

히카루가 씁쓸하게 말했다.

재상에게 물어봐 달라고 할 셈으로 꺼낸 화제였는데, 그녀도 그 조직을 알고 있는 모양이다.

"알고 있어?"

"요전에 말 안 했었나? 프루 제국에서 이 『그림자 거울』을 쓰는 집단이 있었다고 말했었잖아."

그러고 보니 그런 이야기를 한 기억이 있다.

"불사신의 마녀 뮤데라는 게, 프루 제국의 권력자에게 붙어서 여러 가지 사건을 일으켰어. 그 녀석도 정신 마법이 특기였으니까, 그 녀석의 마법서가 조직에 전해졌을지도 몰라."

"요워크 왕을 착란시킨 녀석도 뮤데란 이름이었어."

"으에엑. 마법서랑 같이 이름까지 계승되는 걸까? 아무리 그래도 그 녀석 본인이 살아 있지는 않을 거라 생각하지만, 좀 주의하는 편이 좋겠어."

"그래. 그렇게 할게."

젊어지는 마법약이나 장명종도 있고, 히카루 자신도 마술적인 콜드 슬립으로 살아 있으니까 가능성이 제로라고 할 수는 없지.

"시가 왕국에도 뿌리를 내린 모양이니까, 국왕이나 재상한테도 전달해줘."

나는 그렇게 말하고, 맵 검색으로 발견한 「환도원」의 구성원과 잠복 장소를 히카루에게 전달했다.

이걸로 시가 왕국 측은 괜찮겠지.

기사단장이 예언한 것처럼, 국왕의 호출은 없었다.

아마도 정신 마법사인 뮤데가 나를 잊도록 뭔가 손을 쓴 거겠지.

이 나라를 뒤에서 조종하려는 것은 조금 신경 쓰이지만, 지금은 오르키데의 행방을 뒤쫓는 것이 중요하다.

이 나라의 위기는 이 나라 사람이 열심히 노력하면 충분하겠지.

살짝 참견해서, 「마녀 뮤데가 정신 마법으로 왕을 조종하고 있다」라는 괴문서를 공간 마법 「물질 전송」으로 기사단장이나 궁정 마술사 몇 명에게 보내뒀다. 호랑이를 잡으려다 호랑이 밥이 되지 않기를 기도해두자.

◆

"여기가 구 쿠보크 왕도구나……."

나는 궁정 마술사 오르키데의 행방을 추적하며 혼자서 구 쿠보크 왕국의 왕도, 현 쿠보크 시를 정찰하러 왔다.

구 쿠보크 왕국은 다른 맵이기에 새롭게 「모든 맵 탐사」의 마법을 써봤지만, 쿠보크 시내에 오르키데는 없었다.

"……상당히 황폐하네."

공간 마법 「멀리 보기」로 조사해봤는데, 전체적으로 치안이 나쁘고 길거리 생활자도 많다. 뒷골목에는 오물이나 쓰레기가 방치되어 있고, 그 안에는 썩어가는 시체가 방치돼 있다. 구 쿠보크 왕국의 주민은 태반이 노예나 마찬가지인 취급을 받고 있는 모양이다.

위병들도 윤리의식이 낮고, 노골적으로 뇌물을 청구한다.

씀씀이가 좋아 보이는 건 요워크 왕국의 병사들 정도다.

나는 오르키데의 행방을 찾아서, 그런 병사들이 많은 주점으로 갔다.

"또, 미궁에 숨어들려고 한 바보가 나왔더라."

주점에 들어가자, 병사들이 소란을 피우는 목소리가 귀에 들어왔다.

나는 기척을 지우고 카운터 구석에 앉아서, 지나가는 화장이 짙은 여급에게 적당한 술을 주문하고 병사들의 대화에 귀를 기울였다.

"또? 그것 참 배우질 못하는 녀석들이구만. 미궁은 봉쇄됐고, 우리들 요워크 왕국의 병사밖에 못 들어간다고 몇 번이나 고지를 했을 텐데."

"아니, 이번에는 요워크의 귀족님이었다더라."

"정말이냐? 귀족님이라면 군에 들어가서 그 재수 없는 마술사라도 좀 맡아주면 좋겠구만."

"그 빌어먹을 마토슈 자식이라면, 전에 장군이랑 싸우고서 미궁 안에 틀어박혔어."

갑자기 오르키데의 좌천 정보를 획득해버렸다.

그는 봉쇄된 미궁 안에서 뭔가를 하고 있는 모양이다.

"그 녀석 말고. 반년 전에 온 빌어먹을 후임 쪽 말이야."

"그 녀석도 1개월 전부터 안 돌아오더라고."

"그거 좋은데? 이제 그냥 미궁 안에서 나오지 말라 그래라."

"어쩐지 우리 지상 팀하고 교대하자는 이야기가 안 나오더라니."

"장군의 추종자가 자기들 레벨 올리기에 전념한다는 건가~."

미궁 안에 군대가 있는 모양이지만, 투명 망토와 천구를 병용하면 들키지 않고 잠입하는 것 정도는 쉬울 거야.

"그러고 보니, 그 소문 들었냐?"

"소문? 헤매이는 망령이라는 거?"

"그 망령이라는 게 쿠보크의 왕족이야?"

"그렇다던데. 미궁을 부활시키려고 왕족을 산 제물로 바쳤다고 하잖아."

"자기를 배신한 간신을 찾으면서 헤맨다는 거야?"

"바보 같은 녀석들이네."

"망령 말야?"

"둘 다. 지저분한 배신자 놈들도, 우사르서키스 폐하가 한꺼번에 처형해버린 것도 모르고 헤매이는 망령도."

흠. 아리사를 함정에 빠뜨린 간신은 이미 이승에 없구나.

아리사의 성격을 봐선 원수를 갚겠다고 말하지야 않겠지만, 그녀를 배신한 자들에게 사과 한 마디 정도는 하게 만들고 싶었는데……. 뭐, 죽었다면 이제 와서 어쩔 수 없지.

"—이곳인가?"

필요한 정보는 들었으니, 이번에는 쿠보크 왕국 사람들이 모이는 허름한 주점을 찾아갔다.

망령 이야기를 듣고서, 아리사나 루루에게 성묘를 해주게 하고 싶어져서 묘의 장소를 지역 주민에게 물어보려고 온 것이다.

"어서 오세요! 에일은 요워크 동화로 선불. 쿠보크 동화는 못 써!"

주점에 들어가자마자 노출이 많은 여급이 말했다. 창부처럼 보이는 모습이지만 생김새는 아직 앳되다. 루루랑 비슷한 나이다.

"와인이나 벌꿀주 있나?"

"손님, 다른 나라 사람? 물로 희석한 와인이 한 잔에 반은화 1닢. 벌꿀주는 없어."

"와인을 한 잔 줘. 거스름돈으로 적당한 안주를 부탁해."

나는 어느 나라 건지는 말 안 하고, 스토리지에 사장되어 있던 사가 제국 은화로 지불했다.

사가 제국의 은화는 큼직하니까, 적어도 요워크 왕국의 반은화보다는 가치가 높을 거다.

"점장, 주문! 와인이랑 모듬 안주~!"

여급은 은화를 깨물어 진짜인지 확인하더니, 그것을 품에 넣고 주방으로 달려갔다.

"젠장, 요워크 왕국 놈들."

와인이나 안주를 기다리는 식으로 위장하며 취객들의 대화에 귀를 기울였더니, 갑자기 불평 소리가 들렸다.

"정말이지. 싸구려 임금으로 부려먹다니!"

"너네는 그나마 돈을 주니 다행이지. 우리는 돈도 떼먹고서 주지도 않더라."

동의하는 목소리도 많다. 역시, 구 쿠보크 왕국의 사람들은 불만이 쌓인 모양이다.

"위병한테 고발해도 매도를 당하거나 때리니까, 불평밖에 안 나오지."

"쿠보크 왕국 시절이 그립다."

"이봐, 여기서만 하는 말인데— 쿠보크 왕가의 생존자가 시가 왕국에 있다더라."

한순간, 아리사나 루루를 말하는 건가 생각했는데 평범하게 생각하면 엘루스 군 쪽이겠지.

"그게 정말이야?!"

"그래, 정말이야. 왕자 한 명이 세력을 모아서, 요워크 왕국 녀석들한테서 나라를 되찾을 준비를 진행하고 있다더라."

묘하게 잘 안다 싶더라니, 그는 노신사에게 들은 엘루스 군의 부하 같았다.

이름은 못 들었지만, 현지에서 레지스탕스 조직을 모집하기 위해 파견한 멤버가 틀림없다.

"과연 왕자님이구만. 그 마녀가 살아 있으면 손톱 때라도 달여 먹이고 싶다."

"이봐! 마녀가 뭐야! 숨겨진 공주는 우리들의 생활을 좋게 만들려고 했었잖아!"

"『부국의 숨겨진 공주』 말야? 『비료』라는 건 마물이 발생하고, 우리 밭은 썩어버려서 지독한 꼴을 당했다고."

"공주님은 요워크 왕국의 앞잡이에게 이용당했을 뿐이다!"

아리사를 원망하는 소리가 있는 한편, 아리사를 옹호하는 소리도 있었다.

"하! 불길한 보라색 머리칼이 뭘 할 수 있는데! 최악의 호박을 시녀로 삼는 취향이 최악인 녀석이잖아?"

여급이 원한이 담긴 어두운 목소리로 말하자 취객들이 소리쳤다.

불길한 보라색 머리칼이라는 건 아리사를 말하는 거니까, 후자는 루루가 틀림없다. 최근에는 잊고 있었지만, 현지인은 루루가 못생기게 보인다고 했지. 그녀가 성에서 일한 것처럼 보이진 않으니까, 루루가 시정에서 살 무렵의 아는 사이인가?

아리사나 루루에 대한 악담에는 좀 기분이 나쁘지만, 지금은 정보 수집이 우선이다.

"자자이, 여러분. 오늘은 제가 살 테니까, 마음껏 마시고 평소의 울분을 풀어주세요."

나는 통 크게 쏴서, 여급이 얼려버렸던 공기를 느슨하게 풀었다.

흥이 식어서 돌아가 버리면 정보 수집을 못하니까.

"형씨는 못 보던 얼굴인데?"

"처음 뵙겠습니다. 행상인 아킨도우라고 합니다."

아까 발견한 엘루스 군의 공작원이 내 내력을 캐려고 하기에, 가명을 대면서 노신사에게 받은 연락용 목패를 슬쩍 보여줬다.

"오, 행상인인가! 뭐 돈벌이 될 얘기 같은 거 없나? 대신 내가 아는 거라면 뭐든지 가르쳐주지."

"그거 기쁘네요."

목패를 보고서, 내가 엘루스 군의 관계자라는 걸 깨달은 모양이다.

"—국왕 폐하나 측근들이 어디 매장됐냐고?"

공작원은 고개를 갸웃거린 다음, 「누구 아는 사람 있나?」 하고 커다란 소리로 취객들에게 물었지만 주점에 있는 사람들은 아무도 몰랐다.

"나 알아!"

아까 아리사나 루루의 악담을 했던 여급이 끼어들었다.

"어디지?"

"우~응, 어떡할까~?"

여급이 얄팍한 가슴을 펼치며 조잡한 유혹을 했다.

"오늘밤에 나를 은화 3닢으로 사준다면, 침대 안에서 가르쳐줄게."

이 주점은 여급이 겸업으로 창부로 일하는 모양이군.

정보 수집을 위해서라지만, 미성년인 애를 안을 생각은 없다.

"미안하지만 정보만 주면 돼."

"차여버렸네, 큭큭. 아저씨가 상대해줄까?"

"시끄러워! 주정뱅이는 술이나 마셔!"

취객 상대로 여급이 소리질렀다.

"—정보만이면 금화 1닢이야!"

아무래도 기분이 틀어진 모양이다.

바가지를 씌웠다고 생각하겠지만, 나에게는 오차 같은 정도다.

"교섭 성립이군."

나는 금화를 테이블 위에 놓았다.

그것을 잽싸게 채가려는 소녀의 손을 붙잡고, 「정보를 들은 다음이야」라고 못을 박았다.

어쩐지 돈만 가지고 도망칠 법한 낌새가 있었단 말이지.

"칫. 묘는 성의 뒤쪽에 있는 황폐한 언덕에 있어. 그 근처만 풀이 안 나니까 금방 알 수 있을 거야."

여급은 혀를 찬 다음, 내뱉는 것처럼 정보를 가르쳐주었다.

나는 인사를 하고 금화를 여급에게 내밀었다.

"잘 알고 있네."

"우리 아빠의 죽은 남동생의 아내 묘가 있다더라. 옛날에 신세를 졌으니까, 가난한데 있는 돈을 다 털어서까지 요워크의 병사들한테 들었댔어."

취객 사이에서 여급이 대답했다.

그 돈이 있으면 빈곤한 생활을 안 해도 됐었는데. 소녀가 투덜거리면서 주방 안으로 들어갔다.

아까 병사들 주점에 가서 슬쩍 확인해 보니, 처형된 국왕 부처가 중신들과 함께 구 쿠보크 왕국의 왕성 뒤에 매장됐다는 것을 확인할 수 있었다. 왕족과 가까웠던 시녀나 시종도 같은 묘에 매장된 모양이다.

그러면, 장소를 확인하러 가야겠군.

도시의 중앙부, 조금 높은 언덕 위에 구 쿠보크 왕국의 왕성이 있었다.

"이 근처는 폐허인 채 방치됐구나⋯⋯."

성 주변의 귀족가가 있던 범위는 마족이 일으킨 대화재로 타 버리고, 폭발 같은 걸로 날아가 버린 잔해가 여기저기 흩어져 있었다.

중심에 있는 구 쿠보크 왕국의 왕성은 절반이 검게 그을려 무너져 있었다. 아리사가 말했던 마족의 습격 흔적이겠지.

특히 심한 곳은 미사일이라도 명중한 것처럼 푹 패인 천수각 근처로, 첨탑 하나가 끊어져서 땅바닥에 박혀 있었다.

―으엑.

첨탑의 최상층에는 귀인을 유폐하는 방이 있었는지, 부서진 돌 틈으로 보인 방 안은 벽 한 면에 문자가 마구 적혀 있어서 갇혀 있던 인간의 광기가 전해진다.

붙잡혀있던 사람의 명복을 기도하며 잠시 묵도하고, 곧 그 자리에서 물러났다.

"여기구나……."

여급이 말한 것처럼, 장소는 금방 알 수 있었다.

잡초만 듬성듬성 나 있는 황폐한 언덕 한 구석에, 잡초도 안 나는 장소가 있었다. 조금 흙이 솟아올라 있지만 그것뿐이고, 묘비도 아무것도 없다. 단순히 구멍을 파고 묻기만 한 느낌이다.

아리사와 루루를 부르러 가기 전에, 하다못해 묘비 하나 정도는 준비해야겠군.

스토리지에서 튼튼한 운석을 꺼내 흙 마법「석제 구조물」로 묘비를 만들었다. 유성우의 운석인 탓인지 석제 구조물 마법으로 가공하는 게 조금 어려웠다.

일단 장소는 알았으니 동료들을 부르기 위해 귀환전이를 실행했다.

◆

"이곳이 무덤……."

"심하네. 성도, 귀족가도, 마족이 태워버린 그대로 방치했잖아."

동료들을 데리고 성묘를 하러 돌아왔다.

갑자기 울지 않을까 했는데, 아리사와 루루 둘은 담담한 분위기로 묘 앞에 갔다.

"아리사."

"고마워, 미아."

아리사는 미아가 내민 꽃다발을 받고, 묘 앞에 그것을 헌화했다.

"루루, 선향입니다."

"고마워요, 리자 씨."

리자가 선향에 불을 붙여 루루에게 건넸다.

염주와 함께 아리사의 요청으로 만든 거다.

"묘 앞에서 기도는 손을 마주 대고 명복을 비는 거라고 고합니다."

"네잉."

"네, 인 거예요."

나나가 가르쳐주자 타마와 포치도 진지한 표정으로 손을 마주 댔다. 나도 향로에 향을 꽂고, 모두와 함께 고인의 명복을 빌었다.

모두 기도를 마치고서도 아리사와 루루는 눈을 감은 채 손을 마주 대고 있었다.

분명히 고인에게 이것저것 말을 하고 있는 거겠지.

"―기다렸지."

"기다리셨죠."

눈가에 살짝 눈물을 짓고서, 아리사와 루루가 기도를 마쳤다.

"이제, 괜찮아?"

"응, 잔뜩 기도했어."

"저도 엄마랑 작별할 수 있었어요."

손수건을 꺼내 두 사람의 눈물을 닦아줬다.

"고마워, 주인님. ―그건 그렇고 살풍경하네."

아리사가 묘지를 둘러보았다.

아차. 묘비만 세우는 게 아니라 주변에 꽃을 심는 정도는 해 둘걸 그랬네.

"주인님, 수령주 빌려줄 수 있어?"

"그래. 꽃의 씨앗은 있어?"

"아하하, 주인님은 다 아는구나."

다 함께 묘 주위에 꽃의 씨앗을 뿌렸다.

"루루, 함께 하자."

"응."

아리사가 수령주를 들고서 루루에게 말했다.

루루가 아리사가 든 수령주에 손바닥을 겹쳤다.

"힘을 빌려줘, 수령주. 아버님과 어머님, 오라버니들과 리리의 묘가―."

아리사와 루루가 수령주를 감싼 손을 뻗었다.

""―꽃으로 가득하도록.""

두 사람의 손에서 흘러 든 마력이 수령주를 통해 대지에 퍼졌다.

"꽃~?"

"예쁜 거예요."

씨앗이 싹을 틔우고, 색색의 꽃이 흐드러졌다.

고인을 생각하는 두 사람의 상냥함이 깃든 것처럼 가련한 꽃들이다.

"사토."

미아가 내 소매를 끌었다.

꽃밭 안에 몸이 투명한 젊은 남자가 서 있었다.

전 세대의 순정만화에 자주 나온, 스트레이트 롱의 검은 머리를 가진 미남이다. 경박해 보이는 경쾌한 용모와 달리, 조금 울적한 표정이었다.

아리사와 루루의 아버지치고는 젊다. 그녀들의 오빠인가?

"……니스나크 씨."

루루가 조용히 중얼거렸다.

"니스나크!"

루루와 대조적으로, 니스나크라고 불린 남자를 본 아리사가 머리칼이 곤두설 정도의 기세로 외쳤다.

니스나크와 우리들 사이에, 공간 마법 「격리벽」 같은 투명한 벽이 나타났다.

이어서, 그를 둘러싸는 것처럼 몇 개의 불덩이가 나타났다.

"우리를 배신하고 나라를 판 네가, 용케도 뻔뻔스레 내 앞에 나타났구나!"

아무래도, 이 녀석은 아리사와 루루가 노예가 된 원흉이 된 간신 본인인 모양이다.

"니스나크 씨는 벤 씨랑 같이 아리사의 개혁을 도와준 사람이에요."

루루가 작은 소리로 가르쳐 주었다.

"뭐라고 말이라도 하는 게 어때?"

아리사의 매도를 듣고서도, 니스나크는 말을 하지 않고 열심히 아리사만 보고 있었다.

"아니면 유령이 돼서 말도 못하게 됐어?"

아리사가 공중에 떠오른 불덩이를 슬금슬금 니스나크에게 접근시켰다.

마법의 불에 그을리자 드디어 불덩이를 깨달은 니스나크가 입을 열었다.

『—마족이 일을 제대로 해준 모양이군요.』

묘하게 울리는 목소리가 꽃밭에 메아리 쳤다.

"제대로? 그 말은, 이궁이나 왕성을 태운 마족은 네 짓이었어?"

가시 돋친 아리사의 말에 니스나크가 고개를 끄덕였다.

『아리사 님, 부탁입니다. 폐하 일행의 영혼을 구해주세요.』

"배신자인 네가 무슨 말을 하는 건데?"

니스나크의 말에 아리사가 눈썹을 곤두세웠다.

『저를 용서해달라고 말하진 않겠습니다. 영원토록 죄의 불꽃에 타들어가도 상관없어요.』

"각오가 좋은걸. 내가 네 영혼까지 통째로 불살라줄게."

니스나크 주위에 떠올라 있던 불덩이의 기세가 늘어났다.

『그것이 아리사 님의 의지라면, 저는 그대로 받아들이겠습니다. 그렇지만, 그 전에 전할 말이 있습니다.』

차가운 눈의 아리사가 턱짓으로 말을 재촉했다.

『미궁의 부활에 쓰인 폐하들의 영혼은, 지금도 미궁 핵에 사로잡혀 괴로워하고 있습니다. 폐하 일행의 영혼을 구해주세요.』

"미궁의 가장 안쪽에 있는 미궁 핵을 파괴하고 오라고? 자기가 얼마나 무모한 말을 하는지 알고는 있어?"

『네. ―그렇지만, 아리사 님 뒤에 있는 분들이라면, 가능할 것 같습니다.』

니스나크가 나와 리자를 보았다.

아리사가 니스나크에게 등을 돌리고, 나에게 눈으로 물어보기에 고개를 끄덕여줬다.

"알았어. 하지만, 착각하지 마! 너한테 부탁을 받아서 하는 게 아냐. 가족들을 그대로 둘 수 없으니까 가는 것뿐이야."

아리사가 팔을 한 번 휘둘러서, 니스나크 주위에 떠올라 있던 불덩이를 지웠다.

"주인님, 성비 빌려줘."

배신자인 니스나크를 불 마법으로 태우는 게 아니라, 성비로 성불시키는 걸 바라는 모양이다.

"괜찮아?"

"응. 죽으면 끝이니까."

아리사다운 말이다.

나는 스토리지에서 꺼낸 성비를 아리사에게 건넸다.

"고마워, 주인님."

아리사의 마력을 띤 성비가 파란 빛을 발했다.

『기다려 주세요, 아리사 님.』

그것을 니스나크가 말렸다.

『저는 죄인입니다. 당신의 뜻을 거스르고, 나라가 멸망하는 계기를 만들어버린 저는, 이대로 현세에 묶여 괴로워하는 것이 어울립니다.』

"―진심이야?"

『네.』

아리사와 니스나크가 마주보았다.

"……그래."

아리사가 담담하게 승낙하고 묘를 떠났다.

"괜찮아?"

"괜찮아."

내 물음에 아리사가 딱딱한 목소리로 대답했다.

"저 녀석은 언제나 완고하니까……."

소리가 안 될 정도로 작은 아리사의 중얼거림을, 엿듣기 스킬이 포착했다.

"동료, 였구나."

"―응. 실증 실험을 해준 벤 일행이랑 다르게, 저 녀석은 예산을 타오거나, 귀족들을 설득하러 다니거나, 실험 농장을 확보해주거나 했어."

"우수한 사람이었구나."

"응. 하지만, 사람의 악의에 좀 둔감했어. 이상을 뒤쫓던 나머지, 바보 같은 녀석들의 미끼를 물어 버렸어. 나를 배신하고 나라가 멸망하는 계기를 만들어버렸지."

니스나크는 아리사에게 격의를 가지고 있던 제2왕비파나 기득 권익을 지키려는 대신들, 보라색 머리칼을 꺼리는 미신을 믿는 자들— 그런 자들과 아리사 사이를 중재하려고 바쁘게 움직이고 다녔다고 한다.

아리사는 자세히 말하지 않았지만, 그 선의를 요워크 왕국의 간첩에게 이용당해서 내정 개혁이 연속으로 실패하게 되고, 결국 아리사에 대한 악평이 퍼지게 됐다고 한다.

그것뿐이라면 「실수」라고는 해도 「배신」이라고 하기는 약하니까, 니스나크는 그에 걸맞은 무언가를 저질러버린 모양이다.

"녀석 일은— 이제 됐어."

아리사가 과거를 떨치는 것처럼 고개를 저었다.

"주인님, 그리고 다들, 나랑 같이 미궁에 가줄래?"

아리사의 싱거운 부탁에, 나는 아리사의 머리를 쓱쓱 쓰다듬고서 「물론이지」라고 대답했다.

물론 모두가 이구동성으로 동의한 것은 말할 것도 없었다.

막간: 전초전

"훈련도가 높군. 영주에게 반기를 들었다지만, 역시 본래는 공작령 영지군이라는 것인가."

"네. 장비도 왕국군에 필적합니다. 영걸의 검이나 창이 없었다면, 상대 쪽 기사를 치는 것도 고생했을 겁니다."

선발대의 지휘관과 부관이 조우전을 한 반란군을 평가했다.

"제1진의 반란 진압부대가 괴멸한 도시는, 이 앞인가……. 오래 끌지 말고 왕도로 돌아가고 싶군."

"뭔가 왕도에 신경 쓰이는 점이 있으십니까?"

"시집간 딸의 출산이 가깝다네……."

전장이 아니라, 왕도에서 손자의 탄생을 함께 축하하고 싶다고 지휘관이 말했다.

"전령~! 북쪽 산길에 소속불명 집단 30을 발견!"

"적의 증원치고는 적군."

"비스탈 공작령의 깃발은 없었다고 합니다."

"─반란군 편에 있는 용병단인가? 방치할 수는 없지. 마우아츠 경의 예비 병력 50을 보내라."

지휘관의 명령을 듣고서, 50명의 병사가 요격하러 갔다.

"……훈련도가 낮군. 농민병보다 조금 나은 정도인가?"

전투가 시작된 북방의 전장을 망원경으로 확인하던 지휘관이 그쪽에서 흥미를 잃고, 정면의 싸움으로 주의를 되돌렸다.

그 직후, 북방의 전장에서 커다랗게 외치는 소리가 들렸다.

"각하! 저것을······!"

부관의 재촉을 받아, 또 다시 망원경으로 북방의 전장을 본다.

그곳에는 용이나 악마를 본뜬듯한 악취미적인 갑옷을 입은 몇 명의 전사들이 왕국군 병사를 상대로 날뛰는 모습이 보였다. 신체 강화의 사용자인지 어마어마한 힘으로 대검을 휘두르고, 한 번 휘두를 때마다 몇 명이나 되는 병사를 쓰러뜨리고 있었다.

"용병 놈들 중에 이름 있는 기사라도 있었나?"

"아마도 탐색자 출신이겠죠. 그렇지만, 운이 나쁘군요. 요격 부대에는 마우아츠 경을 비롯한 기사가 6명 있습니다. 금방 토벌될 겁니다."

요격 부대의 기사들이 악취미 갑옷들에게 덤벼들자, 단숨에 형세가 역전됐다.

"과연 폐하께서『영걸의 검』을 내린 마우아츠 경—."

부관은 말문이 막혔다.

마우아츠 경을 비롯하여「영걸의 검」을 가진 기사들이 악취미 갑옷의 팔을 잘라내고 검을 부숴 버려도, 상대는 멈추지 않고 싸움을 계속한다.

허를 찔린 기사들이 악취미 갑옷들에게 차례차례 쓰러졌다.

"대체 뭐냐, 저 녀석들은?"

"주검약일까요······?"

"주검약에 저 정도 힘은 없다. —설마, 마인 심장을 가졌는가?!"

지휘관은 왕도의 비스탈 공작 저택 습격 사건에서 습격자들에게 묻혀 있었다는 금단의 장비를 떠올렸다.

"전령! 북서쪽 언덕에 더욱 증원입니다! 종마의 모습도 확인됐습니다."

게다가, 그 증원에도 악취미 갑옷이 10명 이상 있다고 한다.

"나사를 썼는가……."

"성가시군요."

"그래. 조금 위험하군. 이기지 못할 거야 없겠지만, 아군의 피해가 커진다."

지휘관은 살짝 주저했지만 금방 결단했다.

"여기서 병력을 잃을 수는 없다. 후퇴한다."

선발대는 신속하게 후퇴를 시작했지만, 때는 이미 늦었다.

사롱— 나가 종마를 탄 반란군 기사들이 퇴로를 막는 것처럼 기다리고 있었다. 그 수는 20.

"앞에는 마, 뒤에는 용이라……. 돌파한다! 기사를 전면에 보내라! 궁병은 활을 쏘고, 기사의 진군을 도와라!"

지휘관은 병력의 소모를 각오하고, 부대의 최고전력인 기사들에게 난적인 나가의 제거를 명했다.

"—강하군."

"네. 보통 기사에게는 벅찬 상대입니다."

영걸의 검을 가진 레벨 30급의 기사라면 여유가 있지만, 선발대에는 기사의 수가 많지 않았다.

덤으로, 반란군 기사들은 나가가 날 수 있다는 점을 이용하여 지연 전투를 하고 있었다.

이대로는 악취미 갑옷이 합류하여 반란군 본대가 후미를 잡아버린다.

타개책이 없는 궁지에, 지휘관의 위가 따끔따끔 아팠다.

그때 구세주가 나타났다.

"햣하아아아아아아아아아아아아아아!"

붉은 빛을 끌면서 거대한 낫이 일섬하고, 나가가 위에 탄 반란군 기사와 함께 두 동강 난다.

하얀 갑옷을 입은 전사가 웃으면서 나가나 기사를 도륙했다.

"……시가8검."

"거대한 낫을 가진 여성— 틀림없습니다! 저건 『풀 베기』 류오나 님입니다!"

생각지 못한 원군에, 부관이 밝은 목소리로 류오나를 가리켰다.

"류오나 공을 따르라!"

"―『풍인』이외다!"

이어서 나타난 전사들도, 류오나에게 가세하여 차례차례 나가와 반란군 기사를 토벌했다.

모두 「영걸의 검」을 가진 마우아츠 경의 활약이 빛바랠 정도의 굉장한 실력자들이다. 특히 얼음의 검을 가진 붉은 갑옷의 기사와 바람을 두른 경장 갑옷의 검사가 빼어났다.

"뭐야아? 멋들어진 갑옷을 입은 녀석들이 있잖아!"

나가 부대를 해치운 류오나가 선발대의 꼬리를 따라잡은 악취미 갑옷의 전사들을 발견했다. 뒤에 있는 병사들을 살육하며 지원하러 달려온 기사들도 해치운 악취미 갑옷이 류오나의 시선을 깨닫고서 겁먹은 것처럼 뒤로 물러섰다.

"간다아아아아아아!"

류오나가 악취미 갑옷을 향해 달려갔다.

"류오나 공! 그 놈들은 불사신이오! 조심하시오!"

"그래! —사극단두대(死極斷頭臺)!"

붉은 빛이 호를 그리고, 악취미 갑옷과 함께 전사를 두 동강으로 베어 버렸다.

"뭐야? 대단치도 않잖아? 너희들! 이 녀석들한테 뒤쳐지지 마라!"

""예에!""

류오나를 따라온 시가8검 후보들이 얼음의 마검이나 바람을 두른 마도(魔刀)로 악취미 갑옷들을 베어버린다.

"괴, 굉장해……."

"역시 왕국을 수호하는 시가8검—."

불사신으로 보였던 악취미 갑옷들도, 시가8검과 그 후보들이 가진 압도적인 전투력 앞에서는 잡졸이나 다름없는 모양이다.

"—우리도 류오나 공을 따른다! 잡졸은 우리가 처리한다! 화살을 쏘다가 그들을 맞추지 않도록 해야 한다!"

지휘관의 지시로 선발대가 대열을 다시 짰다.

반란군과 격돌한 직후에, 군마를 탄 성기사들이 전장에 도착하여 형세는 완전히 역전됐다.

"이걸로 초전의 승리는 왕국군 것이 됐군요."

"그래. 반란군 지휘관도 후퇴하기로 한 모양이다."

반란군 후방에 있던 지휘관으로 보이는 자가 후퇴의 나팔을 부는 소리가 들렸다.

"그렇지만, 류오나 님은 놓칠 생각이 없는 것 같습니다."

악취미 갑옷들을 쓰러뜨린 류오나가 반란군 기사들이 있는 방향으로 돌격했다.

―GYAOOOOOOSZ!

북동의 언덕 너머에서 포효가 들렸다.

"적의 복병인가?"

"혹시 제1진의 반란 진압부대를 전멸시킨 녀석일지도 모른다."

류오나 일행이 반란군 기사와 싸움을 중단하고, 언덕 너머로 사라졌다.

―GYAOOOOOOSZ!

마물의 포효가 울리고, 언덕 너머에서 류오나 일행의 필살기로 추정되는 붉은 빛이 번쩍였다.

"시가8검인 류오나 님이 있는 한, 설령 반란군이 히드라를 사역하고 있더라도 질 염려는 없습니다."

부관이 말했다. 그것은 마치 자신에게 들려주는 말 같았다.

―GYAOOOOOOSZ!

언덕 너머에서 불이 뿜어져 오르고, 검은 연기를 끌면서 류오나 일행이 날아갔다.

"류, 류오나 님?!"

부관이 경악하는 소리를 냈다.

온몸에 화상을 입으면서도, 류오나 일행은 금방 일어서서 제각각 무기를 겨누고 언덕을 올려다보았다.

"어, 어째서, 이런 장소에—."

언덕 너머에서 나타난 모습에, 지휘관의 목소리가 떨렸다.

파충류의 얼굴과 펼친 박쥐의 날개. 그것은—.

"—용."^{드래곤}

소문은 있었다.

그러나, 그것을 진심으로 믿은 자는 거의 없었다.

왜냐면 용이 탁월한 강자가 아닌 자 앞에 나타나는 일은 거의 없기 때문이다.

"정말로 있었나……."

용— 정확히는 하급룡이지만, 그런 것은 그들에게 구원이 되지 못한다.

둥근 모자를 쓰고 있는 어쩐지 우스꽝스러운 용의 모습이나, 그 용이 한손에 쥐고 있는 화려한 의상을 입은 남자의 모습을 신경 쓸 수 있는 자는 아무도 없었다.

"전군 후퇴! 전속력으로 도망쳐라!"

겁먹은 부관을 무시하고, 지휘관은 병력의 보존을 최우선으로 생각한 지시를 내렸다.

—GYAOOOOOOSZ!

등 뒤의 언덕에서 날개를 펼친 용의 아가리에서 불꽃이 혀처럼 꿈틀거렸다.

"불꽃의 숨결— 위험해! 용의 숨결이 온다!"

전력으로 말을 모는 지휘관의 등에, 용의 아가리에서 넘치는 불꽃이 다가온다.

"미세나, 네 아이를 안아주지 못할지도 모르겠구나……."

몸을 그을리는 것처럼 뜨거운 공기를 느끼면서, 지휘관의 뇌리에 딸과 아내의 모습이 주마등처럼 흘러갔다.

"으라아아아아! 반전, 사극단두대!"

류오나의 외침과 동시에, 지휘관의 등을 태우고 있던 불꽃이 하늘로 비껴나갔다.

그녀의 필살기가 불꽃의 숨결을 뱉어내는 용의 목을 쳐올린 모양이다.

"시간을 벌어주마."

"돕겠습니다."

"소인도 힘을 보태겠소이다."

거대 낫을 휘두른 류오나의 좌우에, 얼음의 마검을 가진 붉은 갑옷의 검사 「붉은 귀공자」 제릴과 바람을 두른 마도를 지닌 「풍인」 바우엔이 나란히 섰다.

용은 류오나 일행을 위압하는 것처럼 날개를 펼치고 내려다 보았지만, 손에 쥔 화려한 옷을 입은 남자가 뭐라고 외치자 경이적인 도약력으로 하늘로 날아올라 그대로 바람을 타고 언덕 너머로 사라졌다.

전장에는 이미 반란군의 모습은 없고, 말 없는 무수한 시체만 들판에 굴러다닐 뿐이었다.

"이번엔 넘어간 것인가……."

"네, 류오나 님 일행 덕분에 목숨을 건졌습니다."

"그건 그렇고…… 용이 반란군에 협력을 하고 있다고? 그것
도 조련사— 테이머로 보이는 존재와 함께……."

그에게는 용이 반란군의 후퇴를 돕고, 테이머로 추정되는 화
려한 옷의 남자가 지시하자 후퇴한 것처럼 보였다.

그러나, 「그런 일이 있을 수 있는가?」라는 상식이 지휘관의
생각을 가로막았다.

"전선 지휘관이 판단할 기준을 넘어섰다. 다음은 장군 각하와
비스탈 공작에게 맡기지."

지휘관은 상식을 넘어선 난문에 대해 생각하기를 관두고, 자
신의 책무를 우선하기로 했다.

"사관은 자신의 부대를 장악해라! 생존자를 회수하여 본대에
합류한다!"

목숨을 건진 행운에 감사하며, 지휘관이 외쳤다.

제물 미궁

"사토입니다. 옛날 이야기에는 매드 사이언티스트가 당연하게 등장했습니다만, 요즘은 그다지 안 보여서 조금 부족한 느낌이 듭니다. 물론, 리얼에서는 결코 만나고 싶지 않지만요."

"삼엄한 경계라고 고합니다."

"요워크 왕국의 연병장 같은 장소니까요."

미궁 앞에 몇 겹으로 만들어진 담장이나 참호를 오고 가는 병사들을 보고, 나나와 리자가 평가했다.

"주인님, 어떻게 들어갈 거야?"

"강행 돌파?"

"그런 위험한 수단은 안 써."

그것이 가장 간단하게 들어갈 수 있는 건 사실이지만, 그런 수단을 선택하기는 싫단 말이지.

"한 번 안에 잠입해서 모두를 맞이하러 올게."

"타마도 같이 가~?"

"오옷, 닌자 타마의 실력발휘네!"

팀의 척후를 맡고 있는 타마라면, 상대에게 감지되지 않는 스킬을 가지고 있으니까 데리고 가도 괜찮겠지.

포치도 함께 가고 싶은 모양이었지만, 아리사가 「사무라이 님은 뒤에서 떡하니 버티고 있는 거야」라고 달래서 남는 걸 승낙했다.

"그러면, 이걸 입고 가자."

"닌닌~."

핑크 닌자 복장으로 갈아입은 타마에게 투명 망토를 입혔다. 물론, 나도 입었다.

"여기서부터는 수신호로 갈게."

"네잉."

나는 동료들과 헤어져, 그림자에서 그림자로 달렸다.

이윽고 경비 병사들 사이에 엄폐물이 없는 장소까지 왔다.

"투명 망토를 기동하자. 여기서부터는 타마가 먼저 가. 내가 꼭 뒤를 따라갈 거니까 안심하렴."

"네잉."

우리는 투명 망토에 마력을 주입하고 광학미채 상태가 되어 살금살금 발소리를 내지 않도록 경비병들 사이를 빠져나갔다. 나에게는 투명해진 상대가 보이니까, 망설임 없이 타마 뒤를 따라간다.

마력 감지 계통 스킬을 가진 사람이 없는지 신경 쓰였지만, 미궁 앞에 있는 마력로가 가동중이니까 투명 망토의 미약한 마력을 감지하는 일은 없을 것 같았다.

그건 그렇고, 진지에 설치된 마력로나 화포가 미궁 바깥쪽으로 향하고 있는 게 신경 쓰인다.

그들은 미궁에서 흘러나오는 마물이 아니라, 외부의 습격을 경계하는 모양이다.

—어이쿠.

타마가 미궁 입구 앞에서 신호를 기다리기에, 나도 미끄러지는듯한 발걸음으로 타마 옆까지 이동했다.

미궁의 입구에는 철제문이 달려 있고, 평소에는 닫혀 있는 모양이다.

병사가 통행하는 타이밍을 기다려서, 타마를 안고 천구로 그들 머리 위를 지나 미궁 안으로 침입했다.

세리빌라 미궁보다도, 공도 지하에 있던 유적의 폐허에 가까운 느낌이 드는 곰팡내다.

횃불이 설치된 통로를 벗어나, 주위에 사람의 기척이 없는 걸 확인하고서 투명 망토를 벗었다.

"수고했어. 잠입 성공이야."

"미션, 컴플리트~."

타마가 빙글빙글 춤을 추었다.

환희의 춤을 보면서, 모든 맵 탐사로 미궁의 정보를 획득했다.

—어라?

내가 가진 자료에는 이 미궁의 이름이 「소귀 미궁」이었는데, 맵에 표시되는 이름은 「제물 미궁」이었다. 쿠보크 왕국의 왕족을 산 제물로 바쳐 부활한 탓에 이름이 바뀐 걸지도 모른다.

나는 다른 정보에 눈길을 주었다.

미궁의 「미궁 핵」이나 「미궁의 주인」^{던전 마스터}이 있는 장소를 알 수 없었지만, 중층 부근이나 최하층에 다른 맵으로 이어지는 통로나 문이 있으니까 분명히 미궁의 주인은 그 앞에 있을 게 틀림없다. 미궁 핵도 공백 지대 중 어딘가에 있을 거야.

중층의 다른 맵이 본래의 목적인 「강제」 스킬을 가진 궁정 마술사 오르키데 마토슈의 거점이면 수고가 줄어드니까 좋을 텐데…….

"마중 가~?"

"그렇네. 이제 슬슬 모두를 데리고 오자."

나는 각인판을 설치하고, 동료들이 있는 장소에 귀환전이로 왕복해서 데리고 왔다.

"그러면, 목적지는 미궁 중층 지하 20층과 24층, 그리고 최하층인 50층이야."

"계층이라는 건, 이 미궁은 왕도적인 계층형 던전이야?"

아리사에게 고개를 끄덕였다.

세류 시의 미궁도, 미궁도시 세리빌라의 미궁도 계층형이 아니었으니까, 이것이 왕도적인지는 알 수 없다. 공도 지하의 폐허는 굳이 따지자면 계층형이었나?

"중층 영역 어딘가에 궁정 마술사 오르키데가 숨어 있을 거야. 그 녀석을 포박해서, 아리사와 루루의 기아스를 해제시키는 게 제1목표고."

모두가 걱정을 할 테니까 말은 안 했는데, 내가 기아스를 받아서 스킬을 획득하는 방법도 선택지 중 하나다.

"또 하나의 목표가 최하층에 숨어 있는 미궁의 주인을 격파하고, 아리사와 루루 가족들의 영혼을 매어두는 미궁 핵을 파괴하는 거야."

이쪽은 파괴하기만 하면 되니까 간단하다.

"이 미궁의 적은 데미 고블린, 데미 오크, 데미 오우거 등의 2족 보행형 마물이 많아. 모든 마물이 그림자 소귀 같은 파생형이 있으니까 방심하지 말고."

데미 고블린 어새신

그 밖에 슬라임이나, 쥐 같은 생물이나 키메라 같은 것도 있는 것 같다.

"미궁 안에는 마물을 상대로 훈련을 하는 요워크 왕국군도 있어. 가능한 마주치지 않는 코스를 고를 거지만, 몇 군데 회피불가인 장소도 있어. 그곳에서는 숨어서 보낼 테니까 기억해두자."

내 주의에 동료들이 기합이 가득한 표정으로 대답했다.

"가자. 나랑 포치가 선두. 한가운데는 나나와 루루가 미아와 아리사를 앞뒤에서 끼우는 느낌으로, 리자와 타마는 최후미를 부탁해."

통로가 좁으니까 변형 2열 종대다.

미궁을 나아가자, 금방 데미 고블린과 조우하기 시작했다.

—GGWOOOOOOOZB!

"늦어! 인 거예요."

포치가 데미 고블린 그래플러가 뿜어낸 훅 아래를 파고들어서 피하고, 아래쪽에서 무방비한 몸통을 베어 올렸다.

—GGWOOOOOOOZB!

—GGWOOOOOOOZB!

이번에는 데미 고블린 소드맨과 데미 고블린 시프가 덤벼들었다.

"에이야, 인 거예요."

포치의 다리가 시프를 차올리자, 소드맨의 검을 막아주는 고기 방패가 되었다.

되돌린 다리가 땅바닥을 두드리고, 마인으로 확장된 마검이 둘을 한꺼번에 양단했다.

"데미 아저씨는 손맛이 없는 거예요."

"포치, 방심은 금물입니다."

리자가 포치의 방심을 타일렀다.

"네, 인 거예요. 포치의 마음은 언제나 『인정자세』인 거예요."

분명히 「임전태세」을 잘못 말한 거겠지.

"다음은 뚱뚱땡땡~?"

"뚱땡이라는 건 오크구나."

"우음. 돼지코 싫어."

"예스, 미아. 데미 오크의 시선이 징그럽다고 고합니다."

어둠 너머에서, 터벅터벅 데미 오크들이 다가온다.

공도나 왕도의 지하에서 만난 요정족인 오크들과 달리, 이 데미 오크는 컴퓨터 RPG에 등장하는 돼지 얼굴의 오크 그 자체 같은 모습이었다.

"선수필승, 보일드 포크의 술법!"

아리사가 뿜어낸 불 마법 「화염 방사」가 데미 오크들을 불덩어리로 만들었다.

물론 아리사가 말한 「보일드 포크의 술법」 같은 건 존재하지 않으며, 단순히 분위기상 말해본 것뿐이리라.

"불잠자리 술법~?"

등 뒤에서 숨어서 다가온 그림자 소귀를 타마가 화둔의 술법으로 태워버린다.

이쪽은 마법이 아니라, 불 광석의 분말을 이용한 인술이다.

"고블린이나 오크들이 많네요."

"예스 루루. 한 마리 보이면 30마리 정도 나타난다고 고합니다."

이야기하면서도 루루가 2정 권총으로 데미 고블린이나 데미 오크의 이마를 쏜다.

나나는 루루의 사격이 처리하지 못한 녀석들을 실드 배쉬로 날려버렸다.

"사토."

미아 옆에 작은 실프가 떠 있었다.

"병사 있어."

미아가 통로 하나를 가리켰다.

그녀는 전투를 주위에 맡기고, 분열시킨 작은 실프로 통로 앞을 조사해준 모양이다.

난처하게도, 병사가 있는 통로는 아래쪽으로 내려가는데 반드시 지나갈 필요가 있는 장소라서, 전투를 끝낸 모두를 데리고 가까운 곳까지 정찰하러 갔다.

"—저거구나."

큼직한 광장에서, 요워크 군의 병사들이 마물과 전투를 하고 있었다.

레벨 15 전후의 데미 오크들 집단과 싸우는 모양이다.

너덜너덜한 갑옷을 입고 방패를 든 병사들이 데미 오크들의 공격을 받아내고, 제대로 만든 갑옷을 입은 병사들이 뒤에서 창으로 데미 오크를 공격하는 스타일 같았다.

『고기 방패, 물러나지마!』

파워풀한 데미 오크의 공격에 겁을 먹은 방패병에게 뒤에서 지휘관의 목소리가 날아든다.

네이밍이 꽤 심한데.

『물러나지 말라고 했지!』

그래도 물러나 버린 방패 병사의 엉덩이를, 뒤에서 창병이 걷어찼다.

『캬하하, 저 바보, 오크한테 있는 힘껏 머리를 얻어맞았네.』

『죽었나?』

『아니, 살아있나 봐. 쿠보크찌꺼기는 명줄이 질긴데?』

『네놈들! 쓸데없는 말 하지 마라!』

창 병사들이 방패 병사의 참상을 비웃었다.

아무래도 방패 병사는 부대 안에서 서열이 낮은 모양이다.

"저거……."

아리사가 중얼거리는 걸 깨닫고 돌아보았다.

"……쿠보크 왕국의 문장이야."

고기 방패라고 불린 방패병들은 구 쿠보크 왕국의 노예병사들인가 보다.

뒤에 있는 창병은 요워크 군의 정규병이다.

『때가 됐군……. 마법대, 마무리를 지어라!』

영창을 마치고 있던 마법사들이, 「화구」나 「석순」의 마법으로
데미 오크들을 공격했다.

불 마법사나 화염 마법사가 가장 많고, 그 다음으로 흙 마법
사가 많다. 바람 마법사나 물 마법사도 있는 모양이지만, 수는
별로 많지 않았다. 얼음 벼락 빛 어둠의 4종을 쓰는 자는 없는
모양이다.

"……너무해요."

마법사들이 뿜어낸 마법에 데미 오크들의 맹공을 받아내고
있던 방패병사도 휘말렸다.

여기 있는 마법사는 훈련도가 낮은 모양이다. 다행히 죽은 자
는 없는 모양이지만, 화상을 입은 자나 골절을 입은 자는 속출
하고 있었다.

『이봐이봐, 일부러 저기다 쏜 거 아냐?』

『마법사들도 성격이 고약하구만.』

창병들은 땅에 굴러다니며 불을 끄는 방패 병사를 가리키면
서 웃었다.

본래 적국의 노예병이라고 해도, 이건 심하다.

"마스터, 낯선 커다란 2족보행형 마물이 접근중이라고 고합
니다."

"소거인은 아닌 모양이군요. 뿔이 있고, 데미 고블린을 커다

랗게 만든 것 같은 추악한 모습입니다."

나도 나나와 리자가 보는 방향으로 시선을 돌렸다.

레벨 30에 키가 3미터 반쯤 되는 커다란 마물이다. 거대한 곤봉이 무기인 모양이군.

"저건 데미 오우거야."

—LUOOORGAAAAA.

『대장! 오우거가 옵니다!』

『이런 곳에 오우거라고?』

『5계층 더 내려간 곳에 있어야 하는 마물이 왜 여기 있어?』

『마법의 폭발음에 이끌렸나?』

『당황하지 마라! 제1소대부터 순서대로 탈출한다. 척후는 연막을 던져라! 방패병은 맨 마지막이다! 오우거가 쫓아오면 싸워서 시간을 끌어라. 이건 「명령」이다!』

요워크 왕국의 병사들이 후퇴를 시작했다.

부상자 투성이인 노예병을 버림말로 쓰는 모양이다.

"주인님, 부탁드려요. 저 사람들을 도와주세요."

루루가 눈물지으며 애원했다.

그 목소리에 고개를 숙이고 있던 아리사도 고개를 들었다. 안색이 새파랗다.

"걱정 마. 맡겨둬."

나는 루루와 아리사의 머리를 쓰다듬고 힘차게 고개를 끄덕였다.

◆

"주인님, 어떡할 거야?"

얼른 개입하지 않으면 방패 병사들 중에서 희생자가 나올 것 같아서, 아리사가 초조한 표정으로 물었다.

하얀 연막이 피어오르는 광장에서 요워크 군 병사의 과반수가 탈출하기는 했지만, 아직 요워크 군의 이목이 남아 있다.

"이렇게 하는 거지."

—LUOOORGAAAAA.

복화술 스킬로 데미 오우거의 소리를 흉내 내고, 빛 마법「환영」으로 오우거의 무리를 출현시켰다.

마침 좋게도, 환영의 출현에 놀란 데미 오우거가 걸음을 멈추고 당황한 시선을 이쪽으로 보냈다.

"포치도 돕는 거예요."

"타마도 해~?"

발소리에 맞추어 진동을 내기 위한 커다란 해머를 타마와 포치에게 건넸다. 심심풀이로 만든 무기였는데, 생각지 못한 곳에서 도움이 되는군.

『또 새로운 오우거다! 열 마리 이상 된다!』

『도망쳐어어어어! 잡아먹힌다!』

정연하게 후퇴하고 있던 요워크 군이 환영의 무리를 보고 내빼기 시작했다.

『방패병 놈들! 최후의 한 사람만 남더라도 끝까지 이 자리를 사수해라!』

지휘관이 악마 같은 명령을 외치고, 통로 너머로 사라졌다.

나는 스토리지에서 몇 개의 바위를 꺼내, 언제나 전개하고 있는 술리 마법 「이력의 손」으로 던져서 그들이 사라진 통로를 막았다. 이걸로 분단은 성공이다.

『젠장! 오우거들의 투석 때문에 퇴로가……!』

『어쨌거나 빌어먹을 대장의 명령으로 도망도 못 쳐.』

『아아…… 어차피 죽을 거라면 오우거에게 먹히는 게 아니라, 나라나 가족을 위해 싸우다 죽고 싶었는데.』

구 쿠보크 왕국의 노예병들이 비장한 소리를 했다.

이대로는 죽음을 각오하고 덤벼들 것 같으니, 데미 오우거의 주의를 이쪽으로 끌자.

—LUOOORGAAAAA!

복화술 스킬로 만들어낸 데미 오우거의 포효에, 「도발」 스킬을 실었다.

"아리사, 불 마법으로 데미 오우거를 화려하게 쓰러뜨려줘."

"알았어! —호화주(豪火柱)."

<small>플레임 폴</small>

데미 오우거의 발치에서 화염 기둥이 솟아올랐다.

화염의 범위에서 데미 오우거가 도망칠 것 같기에, 새로운 마법 「철순」을 발동하여 즉석 감옥을 만들어 가뒀다.

『오우거들 중에 마법을 쓰는 녀석이 있다!』

『잘못 쐈나?』

『이틈에 도망을— 끄아아아악!』

도주를 지시하려고 한 노예병이 그 자리에서 웅크렸다.

명령을 위반했기 때문에, 종속의 목걸이가 조여오는 모양이다.

─좋지 않은걸.

"저 사람들을 기절시키자. 통로 너머의 병사들이 눈치 못 채도록 후송해줘."

나는 소형 오우거의 환영을 몸에 두른 상태로, 그들의 한가운데에 축지로 뛰어들었다.

『작은 오우거!』

『젠장, 뭐가 이리 빨라.』

납치 스킬에 의지해서 노예병들을 기절시켰다.

입에 지퍼 포즈를 한 타마와 포치가 들것 위에 노예병을 싣고서 후송했다. 나나와 리자는 노예병들을 양 옆구리에 끼고서, 가녀린 루루도 노예를 업고서 날라주었다.

후송된 노예병을 아리사가 부상자의 심각도에 기반한 우선순위를 매기고, 미아가 그 순서대로 회복 마법으로 치유했다.

그러면, 부상자는 모두에게 맡기면 괜찮겠지.

막힌 통로 너머에서 이쪽을 들여다보려고 하는 병사가 있기에, 통로 상부를 향해서 불 마법「불씨 탄환」을 때려 박았다. 건너편에서 병사들의 비명이나 지휘관의 동요하는 소리가 들렸다.

불씨 탄환의 영향으로 바위 상부도 녹아버렸으니, 잠시 동안 괜한 참견을 할 생각은 못하겠지.

나는 바쁜 타마와 포치를 대신해서 전투음을 위장하며, 복화술 스킬로 노예병들이 데미 오우거들과 절망적인 싸움 끝에 전멸한 느낌을 연출했다.

『먹지마! 나를 먹지 말아줘— 끄아아아아아아아아아악!』

—LUOOORGAAAAA.

『내 동료를 잘도! 죽어라아아아아아아아!』

—LUOOORGAAAAA.

『크아아아아아아아아아아아아아아아아아아!』

조금 연기에 너무 몰두했는지, 동료들이 눈을 동그랗게 뜨고서 이쪽을 보았다.

……창피하니까 너무 보지 말아줘.

노예병들을 청결한 옷으로 갈아입히고, 그들이 원래 입고 있던 피투성이 갑옷이나 옷은, 죽은 데미 오우거의 이빨이나 발톱으로 찢어서 적당히 흩어놓았다. 이 방에는 오크의 시체가 잔뜩 있어서, 바람 마법으로 파괴하여 고깃덩이나 뼛조각을 흩어놓았다.

이걸로 노예병들의 죽음을 위장할 수 있겠지.

위조 스킬과 위작 스킬의 힘을 빌어서 열심히 했으니까, 요워크 군이 감정 스킬을 써서 일부러 조사한다고 해도 그렇게 간단히 구분하기는 어려울 거야.

◆

"……당신은?"

"엘루스 전하의 의뢰로 구조하러 왔다. 용사 나나시 님의 종자 쿠로라고 한다."

나는 쿠로의 모습으로 변신하여, 의식을 되찾은 노예병들과 면회했다.

"용사님의 종자!"

"여, 여기는……?"

노예병들이 주위를 둘러보았다.

여기는 대사막에 있는 도시 핵의 방이다.

유닛 배치로 그들을 여기에 데리고 왔다. 걱정 많은 아리사가 반대했지만, 그녀가 가진 「영혼의 그릇」이 상하는 것을 막아주는 비보 「혼각화환」을 장비하여 어떻게든 합의를 봤다.

"너희들의 노예 계약을 해제하기 위한 장소다."

"저, 정말인가?! 정말로 노예에서 해방해주는 건가?"

"그렇다. 한 번, 너희들을 명예사작으로 임명하고, 그 다음에 작위를 박탈한다."

내 설명이 부족했는지, 노예병들은 의심스런 표정으로 서로의 얼굴을 마주보았다.

"그, 그것에 무슨 의미가?"

한 명이 대표로 묻기에, 그 이유를 설명해줬다.

"처음에 작위를 내린 시점에, 노예 상태가 강제로 해제된다. 이 방법이라면, 너희들의 주인인 요워크 군의 인간이 동의하지 않아도 문제없다."

그들이 동의하기에, 순서대로 작위를 수여, 노예 계약의 강제 해제, 작위의 박탈이라는 루틴을 반복하여 그들을 노예 해방했다.

〉칭호 「해방자」를 얻었다.
〉칭호 「모가지꾼」을 얻었다.

뭔가 호칭이 생겼다. 후자는 작위 박탈에 대한 거겠지.

노예에서 해방된 그들을 「이력의 손」으로 붙잡아서, 카게우스 시 근방의 거점에 유닛 배치로 이동했다.

"저 도시에 엘루스 공이 있다. 여기서부터는 너희들끼리 가라."

나는 그렇게 말하고, 그들에게 입시세로 충분한 돈과 엘루스 군과 만나기 위한 편지를 건넸다.

평상복이면 입구에서 수상하게 생각할 테니까, 「뼈 가공」 마법으로 척척 만든 갑옷과 무기, 그리고 불량 재고인 보존식이 든 배낭을 주었다. 전자의 장비는 정규군 병사 정도의 성능으로 억눌렀으니까 괜찮을 거야.

◆

"다녀왔어. 그들은 엘루스 군이 있는 도시까지 바래다줬다."

"주인님, 고마워."

"고맙습니다, 주인님."

미궁으로 돌아오자, 아리사와 루루가 걱정스런 표정으로 달려오기에 노예병들의 소식을 전해두었다.

"마스터, 오우거들의 후퇴 위장이 완료됐다고 보고합니다."

"고마워. 훌륭하게 위장했네."

"응, 완벽."

나나가 보고하고, 미아가 가슴을 폈다.

동료들에게는 오우거들이 후퇴한 흔적의 위장을 부탁했는데, 생각 이상으로 완벽하게 일을 해주었다. 상당히 리얼한 발자국과 공격 자국이었다.

"미아의 정령으로 아래층에서 진짜 오우거를 끌고 왔어."

과연, 묘하게 리얼하다 싶더라니 진짜를 사용했구나.

"마스터, 오우거의 시체를 꿰뚫은 철 가시는 회수할까요라고 묻습니다."

나나가 말하는 건 「철순」으로 땅바닥에서 돋아난 몇 개의 원뿔형 창을 말하는 것이리라.

"내가 쓴 마법으로 녹아가는데— 근데 도금?"

자세히 보자, 철순이라고 하면서도 철인 것은 표면뿐이고 본체는 돌이었다.

아마도 철순 마법은 흙 속의 철분을 모아서 석순의 표면을 철로 코팅하여 관통력을 올리는 마법인 거겠지.

대단한 양을 회수할 수는 없겠지만, 모처럼 나나가 제안을 한 거니까 정련용 마법인 「금속 융해」와 「금속 추출」을 써서 코팅된 철을 회수했다.

그걸 보고 있던 포치의 배가 꼬르르륵 소리를 냈다.

"여기서 점심을 먹기도 그러니까, 조금 더 아래층에서 점심을 먹자."

포치와 타마의 입에 육포를 넣어주고 동료들에게 말했다.

아리사에게 빌린 「혼각화환」을 돌려주고, 5계층 정도 아래에서 점심을 먹었다. 이 미궁은 고기를 얻을 수 있는 사냥감이 없어서 아인 소녀들이 풀이 죽은 기색이기에, 점심은 고기를 넉넉히 쓴 메뉴로 했다.

도시락으로 기분을 낸 다음, 중층의 공백 지대를 목표로 데미오우거 비율이 높아진 미궁을 나아갔다.

"마스터, 팔이 화포가 된 데미 오우거가 있다고 보고합니다."

"건너편에는 겹눈을 가진 데미 오크나 머리가 여러 개 달린 데미 고블린 따위도 배회하는 모양입니다."

중층의 목적 계층 하나째에 왔을 때, 나나와 리자가 기묘한 마물을 발견했다.

"키메라."

"오르키데가 개조한 걸까?"

"어쩐지, 가여워요."

요워크 왕국의 군비증강을 위해 마물의 품종 개량을 하는 모양이다.

키메라라면 만들어낸 자의 이름이 AR표시에 뜰 거라고 생각했는데, 비고란에 그럴 듯한 정보는 없었다.

"문 발견했어~?"

공백 지대 방면으로 정찰을 간 타마가 돌아왔다.

타마의 안내를 받아 문이 있는 장소로 갔다.

"붉은 녹."

"손질이 안되어 있다고 낙담합니다."

미아와 나나가 말한 것처럼, 공백 지대와 미궁을 구분하는 문은 붉은 녹이 슨 철제였다.

"함정 없어~?"

내 함정 발견 스킬로도 타마와 마찬가지로 함정의 흔적을 발견할 수 없었다.

"타마가 열어볼래?"

"네잉."

타마가 일곱 가지 도구를 써서 찰칵찰칵 자물쇠를 열었다.

"열었어~."

"장하다, 타마."

"니헤헤~."

자물쇠 따기에 성공한 타마를 칭찬했다.

만약을 대비해서 신분이 들키는 걸 막기 위해 쿠로의 모습으로 변장하고, 동료들도 풀페이스 황금 갑옷을 입혔다.

문 너머에 있는 복도부턴 다른 맵인 모양이다. 모든 맵 탐사 마법을 실행하자, 마법사 한 명과 수면 상태인 키메라 수십 개체, 그리고 마법사가 사역하는 골렘이나 리빙 돌이 10개체 정도 있는 걸 알 수 있었다.

"어때? 주인님."

"마법사는 있지만, 그 기아스를 가진 녀석이 아니야."

그보다도, 문제는 키메라—의 소체다.

"에머젠~?"

"타아인 거예요!"

"마스터, 적습이라고 고합니다."

나는 AR표시에 뜬 메뉴 화면을 소거했다.

복도 너머에 있는 전위진의 발치에, 손이 검이나 방패가 된 전투용 골렘의 잔해가 굴러다니고 있었다.

"주인님! 이쪽으로 와주십시오!"

복도 너머를 둘러보던 리자가 나를 불렀다.

"……이게, 뭐야?"

"우웅."

거기에는 호문클루스 나나가 조정에 쓸 법한 튜브형 유리통이 10개 이상 있고, 제조중인 키메라가 오렌지색 액체에 잠겨 있었다.

"사람이 마물이랑 달라붙어서……."

루루가 말을 잃었다.

"안 보는 편이 좋아."

나는 루루를 끌어안아 눈을 가리고 속삭였다.

리자가 포치와 타마의, 나나가 미아의 눈을 가리고 뒤로 돌렸다.

"쿠보크 왕국의 기사를 소체로 삼은 거야."

아리사가 눈물을 흘리면서, 입술을 깨물었다.

『네놈들으은, 누구냐아아아아아!』

방 안쪽에서, 로브 차림의 마법사가 나타났다.

AR표시에 뜨는 이름은 「베도가」. 우리들이 찾고 있는 궁정 마술사 오르키데하고는 다른 사람이다.

『큭. 내 연구체를 훔치러 온 거냐아아아아.』

"분노의 퍼스트 블래스트으으으!"

이상한 말투의 베도가를, 아리사가 무영창의 공간 마법으로 때렸다.

『후계라아아아아아!』

얼굴이 함몰된 베도가가 피를 흩뿌리면서 방의 구석으로 굴러갔다.

아마 공간을 압축해서 충격파를 쏘는 비살상계 대인 제압마법을 쓴 거겠지.

분노의 형상을 한 아리사도 상대를 죽이지 않을 정도의 분별은 남아 있는 모양이다.

이런 때에도 어디선가 들어본 프레이즈로 익살을 떠는 건, 아리사 나름대로 분노에 휩쓸리지 않기 위해서일지도 모른다.

『나, 나나나의 얼굴을 때렸구놔아아아아아아아아아아아!』

"아버지한테 맞은 적이 있든 없든, 상관없어! 처벌의 세컨드 버스트으으으으으으으!"

코를 누르면서 외치는 베도가를, 아리사가 무영창의 충격파를 겹쳐서 두들겨 팼다.

"마무리의 서드 임팩—."

"아리사, 그만해."

더 이상 때리면 죽을 것 같기에, 아리사를 말렸다.

『주, 주이지마아아줘.』

충격파의 폭풍에 노출되어 마음이 꺾였는지, 베도가가 통통

부은 얼굴에 코피를 흘리면서 목숨을 구걸했다.

"이대로는 알아듣기가 어렵네—."

나는 베도가의 입 한정으로 범위를 좁혀서 치유마법을 썼다. 더미로 옛날에 만든 실패작의 쓰디쓴 즙을 머리부터 뿌렸다.

"말할 수 있겠나?"

『죽어라아아아아아아아아아!』

베도가는 내 질문에 답하지 않고, 품에 숨기고 있던 짧은 지팡이를 아리사에게 겨누었다. 권총 같은 짧은 불 지팡인가 보다.

그러나 그 짧은 지팡이는 불을 뿜지 않고, 짧은 지팡이를 쥔 베도가의 손과 함께 박살났다. 루루의 속사다.

『구아아아아! 나나나나나의 손이이이이이이이!』

『저항하면 목숨은 없다.』

나는 베도가에게 위압 스킬을 쏟아 부었다.

상대가 기절하지 않는 아슬아슬한 강도를 시험해봤다.

『히이이이이, 모, 목숨, 목숨만으으으으은!』

완전히 겁을 먹은 베도가가 새파란 표정으로 목숨을 구걸했다.

『질문에 대답해라.』

『지, 질문에에 대답하며어어언, 목숨을 살려주는 건가아아아?』

『네가 성실하게 대답한다면, **나와 동료들이 너를 죽이지 않는다고 맹세하지.**』

『아, 알았다아아아. 뭐든지이이, 뭐든지이 물어봐라아아아.』

베도가는 얼굴에서 여러 가지 체액을 흘리며 몇 번이나 고개를 끄덕였다.

『첫 질문이다. 이 키메라들을 본래 인간으로 되돌릴 수 있나?』

『되돌릴 수 있을 리 없어어어. 베리잼을 베리로 되돌리지 못하는 것 처러어어어엄.』

경련하면서 우는 웃음을 지으며 베도가 말했다.

『엘릭서로도?』

『조잡한 키메라라면 모를까아아, 엘프의 기술을 이용한 융합 장치로 만드으은, 나나나나의 완벽한 키메라에게는 효과가 어어어어없지.』

─엘프의 기술?

유리통의 장치를 확인하자, 제조자의 이름이 「토우야」였다.

엘프 계통의 이름이 아니야. 오히려 장치를 만든 건 전생자일 가능성이 높다.

『다시 말해서, 본래대로 되돌릴 방법이 없다는 거야?』

『그렇다아아아. 「현자의 탑」의 별종들이나아아아, 족제비 제국 녀석들이 쓰는 금기의 술법이라며어어언, 가능할지도오오 모르지마아아아안?』

적당히 헛소리를 하는 걸지도 모르지만, 모처럼 아리사가 끌어내준 정보니까 메모해두자.

『다음 질문이다. 어째서 그들을 키메라로 만들었지?』

『윽 황송하게도오오, 국왕폐하의 어명이다아아아. 용의 인자를 심으은 최강의 「용인」들로 무적의 군단을 만들어어어어, 에르데오크 대왕국 재건의 초석으로 삼는 거다아아아.』

그 국왕이 원흉이군…….

『그래서, 용의 인자라는 건 뭐야?』

『용의 피가 조금 생겼으니까아아아, 아룡인 히드라나 나가와 함께 융합시켜봤다아아아. 나나나나의 기술력은 왕국 제이이이이일.』

이 녀석이 말한 것처럼, 키메라가 된 자들에게는 파충류 계통의 특징이 있었다.

용의 인자라는 건 용의 피나 아룡의 부위를 가리키는 거구나.

『……있지, 그런 강한 용인을, 어떻게 조종할 셈?』

『바늘이다아아. 뇌에 심은 「사명침」으로 조종하는 거다아아아. 고문에 강한 간첩도오오오, 고결함을 칭송하는 빌어먹을 기사도오오, 그 누구도 단련할 수 없는 뇌의 고통에에 저항 따위 못한다아아아아.』

아리사의 질문에 베도가는 광기 넘치게 일그러진 징그러운 표정으로 대답했다.

판타지라기보다 SF 계통의 기믹이다. 이것도 키메라 융합 장치와 마찬가지로 전생자가 제공한 기술일지도 모르겠다.

맵 검색을 해보니 키메라가 된 자들의 뇌나 안쪽에 있는 금고에 「사명침」이라는 게 있기에, 시험 삼아 「이력의 손」을 뻗어 스토리지로 회수해봤더니 성공했다.

『그걸로도 조종 못하면?』

『그때는 심장에 심어둔 마도 폭탄으로 산산조각이다아아아아.』

베도가가 승리를 뽐내는 표정으로 키힉키힉 웃었다.

"……웃지 마아아아! 분통의 파이널 레인보우!"

아리사가 공간 마법의 충격파로 베도가를 날려버렸다.

어퍼컷처럼 뿜어낸 충격파로, 베도가가 무지개처럼 호를 그리며 날아갔다.

마치 복싱 만화의 피니쉬 블로우 같은 깔끔한 궤도다.

"아리사, 그들한테서 침도 폭탄도 제거했으니까 안심해."

"고마워, 주인님."

아리사를 끌어안고 귓가에 말해줬다.

이 틈을 타서 도망치려는 베도가를 「이력의 손」으로 붙잡아 눈앞으로 끌고 왔다.

『다음 질문. 궁정 마술사 오르키데 마토슈는 어디 있지?』

『오, 오르키데에에에에? 그 빌어먹을 음험한 선임 마술사라며어어언, 4계층 아래의 연구실에 있다아아아.』

우리가 찾는 오르키데는 4계층에 있는 공백지대에 있는 모양이다.

『마지막으로 한 가지. 오르키데는 거기서 뭘 하고 있지?』

『그 불충한 놈이이이 뭘 하고 있냐고오오오오?』

베도가가 허공을 노려보면서 분노의 형상이 되었다.

오르키데를 떠올려서 화가 난 모양이다.

『폐하에게 어명을 받아서어어어, 키메라병을 만들라느은 소중한 연구를 질렀다고 하면서어어어, 나나나나에게 떠넘기고오오오오. 자기 연구에에 몰두하고 있다아아아아.』

『자기 연구가 뭔데?』

『그 어리석은 자의 연구우우우? 자기으으의 기능으을 제약

없이 사용하는 방버어어업? 이라고 말했던 것 같다마아아안, 잘은 모른다아아아.』

기아스를 자유롭게 쓰는 연구라…….

그 연구가 완성되면, 좀 성가시겠군.

『나나나나는 모든 질문에 대답했다아아아. 약속한 것처러어어엄, 목숨을 살려주는 거겠지이이이?』

『그 전에, 키메라가 된 사람들을 해방해.』

『아아아아아? 해방이라고오오?』

『싫어?』

아리사가 위협의 충격파를 베도가 옆으로 펑펑 쏘았다.

『해, 해방하겠습니다아아아아.』

베도가가 콘솔을 조작하자, 유리통 안에서 액체가 배출되고 통의 본체 상부가 열렸다.

"꽤 순순하네."

아리사가 의심스런 표정으로 베도가를 보았다.

『……악몽이 아니었나.』

『또, 쿠보크 왕국의 동료를 죽이게 할 셈인가?』

『이번에는 우리들끼리 싸우게 할 셈일지도 모르지.』

키메라가 된 기사들이 통의 바닥에서 일어나, 한탄과 자포자기의 말을 했다.

그 목소리는 찰과음이나 탁음이 많고, 알아듣기 어려워서 머리속에서 보정했다.

『너너너너희드으으을! 이번 적은 이 꼬맹이들이다아아아! 몰

살해라아아아아아!』

베도가가 떨리는 목소리를 내면서, 우리들 쪽을 가리켰다.

『이번에는 어린애냐…….』

『차라리, 저 마술사를 길동무로…….』

키메라 기사들에게 시선을 돌린 베도가가 초조한 목소리로 『이, 이것이이 안 보이냐아아아!』라고 하며 품에서 꺼낸 버튼과 레버가 달린 그립 같은 것을 보여줬다.

『……큭, 침이라니.』

『놈을 죽이면, 심장의 폭탄으로 저 애들도 길동무가 된다.』

『도망쳐라! 너희들을 죽이고 싶지 않다! 얼른 도망쳐다오!』

키메라 기사 한 명이 결심한 표정으로 우리를 향해 도망치라고 고했다.

그들은 우리가 안전권으로 탈출한 것을 확인하면, 자폭을 각오하고 베도가에게 덤빌 생각인가 보다.

그 사이에 몰래 후퇴한 베도가가 안쪽 개인실로 들어갔다.

『네에에놈드으으을! 여기에는 요새용 마력 장벽이있는 거어어얼, 이이잊었나아아아아!』

말과 동시에 장벽이 입구를 막았다.

『젠장, 베도가 자식.』

『도망치는 건 빠르군.』

키메라 기사가 한탄했다.

『자아아아, 어얼르으으은, 그 녀석들을 죽여라아아아!』

『젠장, 얼른 도망쳐라! 우리는 저 녀석의 바늘에는 거스를 수 없어!』

『―그럴 필요 없어!』

고뇌하는 키메라 기사들에게 아리사가 고했다.

『당신들을 괴롭히던 침도, 폭탄도 모두 제거했어!』

『―저, 정말이냐?』

『어리석은 허세르으으으으을! 사명침의 단죄를 받아라아아아아아!』

베도가가 버튼을 눌렀다.

키메라 기사들이 격통에 버티고자 몸을 긴장시켰지만, 당연하게도 침을 뽑아낸 다음이니까 아무 일도 일어나지 않는다.

『우오오오오오오오오오오!』

『우리들은 자유다아아아아!』

그것을 인식한 키메라 기사들이 환희의 외침을 질렀다.

『그래, 당신들은 자유. **뭘 하든 자유야.** ―다들, 가자.』

아리사가 연구실의 출구로 걸음을 옮겼다.

우리들 등 뒤에서는 키메라 기사들이 유리통이나 마법 장치를 날카로운 손톱이나 꼬리로 파괴하고, 베도가를 지키는 방어 장벽을 쾅쾅 두드리기 시작했다.

아리사가 한순간 뒤를 돌아보았다.

그 시선 끝에서 방어 장벽에 커다란 균열이 생기는 게 보였다.

아마 공간 마법으로 그들의 복수를 조금만 도와준 거겠지.

등 뒤에서 방어 장벽이 깨지는 소리와 베도가의 비명이 들리기에, 방첩용 바람 마법 「밀담 공간」을 입구에 쳐서 꿈자리가 사나워질 법한 소리가 들리지 않도록 했다.

"주인님, 저 자들은 버려두는 건가요?"

"진정할 때까지 시간이 걸릴 테니까, 먼저 우리들 용건을 끝내고서 맞이하러 오자."

리자가 걱정스러워 보이기에, 아리사 대신 말했다.

나라면 맵 검색으로 금방 알 수 있고, AR표시된 정보를 보니 키메라화된 그들의 강함이라면 데미 오우거를 상대로도 어지간하면 지지 않을 테니까.

◆

"―없잖아?"

네 층 아래, 24계층에 있는 공백지대의 연구 시설로 찾아왔는데 여기는 우리가 찾는 궁정 마술사 오르키데가 없었다.

여기에는 상층의 연구실과 같은 키메라를 만들기 위한 시설이 있었지만, 빈 유리통만 있고 사람은 한 명도 없다.

"사토!"

"마스터, 단서를 발견했다고 고합니다!"

안쪽 개인실을 탐색하던 미아와 나나가 나를 불렀다.

"뉴!"

"저쪽이 맞았던 거예요!"

나와 함께 연구실을 조사하던 타마와 포치가 분한 기색이다.

중간에 아리사랑 루루하고 합류하여 안쪽으로 갔다.

"연구기록."

"이건 일기라고 주장합니다."

"둘 다."

미아와 나나에게 끈으로 묶은 파일을 받았다.

파라라락 넘기면서 대략적으로 읽었다.

"일기 사이에 연구기록이 적혀 있는 모양이야. 가장 뒤 페이지에 오르키데의 서명이 있어."

"뭐라고 적혀 있어?"

아리사의 재촉을 받아서, 여기서 연구에 관한 부분을 픽업하여 읽었다.

『노란 옷의 마술사 공이 준 「용의 피」는 근사한 소재다. 은자 공이 남긴 마법 장치를 쓰기만 해도, 키메라들의 완성도가 훨씬 올라갔다. 노란 옷 나리의 가르침을 살려서, 이번에야말로 내 바람을 이루고 말리라.』

또 「노란 옷의 마술사」군······. 세리빌라 미궁에 있던 미적들에게도 기술 제공을 했던 것 같으니, 여기저기서 쓸데없는 짓을 하는 모양이다. 미궁 하층의 전생자들하고 만들어낸 「태고의 뿌리덩이」 같은 것을, 여기서도 만들지는 않았는지 걱정이다.

『역겹다. 물자를 나른 기사놈들이 또 괜한 참견을 한다. 용인 같은 쓸데없는 연구 따위에 소비할 시간은 없는데······.』

오르키데와 요워크 왕국 사람은 그다지 잘 풀리지 않은 모양이군.

『동료가 좌천돼서 왔다. 조금 머리 속 나사가 풀린 녀석이지만, 연구에 쏟는 정열과 능력은 충분하다. 놈의 흥미를 잘 유도해서, 시시한 용인 연구는 놈에게 떠넘길 수 있었다. 나는 네 계층 아래에 만든 새로운 연구소에서, 내 연구를 하자.』

여기까지는 20계층의 연구실의 이야기였군.

『역시, 소체를 마법사로 바꾼 것이 잘된 모양이다. 남자보다도 여자, 노인보다도 젊은이 쪽이 소체로 적절하다.』

소리 내어 읽지는 않았지만, 여기까지 20명 이상의 희생자가 나왔다는 것이 적혀 있었다.

『마법사를 소체로 한 키메라가 완성됐다.』

심장에 용의 피와 마핵을 융합시켰다고 적혀 있었다.

그 과정에서 더욱이 10명 이상의 희생이 나온 것 같다. 상당히 비인도적인 짓을 하는군.

『이 녀석들을 사용하면, 언제든지 기아스를 쓸 수 있다.』

……진짜로?

『이제, 요워크 왕을 따를 의리도 없다. 역겨운 마녀에게서 복사해낸 힘을 합치면, 신도 악마도 두려워할 것 없다. 나는 이번에야말로 궁극의 힘을 손에 넣겠다.』

파일은 거기서 끝나 있었다.

—「역겨운 마녀에게서 복사해낸 힘」이라.

요워크 왕을 정신 마법으로 조종하고 있던 뮤데라는 여자가 뇌리를 스쳤다.

기아스와 정신 마법을 병용하면, 고얀 사태가 일어나겠는데.

나는 파일을 닫았다.

"그것뿐? 행방에 대해서는 안 적혀 있어?"

"다시 읽어봤는데, 행방의 힌트가 되는 건 안 적혀 있었어."

기아스를 자유롭게 쓸 수 있는 마법사라는 건 너무 위험하다.

가능하면 얼른 처치하고 싶은데…….

"그 파일 받아도 돼? 암호가 적혀 있지는 않은지 조사해볼래."

나는 파일을 아리사에게 건네고, 최종 목표인 미궁 최하층으로 갔다.

◆

"이 앞이 미궁의 주인이 있는 장소인가요?"

"그래, 그런가 봐."

루루의 물음에 고개를 끄덕였다.

우리는 미궁의 적들을 상대로 무쌍하고, 그날 안으로 최하층까지 찾아왔다.

공백지대는 여기가 마지막이니, 미궁의 주인이 있다면 이 앞이겠지.

"그건 그렇고 쑥쑥 진행해서 왔네."

"손맛이 없었다고 낙담합니다."

"응."

아리사의 말에 나나와 미아가 동의했다.

여기까지 싸워온 것은 각종 데미 오우거를 중심으로, 재생능력이 있는 라비린스 데미 트롤이나 거대한 던전 사이클롭스 같은 인간 형태뿐이었다.

"고기 없어~?"

"소 아저씨도 못 먹는 종류였던 거예요."

소 수인족을 추악하게 만든 것 같은 메이즈 미노타우로스도 나왔지만, 2족보행인 상대를 먹는 건 저항이 있어서 마핵만 회수하고 폐기했다.

"두 사람, 마물은 미궁 바깥에서 사냥하면 됩니다."

리자가 달래주자, 타마와 포치도 납득했다.

요워크 왕국이나 구 쿠보크 왕국은 사방이 마물의 영역으로 둘러싸여 있으니, 사냥터는 마음대로 골라잡을 수 있다. 나라와 나라가 접촉한 좁은 영역에만 안전지대가 있어서, 가도와 관문은 그런 장소에 만들어졌다.

"닌닌~."

닌자 타마가 최하층에 있는 문을 조사했다.

"함정 있어~?"

"종류는 알겠니?"

"뉴~. 마법계~?"

타마는 마법 함정의 종류까지는 모르는 모양이다.

"드레인 계통일까? 미아랑 루루는 알겠어?"

"술리 마법으로 투시를 해봤지만, 안의 기구를 이해하기가 어려워."

"우웅, 정령 먹어."

아리사, 루루, 미아가 예상을 말했다.

"―정답은?"

아리사가 고개를 빙글 돌리며 나를 올려다보았다.

"강제 텔레포트 같아. 드레인 기구는 텔레포터를 기동하기 위한 마력을 회수하기 위해서네. 정령을 먹는 것도, 드레인 기구를 구성하는 마물의 능력이야."

마물이라고 해도, 장치에 박아둔 아메바 같은 단순한 녀석이다.

"섣불리 전이해서 『돌 안에 있다』 같은 게 되는 것도 싫어. 건너뛸까?"

아리사가 말하고, 문 옆의 벽을 가리켰다.

벽에 구멍을 뚫어서 안전한 통로를 만들려는 거겠지.

나는 천구로 벽에 서서, 발치의 벽을 향해 「함정 파기」 마법을 썼다.

"단단한데……."

조금 저항이 있었지만, 평소의 다섯 배 정도 마력을 사용했더니 가능했다.

함정 너머로 관통한 감촉이 전달됐다.

"관통한 것 같아. 조금 조사하고 올 테니까, 다들 조금만 기다려."

미궁의 주인이 미궁을 부활시킨 요워크 왕국 사람일 가능성이 높으니, 행방불명인 오르키데가 잠복하고 있을지도 모른다. 아무리 그래도 오르키데가 미궁의 주인일 리는 없을 테지만, 만약을 위해서 용사 나나시로 변신해야지.

"신중하게 가! 무리하면 안 돼."

"알고 있어. 괜찮아."

걱정 많은 아리사에게 대답하고, 나는 벽의 구멍에 들어갔다.

아무래도, 구멍 끝이 다른 맵의 경계인 모양이다.

『—성대한 환영에 감사를 해야 할까?』

날아온 포탄을 「자유 방패」로 막고, 옆 구멍에서 조금 낮아진 벽 너머로 내려섰다.

억지 수법을 쓴 탓인지, 벽 너머에 다 같은 노란색 지팡이를 든 마술사 열 몇 명과 대포팔 골렘들이 모여 있었다.

마술사들은 손목까지 가려지는 소매가 긴 칠흑의 로브를 입고, 후드를 깊숙하게 뒤집어써서 얼굴을 감추고 있었다.

〟《황혼이여, 오너라.》〟

마술사들이 소리를 모으자, 그들의 지팡이 끝에 노란 빛이 들어왔다.

무슨 부스트 준비인가?

〟침입자여!〟

마술사들 중앙에서 한 사람만 호화로운 지팡이와 로브를 장비한 자가 있다.

〟내게 복종하라!〟

마술사들이 소리를 모았다.

예쁜 하모니였지만, 대화의 캐치볼은 서투른 모양이네.

호화로운 지팡이를 든 자는 목적한 미궁의 주인이 아니었지만, 내가 여기 온 목적인 인물— 오르키데였다.

『■ 기동.』

그들 앞에 거대한 마법진이 생겼다.

―좋지 않은데.

『■ 동조.』

나는 마법진에 술리 마법「마법 파괴」를 쓸지, 중앙에 있는 오르키데를 무력화할지 한순간 망설이고 후자를 골랐다.

오르키데만 무력화하면, 기아스 발동의 보조용 마법진 따위 무의미할 테니까.

『■ 발동.』

격렬함이 늘어나는 마법진의 빛이, 장타로 오르키데를 날려 버리는 나를 아래쪽에서 비추었다.

의식을 잃고 벽으로 날아간 오르키데의 후드가 젖혀지고, 대머리에 쓴 노란 관이 날아가는 게 보였다.

『■』

내 시야에, 오르키데의 정보가 AR표시로 떴다.

레벨 30, 직업: 무직. ―직무 방치로 해고됐나?

『■』

종족: 호문클루스.

제작자: ―오르키데 마토슈?!

『■』

―위험해.

같은 지팡이, 같은 복장, 비슷한 체격― 진짜는 어느 놈이지?

AR표시에 뜨는 그들의 이름을 둘러보았다.

모두의 이름이 오르키데 마토슈였다.

『강—』

이렇게 되면, 모두 한꺼번에 날려버린다!

아니, 안 돼. 죽이지 않고 날려버리는 마법은 발동에 0.몇 초의 시간이 걸린다. 「냄새 공간」도 위력 조정이 어렵다.

그렇지! 스킬이야! 강제 스킬을 가진 자를 찾으면—.

나는 시선을 돌렸다.

—있다!

『—제』

내가 축지로 남자 앞으로 뛰어드는 것과, 강제 스킬이 발동하는 건 동시였다.

남자의 입에서, 발동구의 나머지가 흐르는 것을 「엿듣기」 스킬이 포착했다.

〉「강제」에 저항하지 못했습니다. 「는 지배되었습니다.

〉「강제」 스킬을 얻었다.

〉「강제 내성」 스킬을 얻었다.

남자의 명치에 장타를 때려 넣으려고 한 시야 구석에 그런 로그가 흘렀다.

그것과 같은 시각에, AR 표시 위에 붉은 거미줄 같은 무늬가 떠오르며 의식이 혼탁해졌다.

『무릎을 꿇어라, 내 종이여.』

검은 복장— 아니다, 칠흑의 로브를 입은 **자**— 아니다, 위대한 **내 주인**이다.

『예스, 마이 마스터.』

주인의 명령에 따라, 나는 땅에 무릎을 꿇었다.

주인의 옆에 갖가지 정보가 AR표시로 뜬다.

시야 구석에 비치는 붉은 거미줄이 신경 쓰이지만, 정보를 읽는데 방해가 될 정도는 아니었다.

칭호는 「지배자」, 「미궁의 주인」, 「키메라 마이스터」, 「요워크 왕국 궁정 마술사」, 「반역자」, 「쿠보크 왕국 궁정 마술사」 여섯 개. 「강제」, 「계약」, 「명명」, 「영창 중단 내성」, 「어둠 마법」, 「사령 마법」, 「감정」 등의 스킬을 가졌다.

주인이 가진 지팡이는 「거짓된 마황장」이라는 지팡이로, 차지한 액티브 스킬을 발동구를 읊기만 해도 세 번까지 쓸 수 있는 비보인 모양이다.

마지막으로 차지된 것은 「불요불굴」^{네버 기브업}— 놀랍게도 아리사가 가진 유니크 스킬이었다. 상대가 아무리 격이 높아도 1할의 확률로 상대의 저항을 무시하고 마법이나 공격이 닿는 효과를 가졌다.

과연 나의 주인. 강운을 끌어들이는 천명을 가졌다.

『무엇이든 명령하소서.』

나는 위대한 주인 앞에서, 고대하며 다음 명령을 기다렸다.

진혼

　"사토입니다. 친한 친구가 불우한 사고로 죽었을 때, 유령이라도 좋으니까 다시 한 번 만나고 싶었습니다. 유령을 만날 수 있을 리 없으니 그 소원은 이루어지지 않았지만, 이세계라면—."

　『이름을 읽을 수 없군. 인식 저해의 도구인가, 역겹군. —명령이다. 네놈의 이름을 밝혀라.』

　위대한 주인 오르키데 님에게서, 첫 명령이 내려왔다.

　검은 두건 아래에 어떠한 존안이 숨어있는지 모르겠지만, 분명히 위대한 분에 걸맞은 위엄 있는 얼굴이리라.

　시야의 구석에 깜빡이는 붉은 거미줄 같은 잔상이 신경 쓰이지만, 지금은 위대한 주인의 명령에 따르는 것이 먼저다.

　이름을 밝히기 전에, 주인을 번거롭게 만드는 인식 저해 기능이 있는 변장 세트를 벗었다.

　『저의 이름은 나—.』

　이름을 밝히는 도중에, 그것이 가명이라는 것을 깨닫고 머뭇거렸다.

　교류란을 조작하여 사토로 되돌려야겠군.

　어째선지 록이 걸려서 변경할 수가 없네. —어째서일까?

『흥, 그 분에 가까운 레벨 89. 설마, 저주 받은 마녀의 힘을 담은 「강제」에 저항하다니…….』

머뭇거린 탓에, 내 위대한 주인에게 오해를 준 모양이다.

외외로 성질이 급한 녀석— 아니, 조심성 있는 분이다.

나는 뇌리에 떠오른 불손한 생각을 지우고, 주인의 오해를 금방 정정하고자 입을 열려고 했지만, 유감스럽게도 주인의 말이 이어져서 그것을 가로막는 것도 꺼려졌다.

나는 가만히 말이 끝나는 걸 기다렸다.

『거듭해서 명한다! 나에게 종속되어, 네놈의 이름을 나에게 고해라! ■ ■ ■ 강제.』

삼류 꽁트 같은— 아니, 신성한 포즈로 힘차게 스킬을 발동한다.

레지스트해버렸다고 로그에 나왔지만, 위대한 주인의 명예를 위해서도 비밀로 해두자.

그러면, 이제 슬슬 이름을 밝혀도 괜찮겠지.

『제 이름은 사—.』

""""주인님!""""

이름을 밝히려는 내 목소리를, 아리사 일행의 목소리가 덮어씌웠다.

어째선지 시야 구석에 있는 붉은 거미줄 모양 잔상이 짙어졌다.

『네 수하인가?』

『그렇습니다.』

자기소개를 하는 도중이었지만, 위대한 주인의 질문에 대답하는 게 먼저다.

『인식 저해로 감추고 있지만, 이곳까지 도달했으니, 겉보기와 달리 나름대로 강한 것이겠지?』

『내 주인의 혜안에, 감탄했습니다.』

『—호오?』

『짐작하신 것처럼, 저 애들은 세리빌라 미궁에서 「계층의 주인」을 토벌할 정도의 숙련자입니다.』

위대한 주인에게 동료들을 자랑했다.

"······사토?"

"어, 어떻게 된 거야, 주인님."

"아리사, 주인님의 상태가 이상합니다."

"저 남자에게 뭔가 당한 것이라고 추측합니다."

동료들이 어째선지 걱정스런 표정이다.

그녀들 곁으로 가고 싶지만, 지금은 위대한 주인과 대화하는 중이다. 얼른 끝내버— 아니, 주인의 이야기가 끝나자마자 설명을 하러 가야지.

『저 모습이라면, 눈에 띄지 않고 적국에 잠입시킬 수 있다. 적병에게 토벌될 때까지 온갖 파괴를 저지를 수 있겠지.』

—토벌될 때까지? 우리 애들을 버림말로 쓰려는 건가?

마음에 떠오른 불손한 생각을, 쓸데없이 높은 정신력 수치의 힘으로 억누르고 위대한 주인을 불쾌하게 하지 않고자 「무표정」 스킬을 썼다.

아까부터 시야 구석에 깜빡 거리는 붉은 거미줄 모양의 잔상이 짙어져서, 대단히 불쾌하다.

『저 자들은 너보다 강한가?』

불쾌한 잔상을 떨쳐내려는 내 귀에 위대한 주인의 목소리가 닿았다.

괜한 동작을 중단하고, 위대한 주인에게 대답했다.

『아뇨.』

『너 혼자서 저 자들을 붙잡는 것은 가능한가?』

『가능합니다.』

유닛 배치를 병용하면 상처 없이 사로잡을 수 있을 거야.

『저 자들을 붙잡아라. 버림말은 많은 편이 좋다.』

—버림말?

거미줄 모양의 잔상이 붉고 짙게 시야 구석에서 깜빡인다.

『예.』

잔상이 불쾌하지만, 지금은 주인의 명령에 의무를 다하는 것이 먼저다.

나는 아리사 일행을 보았다.

"내 위대한 주인의 명령이다."

"자, 잠깐, 주인님! 눈을 떠!"

"아리사, 어쩌면, 주인님도 기아스에 묶인 거 아닐까?"

"예스 루루. 그 가능성이 높다고 고합니다."

"아와와와~."

"크, 큰일 난 거예요!"

"그런 거야! 사토가 적의 손에 떨어지다니. 아주아주 큰일 난 거야. 핀치인 거야? 이대로는 마왕이 단체로 부활하는 것보다도 위험한 거야. 세계 존망의 위기인 거야. 정말이야?"

동료들이 소란스럽다. 미아는 보기 드물게 장문으로 말하네.

"여태까지 없었던 절망적인 상황이라고 고합니다."

나나는 뭔가 오해하는 모양이다.

"어떻게든 주인님을 제정신으로 되돌리자."

아리사에게 제정신을 의심 받는 날이 올 줄은 몰랐다.

"어떻게 해~?"

"머리를 한 번 때려주면, 분명 나을 거야."

옛날 브라운관 TV 같은 취급이네.

"주, 주인님을 때리다니……."

"주인님을 원래대로 되돌리기 위해서야."

"포, 포치는 힘내는 거예요."

"주인님께서 가르쳐 주신 모든 것을 담아, 제 창을 보내겠습니다."

아니, 아플 것 같으니까 그러지 말자.

"사토……."

짙어진 붉은 거미줄 모양의 잔상이 방해되어 잘 안 보이지만, 미아도 다른 애들도 울 것 같은 표정이다.

"다들, 각오는 됐어?"

"""응."""

아리사의 물음에 모두가 대답하고, 전투태세로 나와 상대했다.

『어리석은 소녀들에게 주제를 가르쳐줘라. 팔다리 두셋을 잃어도, 키메라로 부활시켜주마. 사양할 것 없이 때려눕혀라! 아름다운 얼굴의 소녀에게, 추악한 마물의 부위를 바꿔 다는 것도 여흥이지.』

위대한 내 주인의 폭언— 말씀에, 짜증이 솟는 게 멈추지 않는다. —아니, 위대한 주인의 생각을 나 같은 일반인은 이해할 수 없다. —이해가 미치지 못하는 것이다.

리자가 비장한 표정으로 돌진했다.

함께 뛰어든 나나는 무표정하지만, 오래 함께 생활한 나에게는 그녀의 슬픔이 전해졌다. 그 뒤를 따르는, 포치와 타마도.

붉은 거미줄 모양의 잔상으로 잘 안 보이지만, 나는 스킬이 수없이 많다.

시야가 안 좋은 정도로 전투를 못하지는 않는다. 나는 축지로 나나의 눈앞에 뛰어들었다.

"—성채방어."

(포트리스)

나나의 앞에 나타난 적재형 방어 장벽을 스토리지에서 꺼낸 성검을 써서 파괴한다.

튼튼하지만, 용사 하야토가 직접 전수한 「섬광 나선 찌르기」로 (샤이닝 스트랏슈) 부숴버렸다. 이 마법 장치로 만족하지 말고, 얼른 황급 갑옷용 「캐슬」이나 「모빌 포트리스」를 완성해야겠는걸.

필살기의 여파로 나나나 다른 애들이 다치지 않도록 검의 방향에 주의했다.

"—나선창격!"

발동이 빠른 리자의 필살기를 같은 나선창격으로 얽어서 받아 흘린다.

"마인돌격인 거예요!"
^{뱅퀴시 스트라이크}

리자의 그림자에 숨어 있던 포치가 공격 필살기를 썼다.

검으로 받아내면 위험하니까 축지로 회피하고, 포치의 측면을 밀어 리자와 함께 땅에 넘어뜨렸다.

"마인쌍아~?"
^{보팔 팡}

땅을 기는 것처럼 접근해온 타마의 필살기가 내 사각에서 공격해왔지만, 시야에 의지하지 않는 지금의 나에게 사각이고 뭐고 없다.

타마의 쌍검이 겹치는 타이밍을 간파하여, 위에서 성검을 때려 박아 밸런스가 무너진 타마의 허리 파츠를 붙잡고 나나에게 던졌다.

"노려서— 쏩니다."

내 검을 노린 상냥한 루루의 사격을 손가락 끝에서 날린 마인포로 튕겨냈다.

"—격리벽!"

튕겨낸 루루의 탄환이 생각지 못한 방향으로 튕겨서 날아오기에, 손바닥에 만든 마력 갑옷으로 붙잡았다.

아리사가 공간 마법으로 도탄시킨 모양이군.

"초, 총탄을 붙잡았어?"

"나한테 총탄은 안 통해."

"……대체 얼마나, 치트인 거야."

아마, 연습하면 다들 할 수 있지 않을까?

"다시 한 번, 연계 기술로 갑니다."

"""응.""""

일어선 전위진 네 명이 다가온다.

너무 봐준 모양이네. 몇 번이나 도전하면 모두의 상처가 늘어날 거야.

나는 축지와 섬구로 그녀들을 현혹하고, 시야를 이용한 유닛 배치로 사각지대에 전이하여 장타로 기절시키는 패턴으로 네 명을 무력화했다.

"······가, 강해."

아리사의 목소리가 절망으로 떨렸다.

—가슴이 아프다. 얼른 끝내야겠어.

나는 축지로 후위 앞에 뛰어들었다.

다음 순간, 나는 그때까지와 다른 공간에 있었다. 아리사가 무영창으로 공간 마법 「미로」를 쓴 모양이다.

이 공간을 탈출하려면 미로의 출구를 찾거나, 힘으로 미로의 공간까지 통째로 파괴하는 수밖에 없다.

그러나, 나에게는 둘 다 필요 없다. 왜냐면, 나는 결계 같은 게 안 통하니까.

내가 한 걸음 앞으로 나아가자, 그곳은 결계 바깥. 위대한 주인이 있는 미궁의 주인이 머무는 방이었다.

"말도 안 돼. 이렇게 한순간에······!"

"—마수왕 창조!"
크리에이트 베히모스

아리사가 놀라는 목소리에 미아의 마법 발동구가 겹쳤다.

미아의 정령 마법이 발동하여, 아름다운 마법진에서 의사 정령인 베히모스가 나타났다.

이렇게 올려다보니, 상당히 위풍당당하고 관록이 있다.

『하이 엘프가 쓰는 정령 소환이라고?! 이봐, 네놈! 얼른 그 녀석을 처리해라!』

내 주인의 오더가 들어왔다.

나는 「이력의 손」으로 보조하여, 베히모스의 거체를 붙잡아 날려버렸다.

―PUWAOOOOWWNNN!!

버둥버둥 다리를 흔들면서 베히모스가 날아갔다.

주인의 오더는 「처리」니까 던져 버렸지만, 그러면 섬멸을 추가로 지시할 것 같았다. 베히모스를 섬멸하면 미아가 슬퍼하니까, 폭렬 마법의 폭발로 위장하여 유닛 배치로 미궁 바깥으로 추방했다.

"―격리벽!"

아리사 앞에 나타난 격리벽을 걷어차서 부쉈다.

시야가 붉은 거미줄 모양의 잔상으로 잘 안 보이지만, 그 틈으로 아리사 일행의 얼굴이 보인다.

""""……주인님."""

"사토."

나를 부르는 아리사, 루루, 미아 세 사람이 슬픈 표정을 지었다.

두근. 붉은 잔상이 더욱 짙어졌다.

"―주인님!"

옆에서 리자가 달려들었다.

"우리를 잊지 말아주세요."

두근두근 붉은 잔상이 격렬하게 깜빡였다.

"포치도 잊어버리면 안 되는 거예요."

"타마도~."

이번에는 포치와 타마다.

더욱이 잔상의 명멸이 격렬해지고, 불쾌감이 늘어났다.

"마스터, 제 가슴을 떠올려달라고 고합니다."

나나가 갑옷을 해체하고 가슴을 밀어붙인다.

부드러운 감촉을 방해하는 것처럼, 불쾌한 붉은 명멸이 나를 괴롭힌다.

—거슬리네.

나는 팔을 휘둘러 붉은 명멸을 떨쳐냈다—.

◆

—그렇군.

붉은 명멸이 사라지는 것과 동시에, 의식이 깨끗해졌다.

재빨리 로그를 보고, 내가 지금까지 **오르키데**의 기아스에 묶여 있었다는 걸 이해했다.

오르키데에게 지배된 나는 놈의 명령에 따라 동료들에게 손을 대려고 해버린 모양이다. 한심하기 짝이 없군.

아까 그 붉은 거미줄 같은 AR표시가 기아스의 효과를 나타낸

모양이다. 효과를 떨쳐버릴 때 뇌세포가 좀 상했는지 두통이 심하다. 「고통 내성」 스킬을 ON으로 전환하고서, 체력 게이지를 보았다. 이미 「자기 치유」 스킬의 효과로 완전 회복 상태다.

『왜 그러느냐! 뭘 망설이고 있나! 얼른 여자와 꼬맹이들을 때려눕히지 못할까!』

오르키데의 말을 들은 동료들이 나를 더욱 강하게 끌어안았다.

—어이쿠, 얼른 안심시키자.

"다들, 미안."

나는 그렇게 말하고, 시야 이용 유닛 배치로 모두의 손에서 탈출했다.

"주인님……."

아리사가 눈물을 흘리며 나를 불렀다.

—어라?

아직, 조종당하고 있는 줄 아는 건가?

『그래! 얼른 해치워라!』

바보가 외친다.

먼저 저쪽에 대처할까—.

나는 축지로 오르키데 앞에 이동했다.

『—무슨…….』

오르키데가 「강제」를 쓰는 것보다 빠르게, 놈의 손에서 지팡이— 마황장을 빼앗았다.

기세가 지나쳤는지, 오르키데가 트리플 악셀 같은 기세로 날아갔다.

〉「강탈」 스킬을 얻었다.

〉「절도」 스킬을 얻었다.

〉「소매치기」 스킬을 얻었다.

〉칭호 「강탈범」을 얻었다.

〉칭호 「녹아웃 강도」를 얻었다.

오랜만에 스킬과 칭호 러쉬군.

아무리 그래도 소매치기는 아니라고 생각하는데, 칭호 시스템에 태클을 거는 건 쓸모가 없으니 무시했다.

"주인님! 제정신으로 돌아왔구나!"

"다들, 걱정 끼쳐서 미안해."

아리사 일행이 내 상태를 깨달은 모양이다.

『이노오오옴! 내 종들아! 마법진이다!』

오르키데의 부하인 마술사들이 영창을 시작했다.

"리자 씨."

"알겠—."

『기다려.』

아리사의 지시로 달려가려는 리자를 수신호로 말렸다.

더욱이 『대피』의 수신호로 동료들을 안전권으로 피신시켰다.

나는 마황장을 오르키데에게 겨누었다.

『어리석은 놈! 그 지팡이를 빼앗아도 소용없다. 그 지팡이에 봉해둔 마녀의 힘은 방금 다 썼다. 지금 그 지팡이는 그냥 장식에 지나지 않는다!』

오르키데가 뭔가 말하고 있다.

물론, 그런 건 AR표시에 뜨는 정보로 알고 있었다. 내 **목적**은 **다른 거다.**

나는 오르키데의 말을 흘려들으면서, 메뉴를 조작하여 강제 내성 스킬이나 강제 스킬에 스킬 포인트를 분배하고 스킬을 유효화했다.

그것과 동시에, 부하 마술사들이 기아스 보조의 마법진을 재구축했다.

꼼짝도 안 하는 내 모습에 오르키데가 징그러운 웃음을 씨익 지었다.

『내게 복종하라! ■■■ 강제.』 ^{기아스}

오르키데가 기아스를 발동했다.

나는 오르키데 쪽으로 내민 마황장을 보았다.

─성공이다.

AR표시에 뜬 정보는 분명히 내가 **바라던 것**이었다.

나는 오르키데를 가리키고 있던 마황장을 조용히 내렸다.

『하하하하하! 바보 놈! 레벨 차이가 있으면 막을 수 있다고 생각했느냐?! 아까는 기아스의 효과가 나빴던 모양이지만, 같은 기아스를 2중 3중으로 걸었을 때는 처음보다도 저항이 어려운 것이다!』

─그렇군. 해설 고마워.

그러나 아리사의 「불요불굴」을 담아둔 마황장의 도움도 없이,

내성 스킬이나 압도적인 레벨 차이를 뒤집을 정도로 강제라는 스킬은 편리하지 않다.

로그를 볼 것도 없이 기아스는 저항됐다.

『강제 스킬의 사용을 금지한다.』

『무슨 말을 하는 거지?』

"《황혼이여, 오너라.》"

나는 당황하는 오르키데를 무시하고, 마황장의 발동구를 읊었다.

『무슨 짓이냐?』

『너의 강제 스킬을 봉인했다.』

『그런 허세에 속을 것 같으냐!』

오르키데는 마술사들에게 호령하여, 보조 마법진을 사용해서 다시 한 번 기아스를 쓸 생각인 모양이다.

『노파심에서 말해두는데, 그 스킬은 안 쓰는 편이 좋을걸?』

『헛소리! 내게 복종하라! ■ ■ ■─.』

나는 눈을 감았다.

『─강제.』

오르키데가 기아스를 썼다.

그것이 자신의 사형 집행 서류에 사인하는 것과 같은 뜻이라는 것도 모르고.

『키야아아아아아아아아아아아아아아아아아아아아아아아아아!』

귀에 거슬리는 절규가 미궁의 주인이 머무는 방에 울렸다.

절규가 사라지고 땅에 풀썩 쓰러지는 소리를 신호로 눈을 뜨자, 온몸에서 어마어마한 피를 흘리는 오르키데가 땅에 쓰러져 있었다.

〉칭호 「미궁의 주인 살해자」를 얻었다.
〉칭호 「미궁 공략자: 제물 미궁」을 얻었다.

"주인님, 무사하신가요!

오르키데의 절규를 들은 동료들이 돌아와 버렸다.

다들 처참한 시체를 보고 말을 잃었다.

"우왓, 주인님. 가차 없네."

"나는 안 죽였어. 굳이 따지자면 오르키데의 자살이지."

나는 마황장에 오르키데의 「강제」 스킬을 충전하고, 그 힘으로 놈에게 「강제 스킬 사용을 금지한다」라고 말하며 기아스로 묶은 것이다.

그것을 허세라고 여긴 오르키데는 기아스에 따른 명령을 위반 하여, 그 결과 목숨을 잃게 됐다는 것이 전말이다.

자기 지팡이니까 기능 정도는 제대로 기억을 해뒀어야지.

다행히 한 번 받아내기만 해도 세 번 충전되는 구조라서, 아 리사와 루루를 기아스에서 해방하는 것도 할 수 있다.

마술사 종들은 오르키데가 죽었을 때 마찬가지로 절규하며 쓰러졌지만, AR표시를 보니 죽지는 않았기에 기절한 채로 방 치했다. 깨어날 낌새가 보이면 대처해야겠군.

◆

"주인님, 위에! 인 거예요!"

포치의 말을 듣고 위를 올려다보자, 붉은 빛을 내는 반투명한 보석 같은 것이 실체화한 모양이다.

"마스터, 저것은 무엇인가요라고 묻습니다."

"저건—."

AR표시가 그 정체를 알려주었다.

"—저건 미궁 핵이야."

붉은 보석— 미궁 핵의 중앙에는 무수한 검은 빛이 명멸하고 있었다.

조금 인상이 다르지만, 도시 핵과 비슷한 느낌의 결정체다.

미궁 핵이 천천히 바닥에 내려왔다.

—저것을 만져선 안 된다.

무심코 뻗은 손을, 목소리 없는 목소리가 말렸다.

"누가 있어~?"

타마가 허공을 바라보는 고양이 같은 시선으로 응시하는 장소가 있기에 그곳으로 시선을 돌리자, 아무도 없었다.

하지만 잠시 바라보자, 흐릿한 사람의 형상이 천천히 윤곽을 드러냈다.

—아리사.

『아버님! 어머님!』

아리사가 사람 형상에 외쳤다.

왕관을 쓴 훈남과 티아라를 쓴 가련한 미녀가 아리사 곁으로 소리 없이 이동했다.

몇 명 소년소녀의 모습을 한 형상도, 아리사의 부모님에 이어서 모였다.

『스이탐 오라버니, 듀드 오라버니. 알류스 오라버니랑 베릿츠 오라버니, 그리고 언니들까지!』

우등생풍의 소년과 장난꾸러기 같은 소년이 웃는 표정으로, 나머지 두 청년은 각자 다른 방향으로 고개를 돌리고 있었다. 그래도 아리사와 재회할 수 있어서 기쁜 모양이다.

언니라고 불린 소녀들은, 이미 자아가 희박한 건지 멍하니 아리사를 바라보기만 했다.

"루루도 다녀와."

"저, 저는 서자니까요."

"괜찮아, 봐—."

망설이는 루루를 본 왕이, 루루를 향해서 상냥한 표정으로 고개를 끄덕였다.

그래도 망설이는 루루의 등을 밀어줬다.

"……폐하."

얌전한 루루의 말을 들은 국왕의 영이 조금 쓸쓸한 표정을 지었다.

"루루, 마지막 정도는 아버님이라고 불러줘."

"……괜찮을까?"

"당연히 괜찮지!"

아리사의 말에, 눈을 깔고 있던 루루가 국왕의 얼굴을 보았다.

"—아버님."

루루의 말을 들은 국왕이 상냥한 표정으로 루루를 보았다.

엿듣기 스킬을 OFF로 돌리고, 아리사와 루루의 목소리가 안 들리는 장소로 동료들과 함께 이동했다.

나는 동료들과 함께 마지막 작별을 하는 아리사와 루루, 국왕 일가를 지켜봤다.

잠시 지나서, 아리사가 손짓하기에 가까이 다가갔다.

"이제 됐어?"

"응. 이제 괜찮아."

"저도 아버님이랑 작별인사를 할 수 있었어요."

아리사와 루루는 눈물 자국이 남은 얼굴로 수긍했다.

"나랑 루루가 가족들을 해방해주고 싶어. 괜찮을까?"

미궁 핵을 파괴해도 되냐는 물음에 고개를 끄덕였다.

요정 가방에서 휘염총을 꺼낸 루루가 총신을 미궁 핵으로 겨누고, 아리사와 둘이서 마력을 충전했다.

만일에 대비해서, 내가 미궁 핵의 방어 장벽을 주먹으로 파괴하고 술리 마법「마력 강탈」로 미궁 핵의 마력을 빼앗았다.

『안녕, 아버님, 어머님, 오라버니들이랑 언니들.』

『안녕, 아버님.』

아리사와 루루가 휘염총의 방아쇠를 당겼다.

수호를 잃은 미궁 핵이 파직, 가벼운 소리를 내면서 부서졌다.

어디선가 청정한 빛이 쏟아져 내리고, 그 빛을 쬔 영들의 표정이 온화해졌다.

일단 자아가 분명치 않았던 언니 왕녀들이 사라지고, 알류스나 베릿츠라고 불린 청년 왕자들이 아리사에게 가볍게 손을 들고 하늘로 올라갔다. 이어서 장난꾸러기 같은 소년 왕자 듀드가 「또 보자」라는 말을 하는 듯한 표정으로 승천하고, 상냥한 표정의 스이탐 왕자가 아리사와 루루에게 작게 손을 흔들며 그 뒤를 따랐다.

말은 안 들리지만, 아리사가 그들에게 사랑받고 있다는 걸 잘 알 수 있었다.

왕비가 뭔가 깨달은 표정을 짓고, 루루에게 뒤를 보라고 했다.

『—어머니!』

『리리!』

거기에 이끌려 뒤돌아본 아리사도 눈을 크게 떴다.

그곳에는 시녀복을 입은 검은 머리의 일본풍 미녀가 있었다.

그녀는 루루의 어머니인가 보다. 반투명하게 비치는 걸 보니, 그녀도 유령인 것 같다.

국왕의 영이 루루의 어머니— 리리 씨 옆에 나란히 섰다. 문득 깨닫고 뒤돌아보자, 왕비의 모습은 어느새 사라져있었다. 리리 씨와 작별을 하게 해주려고 먼저 승천한 모양이다.

리리 씨와 루루가 마주 보았다.

『나는 괜찮아. 아리사랑 주— 사토 님, 그리고 모두 함께니까, 지금은 아주 행복하게 살고 있으니까, 걱정하지 마.』

『그래! 우리들은 가장 사랑하는 사람이랑 같이 매일 러브러브

하고 있으니까, 안심하고 천국에서 기다려!』

　루루와 아리사의 말에, 리리 씨와 국왕이 기쁜 표정을 지었다.

　국왕과 리리 씨가 나를 보기에 『그녀들은 맡겨 주세요』라고 말하며 귀족의 예를 표해두었다.

　리리 씨가 나한테 깊숙하게 고개를 숙이고, 국왕이 『딸들을 부탁한다』라고 말하는 표정으로 내 어깨를 톡 두드리는 제스처를 했다.

　내가 고개를 끄덕이자, 왕과 리리 씨는 만족한 표정으로 하늘로 올라갔다.

　"아버님! 카게우스 백작령의 영도에 엘루스 오라버니가 있어! 마지막으로 만나러 가줘!"

　사라지는 왕에게 아리사가 외쳤다.

　"들렸을까?"

　"응, 분명히 엘루스 님을 만나러 가줄 거라고 생각해."

　아리사의 말에 루루가 고개를 끄덕였다.

　두 사람은 어쩐지 후련한 표정으로 눈가의 눈물을 닦았다.

봉기

"사토입니다. 시민의 봉기라고 하면 맨 먼저 프랑스 혁명이 떠오르지만, 조국의 탈환이라고 하면 「이거다!」 하는 이미지가 떠오르지 않습니다. 역시 빼앗기기 전에 어떻게 하는 편이 이야기로서 뜨겁기 때문일까요?"

"흔들려~?"

"땅이 비비비비비비 떨리는 거예요."

미궁의 주인이 머무는 방을 가득 채운 울적한 공기가 타마와 포치의 목소리에 깨졌다.

불길한 예감에 맵을 열어보는 것보다 빠르게, 서있을 수가 없을 정도의 흔들림이 우리를 덮쳤다.

천장에서 작은 흙과 돌이 내려온다 싶더니 금방 커다란 바위가 섞이기 시작하고, 미궁의 주인이 머무는 방을 지탱하는 기둥이 쓰러지기 시작했다.

"이거 위험하네."

나는 「자유 방패」나 「이력의 손」으로 몸을 지키며 모두를 모았다.

"사토."

"마스터, 미궁의 주인이 부리던 부하가 남아 있다고 고합니다."

—아차 잊고 있었군.

이유는 모르겠지만, 미궁의 주인인 오르키데가 죽었을 때 일제히 쓰러졌단 말이지.

나는 칠흑 로브의 마술사들을 이력의 손으로 붙잡아, 동료들과 함께 붕괴하는 미궁에서 「귀환전이」로 탈출했다.

그리고, 먼저 20계층에서 해방한 키메라 기사들은 이미 지상으로 나간 모양이라서 미궁 안에는 없었다. 아마 키메라 기사들 중 누군가가 미궁 출구까지 경로를 숙지하고 있었나 보군.

"와왓, 바깥도 흔들려요."

"예스, 루루. 외양선을 떠올린다고 고합니다."

미궁에서 탈출하여 도착한 곳은, 왕성 한 구석에 있는 나무들 틈이었다.

"성이 가라앉는 거예요!"

"언빌리~버블~?"

미궁의 바로 위에 있던 성이 미궁의 붕괴에 말려들어 붕괴하는 모양이다.

애당초 성은 아리사가 말했던 마족의 습격으로 전소되어 폐허 상태였으니, 붕괴에 말려드는 일반인은 없었다.

미궁의 입구 부근에 있던 요워크 왕국군이 황급히 피난하고 있었다.

"주인님, 마을은 괜찮을까요?"

"확인했는데, 지반 침하가 된 곳은 성 주변뿐인 것 같아. 쿠보크 시 사람들에게는 큰 피해가 안 나왔어."

내가 공간 마법 「멀리 보기」로 확인한 정보를 전하자, 리자와 다른 동료들도 안도한 표정을 지었다.

"세이~프~?"

"행방 중에 불명인 거예요."

포치가 말하려는 건 「불행 중 다행」이겠지.

"―저 녀석들도 데리고 왔구나."

"정체가 들켰지만, 죽을 걸 알면서도 버리는 건 꿈자리가 사
나우니까."

울적한 아리사의 시선 끝에 있는 것은 오르키데를 따르던 마
술사들이다.

지금은 정신을 잃고 있지만, 그 앞 단계에서 용사 나나시의
정체가 사토라는 걸 알아버렸다.

일단 도망치지 못하도록 포박하고, 마술을 쓸 수 없게 재갈을
물려놓도록 아인 소녀들이나 나나에게 부탁했다.

"마스터, 부하가 철가면이라고 고합니다."

"―철가면?"

나나가 불러서 가보자, 후드 아래의 머리가 달걀 형태인 철가
면으로 둘러싸여 있는 걸 알 수 있었다. 입가 말고는 노출이 안
되어 있고, 접합 부분이 아무데도 안 보인다.

푸는 법을 알 수가 없어서 철가면을 스토리지에 수납했다.

"뉴!"

"얼굴이 아파 보이는 거예요!"

철가면 안쪽은 대부분 젊은 남녀였는데, 그 얼굴이 이형으로
변해있었다. 대부분은 극히 일부뿐이지만, 개중에는 얼굴 절반

이상의 범위가 이형으로 변한 자도 있다. 우연일지도 모르지만, 미형일수록 이형의 범위가 넓다.

"……너무해요."

"키메라."

"그렇구나. 이 사람들도 그 녀석에게 개조 당했구나."

루루, 미아, 아리사가 코멘트했다.

그러고 보니 24계층에 있던 오르키데의 연구기록에 그런 게 적혀 있었지.

20계층에 있던 키메라 기사와 마찬가지로 사명침이 박혀 있기에, 그들과 마찬가지로 스토리지에 수납했다.

"몸도 개조 수술의 흔적이 있다고 보고합니다."

"마핵을 심장 위에 파묻은 모양이군요."

어쩐지 모르게 「마인 심장」과 비슷한 구조였다.

아마도 오르키데가 기아스를 사용하는 조건을 완화하기 위한 부품으로 개조 당한 거겠지.

"……우윽."

키메라 마술사 중 한 명이 신음 소리를 냈다. 이제 곧 눈을 뜰 느낌이었다.

나는 동료들에게 숨도록 하고, 쿠로의 모습으로 변장했다.

"여기는?"

"미궁 바깥이다."

눈을 뜬 키메라 마술사 청년에게 대답했다.

"바깥? ―당신은?"

"나는 용사의 종자 쿠로다."

"용사님! 그러면, 오르키데와 싸운 건 용사님이었나요?"

―이상하군.

청년은 싸우던 상대가 누구인지도 모르는 기색이다.

"너희들도 보지 않았나?"

"……아뇨. 저희들이 쓰고 있던 철가면은 시각도 청각도 막혀 있었습니다. 들리는 것은 그저 오르키데의 명령뿐― 응? 철가면이 없잖아?"

청년이 얼굴을 삭 만졌다.

"오르키데는 절대로 풀 수 없을 거라고 했는데…….

"내 주인의 힘이다."

사기 스킬의 도움을 빌려 적당한 대답을 말했다.

일단은 신분이 들키지 않은 모양이니까 넝쿨에 딸려온 복을 달게 받아야지.

"너희들은 오르키데에게 무슨 명령을 받았지?"

AR표시로 확인하자, 그들도 아리사나 루루와 마찬가지로 노예의 신분이기에 확인해봤다.

"『내게 복종하라』라고."

그러면, 노예 해제를 해도 문제없겠군.

복종해야 할 상대도 죽었으니 기아스를 해제할 필요도 없겠지.

그런 이야기를 하는 사이에도, 다른 키메라 마술사들이 눈을 떴다. 자기 모습이 이형이 된 것은 이미 알고 있었는지, 누구도 그것에 한탄하고 슬퍼하는 자는 없었다.

"이제부터 어떻게 할 거지? —아니, 이제부터 어떻게 하고 싶나?"

"아무것도. 가족도 모두 요워크 놈들에게 살해당했습니다. 저희들을 이런 모습으로 만든 오르키데는—."

"죽었다."

"놈은…… 괴롭게 죽었나요?"

"그래, 처절한 죽음이었다."

꿈에 나올 것 같더라고.

"그런가요……."

청년들이 어두운 웃음을 지었다.

"……그렇네요. 오르키데에게서 해방해준 당신에게 은혜를 갚으면— 다음은 요워크 왕국의 성으로 쳐들어가서, 목숨이 다할 때까지 싸울까 생각합니다. 살해당한 국왕 폐하나 조국 사람들의 원한을 갚기 위해……."

—으엑. 테러는 안 돼. 말려야지.

"자포자기는 그만둬라."

"그렇지만, 저는 그 정도밖에 못합니다."

"국왕에 대한 충성심이 있다면, 살아남은 왕자가 조국을 재건하는 것을 돕는 것은 어떤가?"

그러니까 테러는 관두자.

"—살아남은 왕자? 왕자 전하가 살아남으신 건가요?!"

청년의 표정이 밝아졌다. 다른 자들도 마찬가지다.

"이웃나라로 도망쳐서, 지금도 조국 재건을 위해 활동하고 있다. 너희들이 바란다면, 데리고 가줄 수 있다만?"

"""부탁드립니다!"""

어찌어찌 테러리스트 탄생을 막을 수 있겠다.

먼저 탈출한 키메라 기사들은 왕성에 주둔하고 있던 요워크 군과 피투성이 난전 끝에 귀족가의 막다른 길로 내몰려 있기에 사삭, 구출했다.

다음은 키메라 마술사들과 함께, 지난번 해방한 노예병과 같은 코스로 노예해방을 한 다음 카게우스 백작령의 변두리에 만든 안전가옥으로 데리고 갔다.

지난번 노예병과 달리, 이번에는 키메라화된 자들이라 문에서 가로막힐 것 같았으니까.

"너희들은 여기서 기다려라. 두 명을 데리고 가겠다. 대표를 정해라."

키메라 기사와 키메라 마술사가 각각 대표를 골랐기에, 그들에게 모습을 숨길 수 있는 두꺼운 외투를 입히고 데려갔다. 정문으로는 귀찮으니까, 야음을 틈타 하늘로 잠입했다.

◆

"쿠로 님!"

엘루스 군 일행의 거점에 도착하자, 예전 노예병 중 한 명이 나를 보고 외쳤다.

"귀공이 쿠로란 자인가? 고난에 처한 우리 병사를 잘 구출해 주었다."

사람들 뒤에서 엘루스 군이 앞으로 나오는 것을 노신사가 막았다.

"―전하. 앞으로 나서시면 안 됩니다."

"그렇습니다! 아직 이 자의 정체도 모르고 있습니다."

노신사와 신하의 말에, 엘루스 군이 반론했다.

"무슨 말을 하는가! 구조를 받은 자들이 용사님의 종자라고 말을 하지 않았던가!"

"그것도 정말인지 아닌지 알 수 없습니다. 실제로 그는 전하의 이름을 사칭했습니다."

―사칭?

그러고 보니, 멋대로 왕자 이름을 썼지.

"그것은 병사들을 안심시키기 위해서가 아닌가?"

"그래, 맞다."

엘루스 군은 이해를 해주는 모양이다.

"그러나, 전하! 이 녀석이 전하의 이름을 멋대로 사용한 것은 사실입니다!"

"그러한 녀석이 정말로 용사의 종자일 리 없습니다!"

"그래! 신분을 증명해야 합니다!"

"귀찮은 녀석들이군. 네놈들이 믿을 필요 따위는 없다."

엘루스 군의 이름을 멋대로 쓴 건 미안하지만, 이렇게 말을 해대면 귀찮음이 앞서네.

"뭐라고!"

"본색을 드러냈군!"

내 말에 일부 신하가 외쳤다.

"—그러나, 이렇게 대화를 방해 받는 것도 짜증난다. 내 주인께서 빌려주신 성스러운 단검의 빛을 네놈들에게 보여주지."

나는 품속을 경유해 스토리지에서 꺼낸 주조 성단검을 뽑아 마력을 주입했다.

칼날에서 흘러나오는 고요한 파란 빛에 사람들의 시선이 고정됐다.

"……성스러운 무기."

"정말로 용사의 종자다!"

"용사가 엘루스 님의 아군이라는 건가?!"

"과연 엘루스 님!"

"쿠보크 왕국의 정통 후계자!"

"엘루스 님, 만세!"

"""엘루스 님, 만세!"""

입다물게 만들려고 한 건데, 괜히 더 소란스러워졌네.

『주인님, 큰일났어!』

아리사가 상급 공간 마법「무한 통화」를 보냈다.

『무슨 일이야?』

『마을 쪽이 소란스럽기에,「멀리 보기」로 봤어. 그랬더니—.』

쿠보크 시 여기저기서 전투가 벌어지고 있는 모양이다.

맵 정보로 추측하건대, 엘루스 군의 공작원들이 왕성의 함몰로 요워크 왕국군이 혼란에 빠진 상황을 호기로 보고, 레지스탕스들에 의한 반공작전을 실행한 모양이다.

『알았어. 되도록 빨리 돌아갈 테니까 상황 감시를 부탁해.』

나는 축지로 노신사 곁에 이동하여, 그 일을 귓속말로 속삭였다.

"—잠입 공작원이?!"

"그래. 혼란의 틈을 찔러 지금은 우세하지만, 요워크 왕국군이 차분함을 되찾으면 금방 열세에 빠질 거다."

나는 맵 검색으로 알게 된 정보를 노신사에게 전했다.

"뭐라고?! 이러고 있을 수는 없다! 다들, 들어라!"

노신사가 짝짝 손뼉을 치고 모두의 주의를 끈 다음, 이제부터 쿠보크 시 탈환을 위해 출발한다고 고했다.

"알겠습니다. 각지에 숨겨둔 병사들에게 연락을 취하겠습니다."

"저는 식량 준비를 하겠습니다."

"그러면, 저는 말과 짐수레를 모아오겠습니다."

노신사의 명령을 듣고서, 신하들이 황급히 거점을 뛰쳐나갔다.

"엘루스 님, 저와 함께 카게우스 여백작 각하에게 인사를 하러 갑시다!"

"그, 그래. 알았다."

"쿠로란 자, 대단한 보답을 못해 미안하다. 귀공의 공적은 조국 탈환 뒤에 반드시 보답하지."

"—기다려라."

엘루스 군과 뛰쳐나가려는 노신사의 어깨를 붙잡아 세웠다.

아직, 여기 온 본래 목적을 이루지 못했으니까.

"엘루스 왕자, 이 녀석들의 충성을 받아줘라."

키메라 기사의 대표와 키메라 마술사의 대표를 엘루스 군에게 소개했다.

"—누구지?"

"봇소 남작 3남, 기사 롯호이옵니다. 이형인지라, 후드를 쓴 채 어전에 선 무례를 용서해 주십시오."

"호트머 준남작 5남, 마술사 이우린입니다. 전하께 충성을 맹세합니다."

"폐하께 바친 이 검을, 전하께 바치겠습니다."

"기사 롯호, 마술사 이우린, 귀공들의 충성을 기쁘게 생각한다."

"예, 황송합니다. 휘하의 기사 12명, 병사 27명, 모두 전하의 힘이 될 것입니다."

"마술사 14명도 전하의 도움이 되겠습니다."

"응, 고마워!"

엘루스 군이 나이에 어울리는 인사를 했다.

그들이 인사를 하는 사이에, 카게우스 여백작의 메달리온을 노신사에게 건네두었다. 이것은 유품 반환의 답례로 카게우스 여백작이 보낸 것이다. 이걸 보여주면 조금은 그들에게 조력을 해주겠지.

"왕자, 동이 틀 때까지 모을 수 있는 만큼 전력을 모아라. 내 주인의 비술로 쿠보크 시까지 배웅해주마. 진위는 내가 구해낸 자들에게 물어보도록 해라."

나는 그렇게 말하고, 귀환전이를 반복하여 우리 애들 곁으로 돌아갔다.

◆

"사토."

"어서오~?"

내가 귀환전이로 돌아가자, 미아와 타마 페어가 즉시 반응했다.

황금 갑옷은 눈에 띄기 때문인지, 검은색 복장과 외투의 조합으로 갈아입고 있었다. 인식 저해 기능이 달린 거다.

나도 쿠로의 모습에서 모두와 같은 검은색 복장으로 갈아입었다.

"다녀왔어. 아리사는?"

"아리사라면 탑 위에 있습니다."

나는 리자가 가리키는 대각선으로 기울어진 성내 탑 하나를 향해 천구로 이동했다.

미아와 타마를 안기기에, 같이 탑 위로 이동했다.

탑 위에는 아리사와 포치, 그리고 저격총을 안은 루루가 있었다.

"어서 와, 주인님. 어땠어?"

"일은 잘 풀렸어. 엘루스 군도 호응하고 있으니까, 나중에 내가 날라올 거야."

"―잠깐! 또 무리할 셈이야? 내가 유니크 스킬을 써서 게이트를 여는 편이 안전하지 않아?"

"실적이 있는 사람 수 단위에다, 피스톤 운송이니까 괜찮아."

"혼각화환의 상태를 꼬박꼬박 확인해야 돼?"

"안다니까."

아리사는 걱정도 많아.

"그래서 엘루스 오라버니는 언제쯤 올 것 같아?"

"동틀 때쯤."

아리사가 눈썹을 찌푸렸다.

"이야기가 급했으니까, 동트기 전에 출격할 수 있다는 것만 해도 충분히 굉장하다고 생각하는데?"

"그건 알지만, 저쪽이 위험한 느낌이야."

망원경을 나에게 건네면서, 레지스탕스가 진을 친 장소를 가리켰다.

성 주변은 좀 높은 지대니까, 성 아래의 마을을 한눈에 볼 수 있다.

"요워크 왕국군이 공세로 나섰구나……."

"응, 레지스탕스 사람들은 저 건물 근처에 밀려났어. 이대로 가면 이판사판으로 공세에 나섰다가 큰 피해를 입을 것 같아."

그건 좋지 않은데.

"엘루스 오라버니에 대해서, 레지스탕스 리더에게 전할 수 없을까?"

"으음— 리더는 모르지만, 아는 녀석이 있으니까 그 녀석에게 전달해두자."

이름을 메모해둘걸 그랬네. 엘루스 군의 잠입 공작원은 적으니까, 공간 마법 「멀리 보기」를 써서 순서대로 보면 아는 얼굴을 발견할 수 있을 거야.

"—움직였어요. 빨간 지붕이에요."

저격용 스코프로 감시하고 있던 루루가 사태의 급변을 고했다.

일부 레지스탕스가 이판사판의 공세로 나선 모양이다.

"완전히 폭주네. 다른 레지스탕스랑 연계를 못하고 있어."

아리사가 안타까운 기색으로 중얼거렸다.

기습을 건 것까지는 좋았는데, 요워크 왕국군은 금방 혼란에서 벗어나 조직적으로 레지스탕스 격퇴를 시작했다.

레지스탕스 측은 상당한 피해를 입고서 패주를 시작했다.

"주인님, 부탁해."

"알았어. 레지스탕스의 도주를 지원해주자."

여기서는 조금 머니까, 아리사의 공간 마법을 써서 적당한 장소로 이동했다.

탑 아래 있던 리자와 나나는 유닛 배치를 써서 곁으로 끌어당겼다.

"루루는 요워크 왕국군의 무기를 노려. 미아는 물 마법『급팽창』을 적진에 사용해. 아리사는 나랑 같이 적의 기사나 전선 지휘관 저격이야."

아리사에게 「—죽이지 말고」라고 귓속말을 하고, 행동을 개시했다.

루루가 실총탄으로 요워크 왕국군 병사의 검이나 방패를 저격했다. 밤중에 불 지팡이 총이나 휘염총은 눈에 띄니까.

"저격이다! 화살이 아니다! 암살자나 저격수가 숨어 있다!"

"어디야? 어디서 쏘나!"

당황하는 요워크 왕국군이 추격하는 발을 멈추고 엄폐물 뒤에 숨었다.

"뭘 하고 있나! 적진에 돌입하면 저격 따윈 못한다! 죽을 각오
로 달려라!"

뒤에서 요워크 왕국군의 사관이 잘난 척하며 명령했다.

그때 미아의 「급팽창」이 작렬했다.

"으앗— 마법 공격이다!"

"물 공격 마법이다! 뒤로 숨어라!"

부하에게 돌격을 명한 것치고, 미아의 마법으로 날아가버린
사관은 재빨리 건물 뒤로 숨더니 불안한 기색으로 두리번거리
며 주위를 살폈다.

그 머리를 아리사의 대인제압용 충격파가 덮쳤다. 그대로 뻗
어버린 걸 보니, 한 방에 혼절한 모양이다.

"미아, 몇 군데 더 부탁해."

"응, 맡겨둬."

미아가 가슴을 쭉 펴고, 다음 영창을 시작했다.

"나로 말할 것 같으면 요워크 왕국, 쿠보크 방면군 제3—."

나는 「이력의 손」을 뻗어, 길게 자기소개를 하는 기사의 턱에
가까이 떨어져 있던 잔해를 던져 기절시켰다. 레지스탕스가 마
무리를 지으려고 달려갔지만, 그가 도착하기 전에 기사의 동료
가 끌고서 도망갔다.

"마스터, 활약하고 싶다고 고합니다."

"포치도 마인포로 부웅, 하고 싶은 거예요!"

"타마도 인술하고 싶어~?"

나나, 포치, 타마 셋이 참전을 희망했다.

리자는 조용하지만, 그 마음은 셋과 다름없는 모양이다.

"밤중에 마인포는 눈에 띄니까—."

말하는 도중에, 길 너머에서 말을 탄 기사들이 골렘을 이끌고 오는 게 보였다.

"리자, 포치, 나나 셋은 마인포로 골렘을 파괴하고 와줘. 저쪽에서 발견하지 못하도록, 이동하면서 공격해."

내가 지시를 내리자 셋이 공격하러 갔다.

"타마도~?"

혼자서 명령을 못 받은 타마가 조금 슬퍼 보인다.

"닌자 타마는 특별 임무야. 돌멩이를 던져서 말들을 날뛰게 해줘. 달려오는 기사한테는 후추탄으로 천벌을 내려주도록."

"네잉! 닌닌~?"

타마가 파밧, 하고 어둠 속으로 사라졌다.

"우옷, 말이."

"—크악, 뭐냐— 콜록콜록— 끄아아아앗!"

잠시 지나서 앞발을 든 말들에서 기사들이 떨어졌다.

과연 닌자 타마. 말이 폭주하는 순간에 기사들의 얼굴에 후추탄을 맞춘 모양이다.

"저격수는 어딨어?!"

"마법 공격도 받고 있— 크악!"

"대장은 뭘 하는 거야!"

동료들의 활약으로, 요워크 왕국군이 혼란 한복판에 빠졌다.

이 틈에―.

사태의 급변을 따라가지 못하는 레지스탕스들 중에서 아는 얼굴을 발견했다. 주점에서 만난 엘루스 군의 잠입 공작원을 하고 있던 그다.

그 녀석 발치에, 동이 트면 엘루스 군의 원군이 나타난다고 적은 화살 편지를 쏘았다.

화살 편지를 발견한 공작원이 편지를 읽는 게 보였다.

"우리들을 구해준 건 엘루스 님의 선발대다! 아침이 되면 원군이 온다!"

공작원이 레지스탕스들에게 말을 걸고 다녔다.

암약 스킬 덕분인지 편지 내용을 믿어준 모양이다.

"농성을 고른 모양이네."

레지스탕스들이 건물의 문이나 창밖에 가구나 잔해를 쌓아서, 바리케이드 같은 것을 만들기 시작했다.

"저것만 있으면, 화공에 당할 것 같네―."

나는 흙 마법 「흙벽」으로 레지스탕스들의 거점을 둘러쌌다.

덤으로 사방에 파수탑을 만들어뒀다.

"과연 주인님이야. 리자 씨 일행이 골렘 부대를 해치워줬으니까, 요워크 왕국군도 한 번 물러나서 태세를 정비하는 모양이네."

"이걸로 아침까지는 시간을 벌 수 있겠어."

지금은 요워크 왕국측이 도시 핵의 힘을 사용할 낌새가 없다.

레지스탕스 세력을 위협으로 느끼지 않는 걸지도 모르지만, 쿠보크 시 주변의 기후나 농작물 상태를 봐서 도시 핵의 마력

잔량에 여유가 없는 걸지도 모른다.

우리는 교대로 선잠을 취했다. 아무 일 없이 시간이 지나고, 산 너머가 어렴풋이 밝아지기 시작했다.

지금까지는 얌전했던 요워크 왕국군이 동트는 것과 동시에 공세에 나설 셈인지, 행정부가 있는 주둔지에서 출격 준비를 갖추고 있었다.

그러면, 이제 슬슬 마무리할 때로군.

◆

"마중 다녀와야겠어. 그쪽은 맡길게."

"응, 알았어. 요워크 왕국군이 쳐들어오면 연락할게."

나는 쿠로의 모습으로 갈아입었다.

귀환전이로 카게우스 백작령에 돌아가자, 카게우스 시에서 제법 떨어진 장소에 무장한 사람들이 300명쯤 모여 있었다.

나는 섬구로 그들 곁에 급행했다.

"준비는 마친 모양이군."

"—쿠로 공!"

"하늘에서 등장이신가? 용사의 종자는 화려하군."

갑작스런 등장에 놀란 사람들이 많았지만. 노신사와 장군 두 사람은 태연하게 나를 올려다보았다.

"할아범! 보았나! 사람이 하늘을 날고 있다!"

엘루스 군은 노신사의 옷을 잡아당기며 대흥분했다.

평화로워지면, 한 번 유람 비행을 시켜줄까.

"300정도인가—."

이 정도라면 몇 번 운송이면 되겠어.

"하룻밤만으론 이것이 한계다. 이 수로 도시를 함락할 수 있다고는 우리도 생각지 않아. 우리가 공격하는 걸로, 안에서 봉기한 녀석들에게 도움이 될 수 있다면 그것만으로도 충분하다."

아무래도, 장군은 내 말을 착각한 모양이다.

"그런 의미에서 한 말이 아니다. 이 수라면 쿠보크 시까지 옮길 수 있다고 한 것이다."

"옮겨? 비공정인가?"

"비공정도 있다만, 이번에는 안 쓴다."

나는 이력의 손으로 장군을 비롯한 병사들을 붙잡았다.

"저항하지 마라, 이제부터 쿠보크 시로 전이한다."

"뭐, 뭐라고?"

한 번에 60명 정도를 유닛 배치로 옮겼다.

"—여, 여기는?"

"쿠보크 시의 귀족가가 있던 장소다."

이 근처는 죄다 불타서 아무도 없고, 넓은 장소가 잔뜩 있으니까 석제 구조물 마법으로 벽이 없는 신전풍 건물을 만들어 이동용 거점으로 삼았다.

"이곳에서 기다려라. 나머지를 데리고 오지."

나는 장군에게 말을 남기고 운송을 반복했다. 아리사랑 약속한대로 유닛 배치를 하기 전에 「혼각화환」을 확인했지만, 전혀 이상이 없다.

운송을 하는 도중에 아리사에게 요워크 왕국군의 진군이 재개됐다는 보고가 들어왔다.

내가 만든 흙벽이 있으니까 잠시 동안은 괜찮겠지.

"여기는 아직도 다 탄 상태— 성이 없잖아?!"

마지막 운송으로 데리고 온 엘루스 군이 지반침하로 붕괴된 성 쪽을 보고 놀라서 소리를 질렀다.

가능하면 엘루스 군을 전장으로 데려오고 싶지 않았지만, 본인의 강한 요청과 왕국 재건에 필요한 일이라고 노신사가 말해서 데리고 왔다.

노신사에게 전투력은 없지만, 엘루스 군에게는 그림자처럼 따르는 호위들이 있으니 몸의 안전은 보장할 수 있겠지.

『주인님, 흙벽이 돌파 당했어! 저 녀석들, 도시 바깥의 수호에 쓰고 있던 대형 마력포를 꺼내왔어!』

도시 안에서 대군 병기인 대형 마력포를 쓰다니, 꽤 무모한 짓을 하는군.

『아리사, 조금만 더 지켜봐 줘. 다소 방해는 괜찮지만, 엘루스 군의 원군이 갈 때까지 직접 개입은 금지야.』

『알고 있어.「격리벽」같은 걸로 진군을 방해하기만 할게.』

아리사에게 지시를 내리고, 엘루스 군에게 상황을 전달했다.

그는 곧장 장군에게 레지스탕스 세력을 구하러 가도록 명령하고, 300명이 잘 아는 고향땅을 진군했다.

"이걸 주지. 목숨을 소중히 여겨라."

나는 엘루스 군에게 에치고야 상회의 방패 팔찌를 주고, 그들에게 등을 돌렸다.

"쿠로 공은 왕도 탈환을 도와주지 않는 건가?!"

"이미 충분히 도왔을 거다. 우리는 본래, 사람과 사람의 다툼에는 관여하지 않는다."

엘루스 군이 유감스러운 표정으로 바닥을 보았다.

"쿠로 공, 조력에 감사드립니다."

"이번에는 계집애한테 부탁을 받아 어쩔 수 없이 협력해준 것에 지나지 않는다. 인사라면 건방진 보라색 머리의 계집애한테 하도록."

"―보라색? 혹시 아리사가?!"

나는 엘루스 군의 말에 대답하지 않고, 귀환전이로 동료들 곁으로 돌아갔다.

이걸로 조금은 엘루스 군의 부하들에게서, 아리사에 대한 악감정이 줄어들면 좋겠는데.

◆

"어째서 도시 안에 쿠보크 왕국의 잔당이……!"

전장은 혼란에 빠져 있었다.

대형 마력포의 지원을 받아서 우세했던 요워크 군의 측면을 엘루스 군의 부대가 급습했기 때문이다.

"저 기사는 대체 뭐야!"

"신체 강화인가?"

"아니, 검을 팔로 튕겨냈다. 소문으로 들은 금강신의 사용자일지도 모른다."

키메라 기사들이 울분을 푸는 것처럼 날뛰고 있다.

히드라의 외피나 나가의 비늘을 심은 팔은 강철제 검마저도 튕겨내는 모양이다.

"마력포다! 마력포로 쓸어버려라!"

"각하! 여기는 시내입니다!"

"시끄럽다! 어차피 이 근처에는 쿠보크 녀석들밖에―."

말하는 도중에 화염이나 폭풍이 대형 마력포나 그 근처에 있던 전선 지휘관을 집어삼켰다.

"마법사인가!"

"저쪽에서 공격했다!"

요워크 왕국군이 상황을 이해할 틈도 없이, 그들의 진영에 마법 공격이 비처럼 쏟아져 내렸다.

"저렇게 많은 마술사들은 어디서 데리고 온 거냐!"

"성벽에 대기하고 있는 병사들을 불러들여라!"

"한 번 병사를 빼고, 태수 각하께 조력을 의뢰한다."

엿듣기 스킬이 요워크 왕국군의 작전을 포착했다.

엘루스 군의 부대가 레지스탕스의 진영에 합류했는지, 그를 칭송하는 소리와 승리의 함성이 들렸다.

"지금은 승리에 취해 있어라. 태수 각하의 힘을 빌리면, 네놈들 따위는 먼지가 될 거다."

살아남은 지휘관이 뻔한 대사를 하면서 군을 물렸다.

그의 말은 단순한 뻔한 대사가 아니었는지, 검이나 갑옷에 빛을 깃들인 요워크 왕국군 병사들의 역습이 시작됐다.

지휘관들의 말로 생각하면, 태수가 도시 핵의 힘으로 병사들을 부스트한 거겠지.

도시 핵의 마력에는 그렇게 많은 여유가 없었는지, 병사들 뒤쪽의 30퍼센트 정도는 부스트의 빛이 없었다.

"요워크 병사놈들! 네놈들 따위에겐 지지 않는다!"

"사람으로서의 행복을 버린 힘, 그 몸으로 맛보거라!"

부스트 상태에서도, 아직 개개인의 전투력은 키메라 기사들 쪽이 위인 모양이다.

레벨이 높은 요워크 왕국군 기사들만 단독으로 키메라 기사와 호각의 싸움을 벌이고 있었다.

"으그그, 혼자서 싸우지 마라! 수의 이점을 살려서 둘러싸라!"

"이 비겁한 놈들!"

"할 수 있다! 상대를 지치게 만들어라!"

요워크 왕국의 지휘관은 4배 가까운 병력을 유효하게 활용하는 것에 생각이 미친 모양이다.

『주인님, 어떡하지? 심술 정도로는 지탱할 수가 없어.』

아리사가 말한 것처럼, 이대로는 병력 차이에 밀려버릴 거다.

『알았어. 참전을 허락할게. ―다만, 다치지 않도록 주의하고.』

『황금 갑옷으로 갈아입어?』

『아니, 이번에는 공개 장비면 돼. 문장이 달린 장비는 쓰지 말고.』

이번에는 아리사의 악평을 불식시키는 노림수도 있기 때문에, 황금 갑옷─ 용사의 종자로서의 장비가 아니라 공개 장비로 참가를 골랐다.

모두를 지원하기 위해서, 공간 마법「멀리 보기」를 기동했다.

『선봉은 포치인 거예요.』

『돌진~?』

『결정 포즈를 하는 사이에 먼저 가버리면 치사한 거예요!』

아리사가 발동한「전술 대화」를 통해서, 포치와 타마의 목소리가 들렸다.

"뭔가 작은 게 왔다!"

"가, 강하다! 말로만 듣던 드워프인가!"

"머, 멈춰라! 누군가 그 녀석들을 멈춰!"

타마와 포치가 병사들의 다리를 베면서 달려갔다.

두 사람의 모습이 사라진 길에는 다리를 감싸고 땅바닥에 굴러다니는 병사들만이 남았다.

그 병사들에게 프라이팬이나 의자를 든 일반 시민들이 몰려들어 구타했다. 도시 핵의 수호로 목숨을 잃지는 않았지만, 평소의 울분을 풀려는 시민들의 공격은 그치지 않고 이어졌다. 인과응보로군.

"기사님! 옵니다!"

"나로 말할 것 같으면 요워크 왕국 기사─."

『흑창의 리자. 갑니다!』

붉은 빛을 끌면서 나타난 리자가 기사의 자기소개도 기다리지 않고 덤벼들었다.

기사는 몇 합 정도 리자의 공격을 받아내긴 했지만, 도시핵의 부스트가 무색하게도 얻어맞고 뻗어버렸다.

아마도 불살의 제약이 없었다면 처음 한 합으로 상대를 쓰러뜨렸을 게 틀림없다.

"저 창잡이는 대체 누구냐? 요워크 왕국 기사가 상대도 안 되다니!"

"쿠보크 왕국에 저런 실력자는 없었을 텐데……."

"엘루스 님의 인덕이겠지. 이 틈에 남은 적을 소탕한다!"

리자의 활약을 본 쿠보크 왕국병이 사기를 올렸다.

―후옹.

"뭐냐? 뭐라고 했나?"

"아무것도 안 들려. 그보다도 발을 멈추지 마."

성벽탑에서 마력포를 나르고 있던 요워크 왕국병이 불안한 기색으로 주위를 둘러보았다.

―후옹, 후오.

"뭔가 들린다."

"그러니까 뭐가―."

짜증을 내는 병사가 말하는 도중에 충격파의 파상공격이 그들을 덮쳤다.

그 옆에 반투명한 앳된 소녀― 작은 실프들이 떠올랐다.

『실프, 마력포 파괴.』

―후옹.

미아의 지령을 받은 작은 실프들이 마력포를 하늘로 휘감아 올려 파괴했다.

『실프, 다음.』

—후웅.

지시를 받은 작은 실프들이 다음 마력포를 노리고 이동했다.

이렇게 전선으로 마력포를 운반하는 계획은 실현되지 못하고 어둠에 매장됐다.

"—어라?"

맵에서 전선을 우회하여 나아가는 요워크 왕국군의 공작원을 발견했다.

아무래도, 후방에 숨어 있는 비전투원을 습격할 셈인가 보다. 인질로 삼아서 엘루스 군에게 항복을 요구할 셈이겠지.

엘루스 군의 본진 가까운 곳에 잠입시켜둔 나나가 제일 가깝다.

『나나, 9시 방향에서 적병이 접근하고 있어. 처리를 부탁할게.』

『예스 마스터. 유생체에겐 손대지 못한다고 고합니다.』

듬직하지만, 중년이나 노인도 차별하지 말고 지켜주렴.

맵을 다시 체크하자, 도시 바깥에서도 이변이 일어났다.

『아리사, 루루를 데리고 남쪽 외벽탑으로.』

『오케이!』

『—꺅.』

아리사와 루루의 광점이 무인의 외벽탑에 나타났다.

『아리사, 루루, 국경의 요새 쪽을 봐.』

『뭔가 움직이고 있어요.』

『혹시, 골렘?』

『그래. 시가 왕국의 경계를 지키는 비장의 수까지 이쪽으로 돌릴 모양이야.』

『쓰러뜨려버릴까?』

『부탁할게.』

『루루, 멀지만 되겠어?』

『응, 이 정도라면— 봐.』

광선총의 반짝임이 몇 번 깜빡인 다음, 맵에서 골렘의 광점이 사라졌다.

과연 스나이퍼 루루. 마법총을 잘 소화하고 있어.

나와 아리사는 루루의 초월기교를 칭찬했다.

—찌이찌이.

뇌리에 박쥐의 울음소리가 들렸다.

태수 가까이 잠입시켜둔 그림자들이 박쥐다. 의식을 동조시키자, 태수가 무슨 의식 마법 준비를 진행하는 게 보였다.

『아리사, 태수가 뭔가 하려고 하는데, 내가 가서 막고 올까?』

『그쪽은 내가 할게. 주인님에겐 근본 쪽을 부탁해도 돼?』

『그래, 맡겨둬.』

나는 근본— 도시 핵의 방으로 갔다.

왕성의 붕괴에 말려들어 입구가 막혀 있어서, 경비하는 병사가 아무도 없다.

흙 마법 「함정 파기」로 파내고, 일그러진 문을 힘으로 찢어버렸다. 그 앞에 도시 핵의 힘을 이용한 치사성 결계가 있기에,

전력을 다한 「마법 파괴」로 지워버렸다. 딱히 아무 장애도 없이 지나갈 수 있을 것 같긴 하지만, 일부러 위험에 몸을 던지는 취미는 없으니까.

『상위 영역을 지배하는 왕이여. 이 땅은 요워크 시의 위성도시로 등록되어 있습니다. 이 땅을 빼앗을 경우, 자동적으로 그 도시에 선전포고를 한 것으로 간주됩니다만 괜찮겠습니까?』

"상관없어. 이 땅을 위성도시로 등록한다."

『알겠습니다, 왕이여. 이 땅은 당신 것입니다.』

생각보다도 간단히 끝나 버렸다.

이 다음은 무노 백작령처럼 영주 교대를 하고 싶었지만, 그걸 실행하면 그의 신분이 「노예」에서 강제 해제되어 버린다.

엘루스 군의 기아스를 푼 다음에 진행하지 않으면, 기아스를 깬 것이 되니까 오르키데처럼 죽어버릴 위험성이 높다.

나는 도시 핵에게 명령하여, 요워크 왕국군을 강화하고 있는 도시 핵의 부스트를 해제했다.

"질문이다. 이제 위성도시를 해제하면 어떻게 되지?"

『새롭게 이 땅을 찾아온 자가 왕이 됩니다.』

그러면 문제없다.

만약을 위해서 입구에 엘루스 군만 통과할 수 있는 설정의 결계를 쳐두자.

이거라면 잘못 들어온 사람이 왕이 되는 사고는 안 일어나겠지.

『―포학의 블래스트 스톰!』

그림자들이 박쥐에 의식을 옮겼더니, 아리사가 뭔지 모를 외침을 지르면서 대인 제압용 충격파로 요워크 왕국군 사령부에 있던 태수나 장군을 유린하는 모습이 떠올랐다.

『적당히 해둬.』

『주인님, 그쪽 상태는 어때?』

『끝났어. 다음은 엘루스 군이 도시 핵의 방으로 가면 인계 완료야.』

『빠, 빠르네. 하지만, 그 점에 전율해! 동경하게 돼!』

아리사가 유명한 만화의 프레이즈로 장난을 쳤다. 어쩌면 평범하게 찬사를 보내는 걸지도 모른다.

『주인님, 빛을 잃은 요워크 왕국군이 패주를 시작했습니다.』

전술대화 너머로 리자의 보고가 들렸다.

도시 핵을 이용한 인챈트는 무사히 해제된 모양이다.

『여기는 아리사. 사령부 사람도 후퇴를 고른 모양이야. 태수랑 장군은 철저 항전을 외쳤지만, 부하가 반항해서 쓱싹 처리돼 버렸어.』

여전히 사람의 목숨이 가벼운 세계다.

『여기는 포치인 거예요! 북문에서 병사들이 도망친 거예요.』

『여기는 타마~? 광장은 신나~?』

포치와 타마가 아리사를 흉내 내며 즐거워 보인다.

『마스터, 광장에서 아리사의 오빠가 승리 선언을 하는 것 같다고 보고합니다.』

시야 유닛 배치로 광장이 보이는 위치에 이동하여, 유닛 배치로 동료들을 불러들였다.

유닛 배치를 조금 지나치게 쓴 것 같기도 하지만, 모처럼 좋은 순간이니까 모두 함께 지켜볼까 생각한 것이다.

"우리들의 승리다! 이곳에서 쿠보크 왕국의 재건을 선언한다!"

엘루스 군이 급조된 단상 위에서 외쳤다.

""""우오오오오오오오오오오오오오!""""

""""엘루스 전하, 만세!""""

""""신국왕 엘루스 폐하, 만세!""""

엘루스 군이 왕국 재건을 선언하자, 신하들이나 병사들뿐 아니라 모여든 구 쿠보크 왕국 사람들도 함께 그것을 축하했다.

"축하해, 엘루스 오라버니."

"엘루스 님, 축하해요."

아리사와 루루도 작은 소리로, 사람들의 중심에 있는 엘루스 군을 축복했다. 물론 다른 애들도.

""""쿠보크 왕국에 영광 있으라!""""

""""엘루스 폐하에게 영광 있으라!""""

""""우오오오오오오오오오오오오오!""""

요워크 왕국의 지배하에서 억압을 받은 탓인지, 사람들이 열광적으로 엘루스 군을 지지해준다. 개중에는 그냥 소리만 지르는 녀석도 있지만, 마음은 이해 못할 것도 없다.

물론, 엘루스 군이나 간부들은 이제부터가 힘들 거다. 나라 탈환이 끝나도, 아직 할 일이 많다. 시가전으로 황폐해진 시내의 복구나 요워크 왕국의 역습이나 마물의 위협에서 나라를 지키는 군사력을 바로 세우고, 할 일이 산더미 같을 테니까.

"가자, 주인님."

"괜찮니?"

"그래, 이제는 엘루스 오라버니한테 떠넘기면 돼. 그보다도 하고 싶은 일이 있는데—."

아리사가 장난꾸러기 같은 표정으로 나를 올려다보았다.

전장의 부조리

"나는 강한 녀석과 싸우는 게 좋다. 봐주는 것 없이 살육할 수 있는 적과 싸우는 게 너무나 좋다. 최고로 뜨거운 전투를 할 수 있다면, 내 목숨을 잃어도 상관없어." —시가8검 제8석 「풀 베기」 류오나.

"잔뜩 있구만."

시가8검 류오나는 분지의 초원에 전개된 야전 진지를 보면서 중얼거렸다.

여기는 비스탈 공작령의 끝에 있는 교통의 요소다. 그곳에 왕국군 7,500과 반란군 9,000이 거리를 벌린 채 대치하고 있었다. 쌍방 모두 흙 마법이나 골렘으로 야전 진지를 구축했고, 지금도 전령병들이나 사역마들이 바쁘게 오가고 있었다.

류오나는 그 야전 진지에 흙 마법으로 만들어진 조잡한 파수탑 위에서, 양군의 진지 상황을 확인하고 있었다.

"설마 반란군이 야전으로 나설 줄은 생각 못했소이다."

"나도 그래. 도시나 성의 외벽을 의지해서 농성하는 게 정석일 텐데."

류오나 옆에서 대기하고 있던 시가8검 후보인 「풍인」 바우엔과 「백모」 켈른이 반란군의 정석을 벗어난 전략에 눈썹을 찌푸렸다.

"그건 이쪽에 공작 각하가 있기 때문이다. 놈들은 각하가 도시에 들어가 공작령을 재장악하는 것을 무엇보다도 두려워하는 거지."

파수탑 위에 올라온 붉은 갑옷의 미장부―「붉은 귀공자」제릴 모사드 남작이 깊이 있는 바리톤으로 그들의 의문에 대답했다.

"어, 그래. 어서 와라, 제릴. 공작 달래기는 됐냐?"

"간신히 지하 사령부에 들어가는 것을 승낙해 주셨지."

"그럼 안심이군."

돌아온 제릴에게 켈른이 가지고 있던 망원경을 건넸다.

"아무리 전통이라도, 제대로 운동도 안 하는 공작 각하가 최전선에 서다니, 생각하기만 해도 오한이 든다."

"유서 깊은 대귀족님은 큰일이시겠소이다."

"그렇게 말하지 마. 왕도 야마토 님의 시대부터 이어지는 전통이다. 단념해준 것만 해도 공작 각하는 나은 편이야. 개중에는 최전선에서 돌격하는 멍청― 대귀족도 있으니까."

켈른이 기가 막힌단 기색의 바우엔을 달렸다.

"수다는 그쯤 해둬. 왔구나― 놈들의 비장의 수가."

류오나가 애용하는 커다란 낫을 빙글 돌리고, 반란군의 등 뒤에 우뚝 선 산 너머에서 다가오는 그림자를 가리켰다.

"재미 좀 볼 수 있겠지― 용!"

커다란 낫의 칼날을 낼름 핥은 류오나가 두근거린다는 표정으로 하급룡을 노려보았다.

별난 하급룡이다. 머리에 모자를 쓰고, 오른손에는 인형— 아니, 화려한 옷을 입은 남자를 쥐고 있었다. 류오나 일행에게는 가련한 희생자로만 보였지만, 그 정체는 요워크 왕국의 테이머 이자 하급룡을 반란군의 전력으로 집어넣은 중요 인물이다.

하급룡은 이동 속도가 빠르고, 전투에 투입하면 명령을 잊기 때문에 테이머인 그가 저렇게 동행하는 것이다.

"반란군의 용이 온다!"

켈른이 지상을 향해 하급룡의 접근을 경고하자, 지상에서는 벌집을 들쑤신 것처럼 소란이 일어났다.

마력로가 울부짖고, 방어 장벽을 수십겹으로 구축한다.

신관이나 마법사 모두가 필사적인 표정으로 주문을 자아내기 시작했다. 기사들도 신체강화 계통의 스킬을 쓰고, 궁병들이나 포병들이 원거리 공격용의 스킬을 준비했다.

모두가 자신이 가진 모든 것을 짜내는 모습이, 그곳에 있었다.

하급룡이란 것은 그만큼 무시무시한 상대인 것이다.

"간다아아아아아아!"

화살 같은 기세로 류오나가 달려갔다.

"마법병은 용을 땅에 떨어뜨려라. 그러면 다음은 우리가 어떻게든 하겠다."

"궁병이나 포병은 몸통을 노리는 것이외다! 욕심을 부려서 날개를 노려도, 날개를 지탱하는 바람의 마력에 휘말려서 절대 맞지 않소이다!"

전투밖에 안중에 없는 류오나 대신, 제릴과 바우엔이 병사들에게 소리쳤다.

"그러면 다들, 간다!"

켈른은 파수탑 아래서 대기하고 있던 다른 시가8검 후보 5명에게 말을 걸고 달려갔다.

다섯 명 중에서 한 명이 발을 멈추면서, 남색의 장궁을 당겼다.

"—류오나 공, 효시는 맡기시오! 《천궁》."

성구를 받은 사수의 마궁이 진가를 발휘했다. 화살이 붉은 빛을 띠고, 그 빛이 효시를 감쌌다.

"하늘을 나는 용이여! 『천궁의 사수』, 『계곡 너머』의 보드윈이 쏘는 《천광탄》을 받아라!"

보드윈이 화살을 놓자, 어마어마한 충격파와 빛이 몇 겹으로 고리를 만들었다.

빛나는 붉은 화살이 음속으로 하급룡에게 다가갔다.

빠르다. 그것은 중력이나 날개로 피할 수 있는 속도를 넘어서고 있었다.

그러나, 하급룡의 눈에는 초조함이 없다. 하급룡은 공중을 차고서 화살을 피했다. 깊은 산 속에 사는 고레벨의 달인이 사용한다는 공보나, 2단 도약이라고 불리는 기술이리라.

하급룡이 뒤집어쓴 모자는 뿔에 고정되어 있는 건지, 바람에 펄럭여도 벗겨지지는 않았다.

오히려, 하급룡이 손에 쥔 테이머의 목이 급격한 고속기동으로 부러지는 게 먼저일지도 모른다.

""……■ <ruby>난기류<rt>터블런스</rt></ruby>.""

바람 마법사가 하급룡 주변에 난기류를 만들어냈다.

""……■ ■ ■ <ruby>추락기류 망치<rt>폴른 해머</rt></ruby>.""

이어서, 다른 바람 마법사들이 추락기류 망치의 콤보를 때려 박았다.

그것은 세류 백작령 영지군의 특기인 와이번 사냥의 황금 패턴이다.

"말도 안 되는군……."

"과연 전투 생물이외다."

와이번이라면 확실하게 땅바닥에 떨어뜨리는 콤보를 하급룡은 피해냈다.

기류가 흐트러진 것을 짐작한 하급룡이 날개를 접어 영향에서 벗어나고, 고도가 떨어진 하급룡을 향해 쓴 추락기류 망치를 보드윈의 화살을 피한 것과 같은 기술로 회피한 것이다.

"그런데, 저 화려한 옷은 누구일 것 같소이까?"

"하급룡이 쥐고 있는 녀석 말야? 용의 점심 도시락 아냐?"

"아니, 전에도 있었다. 아마도 요워크 왕국군의 테이머일 거다."

시가8검 후보들의 추측은 옳았다.

"테이머? 드래곤을 길들인다는 말은 들어본 적이 없소이다."

"아마도 족제비 제국의 나사를 썼겠지."

켈른이 바우엔에게 자기 추측을 전달했다.

"나사? 아무리 그래도 무리겠지. 전에 다익 지네를 나사 7개로 지배하려고 했다가 실패했다고 들었는데."

"그런가? 7개로 무리라면 30개 정도 쓴 거 아닌가?"

자기 설을 부정하는 제릴에게, 켈른이 하급룡의 머리를 감싼 모자를 가리켰다.

그는 그 아래에 나사가 있을 거라고 주장하는 것이다.

—GYAOOOOOSZ!

상공을 선회하던 하급룡이 울부짖었다.

"빛나고 있다. 방어 장벽을 다시 치나?"

"이거 잘 됐소이다. 이쪽을 방심할 수 없는 상대라고 인정해 준 것이외다."

"흥, 뭐가 잘 됐냐? 상대가 방심해주는 게 당연히 좋지."

시가8검 후보의 대검사가 바우엔의 말을 강한 어조로 부정했다.

"시시한 인물이시구려. 소인은 겨루는 상대에게 깔보이는 것을 참을 수가 없소이다."

바우엔의 말에 대검사가 뭐라고 하고자 했을 때, 하늘을 노려 보던 류오나가 혀를 찼다.

"—위험하다."

류오나가 한 번 중얼거리고 달려갔다.

류오나가 달려가는 곳에서, 커다랗게 숨을 들이쉬면서 하급 룡이 급강하고 있었다.

"칫, 용의 숨결인가!"

"크, 큰일이외다!"

시가8검 후보들도 황급히 달려갔다.

그러나, 방향이 제각각이다. 제릴, 바우엔, 켈른을 비롯하여 대부분은 류오나의 뒤를 따라 전방으로 달려가고, 활잡이 보드윈은 발을 멈추어 활을 겨누고, 대검사와 쌍검사는 브레스를 피하는 측면으로 갔다.

"보드윈 공, 테이머를!"

"알았네!"

하급룡의 의식이 쏠린 사이에, 보드윈의 화살이 정신을 잃은 테이머의 머리를 파헤쳤다.

그러나 하급룡은 그걸 신경 쓰는 기색이 없었다.

"용이 온다아아아아아!"

"마력로를 전개해라!"

"이미 전개하고 있습니다!"

"더 해라! 부서져도 상관없다! 최대 출력을 장벽에 쏟아라!"

용의 숨결을 경계하여, 왕국군 사령부는 진지의 방비를 최대로 올렸다.

그러나, 거점 방위용의 마법장치라고 해도 아군 진지 모두를 지킬 수는 없다.

"도망쳐어어어어어어어."

"모두 달려라! 브레스에 말려든다!"

양익의 지휘관이 병사들을 전속력으로 이동시켰다.

당사자들은 필사적이지만, 너무나도 늦었다. 그들이 이탈하기 전에 용이 접근하여 그 아가리에서 홍련의 불꽃을 내뿜었다.

"이, 이제 끝이다아아아아!"

절대 벗어나지 못하는 걸 이해하고, 그래도 병사들은 발을 멈추지 않으며 마지막까지 발버둥 쳤다.

그 머리 위에 무자비한 열량이—.

"우오랴아아아아아아아아아아아아아아아아! —반전, 사극단 두대!"

공보로 하늘을 달려 올라간 「풀 베기」 류오나가 하급룡의 턱 아래를 거대 낫으로 쳐올렸다.

—GYAAAOOZZZ!

비명과 함께 아가리에서 뿜어 나온 불꽃이 전장의 하늘을 태 웠다.

여파로 옷이나 머리카락이 타오른 자들은 있었지만, 그래도 땅바닥을 굴러서 무사한 모양이다.

"칫, 중첩— 사극단두대, 3연!"

원심력과 거대 낫의 중량을 살린, 류오나의 호쾌한 필살기가 노호 같은 기세로 하급룡을 때렸다.

"하나."

옆으로 휩쓰는 사극단두대가 하급룡의 목을 공격했다.

용은 그것을 발톱으로 받아 흘리고, 붉고 흰 불똥을 주위에 퍼뜨렸다.

"두울."

하늘에 떠오른 채 거대 낫의 관성으로 몸을 빙글 돌린 류오나 가, 이번에는 머리 위에서 거대 낫을 휘둘렀다.

그것을 하급룡은 기다란 목을 움직여 피했다.

기세가 지나쳐 류오나가 옆으로 1회전하는 무방비한 등을 하급룡의 아가리가 덮친다.

"세에에에에엣!"

그 아가리가 맞물리기 직전, 류오나의 거대 낫이 한 발 빨랐다.

류오나의 거대 낫과 하급룡의 송곳니가 격돌하여, 처음보다도 호쾌한 불똥이 주위에 흩어졌다.

모든 것을 꿰뚫는 용의 송곳니라고 해도, 측면에서 격돌하면 그 위력은 충분히 발휘되지 못하는 모양이다.

한순간의 공방이 끝나고, 반동으로 류오나가 등 뒤로 날아가 버렸다.

류오나의 눈에는 공중에서 몸을 트는 하급룡의 등이 보였다.

"—위험해!"

초고속으로 날아온 용의 꼬리가 류오나를 공격했다.

"—치잇."

거대 낫을 방패삼아 직격을 막아낸 류오나였지만, 공보가 끊어진 그녀가 공중에서 그 거대한 질량을 받아낼 수 있을 리 없었다. 류오나의 몸이 한순간에 땅으로 떨어져 땅바닥에 깊은 골을 만들었다.

"시, 시가8검이⋯⋯."

"역시, 용에게 저항할 수는 없는 건가⋯⋯."

왕국군의 마음 속 한 구석에 있던 희망이, 시가8검의 패배로 절망으로 추락했다.

—GYAOOOOOOSZ!

하급룡이 승리의 함성을 질렀다.

"……■ 기류 소실!"
<small>로스트 에어</small>

"……■ 추락 선풍 망치!"
<small>폴른 허리케인 해머</small>

두 목소리가 울리고, 승리를 뽐내던 하급룡의 고도가 급격하게 낮아졌다.

그래도, 창도 안 닿는 거리에서 하급룡이 버틴다.

"……■ 낙뢰!"
<small>콜 썬더</small>

"……■ 하강 폭류!"
<small>다운 버스트</small>

더욱이 두 목소리가 전장에 울렸다.

낙뢰가 하급룡을 때리고, 상공에서 떨어져 내린 차가운 기류의 폭풍이 거기에 추가타를 가하여 드디어 하급룡을 땅으로 추락시켰다.

"시가 33지팡이……. 어마어마한 마법이외다."

"느긋하게 보고 있을 때가 아니다! 지상에 떨어진 지금이 반격의 때다!"

"""그래!"""

제릴의 질타에, 시가8검 후보들이 용감하게 하급룡에게 덤벼들었다.

변환이 자유로운 마력을 가진 「풍인」 바우엔이 다채로운 간격에서 하급룡을 희롱하고, 반대쪽에서는 「백모」 켈른이 하급룡의 틈을 찌른다. 다른 시가8검 후보들도 각각의 간격에서 하급룡을 포위했다.

"발톱이나 송곳니만 있는 게 아니다! 꼬리나 날개도 조심해라!"

탐색자 집단 「적룡의 포효」에서 리더를 맡고 있던 「붉은 귀공자」 제릴이 시가8검 후보들을 지휘했다. 자신도 얼음의 마검 「얼음나무의 송곳니」에 마력을 주입해, 차가운 안개를 두르며 하급룡에게 덤벼들었다.

"―단단하다."

"시가33지팡이의 상급 마법을 먹고서도 상처 하나 입지 않을 정도다."

"겁먹지 마라! 용의 방어 장벽이 상당히 벗겨졌다!"

마음이 약해진 동료를 제릴이 질타했다.

"―하급룡, 레벨 55, 스킬에 『격투』와 『바람 마법』이 있습니다."

감정 스킬을 가진 후보가 감정 결과를 제릴에게 전했다.

"―나선창격(螺旋槍擊)!"

"―풍인난무(風刃亂舞)!"

켈른과 바우엔의 필살기가 동시에 공격했지만, 하급룡은 보기보다 민첩한 움직임으로 양쪽을 다 피해냈다.

그리고 회피할 때 주운 건지 바위를 던졌다.

기술을 낸 직후라서 회피 행동을 못하는 두 사람에게 바위가 다가들었지만, 그때 동료들이 발차기나 몸통 박치기로 두 사람을 안전권으로 이동시켰다.

"아야야……."

"덕분에 살았소이다. 다음엔 조금 더 살살 부탁드리겠소이다."

"함부로 기술을 쓰지 마라! 용은 이쪽이 지치는 것을 노리고 있다!"

일어선 동료에게 제릴이 주의를 주었다.

"지치는 것을 노린다기보다는—."

"—우리들로 놀고 있는 것 같소이다."

만약 날아온 것이 바위 하나가 아니라 움켜쥐어 부순 암석의 산탄이었다면, 그들은 지금쯤 살아있지 못했을 것이다.

"류오나 공이 전장에 복귀할 때까지 우리들이 버틴다!"

"그래, 맡겨둬."

제릴 일행은 절망적인 시간 벌이를 시작했다.

◆

"—크으하아아아아아아아아아!"

하급룡의 꼬리에 맞은 대검사가 피를 토하면서 땅을 굴렀다. 그 대검사에게 후방에서 종군 신관이 달려갔다.

이미 그들은 10분 가까이 싸우고 있었지만, 하급룡은 가벼운 상처만 입은 정도로 아직도 활기찬 표정으로 계속 싸우고 있었다.

"누군가 구멍을 메워라!"

"켈른 공도 아까 후송된 채 안 돌아오고 있소이다. 이미 우리들 둘밖에 없는 것이외다."

대검사가 줄어들어 여유가 생긴 건지, 하급룡이 숨을 들이쉬는 게 보였다.

"—위험하다!《얼음나무》."

제릴이 마검「얼음나무의 송곳니」의 성구를 써서, 얼음의 수목을 만들어「용의 숨결」을 받아 흘렸다.

"가벼운 견제의 브레스도, 한 번 받아 흘리는 게 고작인가—."

그곳에 화염과 얼음의 파편이 흩어지는 흔적을 가르며, 하급룡의 머리가 뛰어들었다.

거대한 아가리가 제릴을 공격한다.

"—《풍인(風刃)》."

바우엔이 뿜어낸 바람의 칼날이 하급룡의 눈을 공격했지만, 방어 장벽이 지키는 눈에 상처를 내지 못하고 한순간 눈을 깜빡이게 하는 효과밖에 없었다.

그러나—.

"우오라아아아아아아아아아아아!"

그 한순간의 틈을, 순동으로 달려온 그림자가 살렸다.

"—사극단두대!"

거대한 낫의 일격이 드디어 방어 장벽을 분쇄하고, 그 안에 있던 비늘마저도 부쉈다.

—GYAAAAOOZZZ!

용의 비명이 메아리 쳤다.

그 옆얼굴에 한 줄기 상처가 생겼다.

"류오나 공!"

"기다렸지!"

웃는 표정이 된 바우엔의 모습이 사라졌다.

"—뭣이?!"

이어서 선전하고 있던 제릴까지, 등 뒤에 나타난 하급룡에게 휩쓸려버렸다.

"그게 진심이라는 거냐?"

―GYAOOOOOOSZ!

하급룡이 승리를 뽐낸다.

아무래도, 지금까지 하급룡은 순동이나 강각 따위의 스킬을 쓰지 않고, 그들과 싸우는 걸 즐기고 있었던 모양이다.

"이거 위험한데. 헤임이나 쥬레바그 나리가 있어도 이길 수 있을지―."

레벨 차이가 있는 데다가, 상대가 자신들과 같은 스킬을 쓰는 것이다.

무엇보다도, 생물로서 기초 능력이 너무 달랐다.

"그렇지만, 마지막 상대로는― 최고다아!"

류오나가 죽음을 각오하고 하급룡에게 덤볐다.

지금까지 얻은 모든 경험과 기술을 살려서, 특기 기술인 사극단두대나 그 연계기도 구사하여 하급룡과 맞선다.

그러나― 닿지 않는다.

류오나가 하급룡에게 작은 상처를 하나 내는 사이에, 그녀의 갑옷이 부서지고, 자랑하는 근육에 커다란 상처를 입는다.

피투성이가 되면서도, 후방에서 써주는 지원 마법으로 그녀는 간신히 살아 있었다.

"앞으로 일격. 순동― 사극단죄선(^{제노사이드 길로틴}死極斷罪旋)."

숨을 들이쉬는 하급룡의 틈에, 류오나는 같이 죽을 각오로 비장의 수를 뽑아냈다.

붉은 빛에 휩싸여서 하급룡에게 육박하여, 화염이 넘치는 아가리에 참격의 폭풍을 뿜어냈다.

피부가 타오르고, 근육이 그을리고, 그래도 류오나는 멈추지 않았다.

그저, 자신의 칼날을 상대에게 박아 넣는 것만 생각하며, 마지막 힘을 쥐어짜냈다.

—GYAAAAOOZZZ!

용의 비명이 전장에 울렸다.

거의 들리지 않게 된 귀에 닿은 그 소리에, 류오나는 만족하며 의식을 잃었다.

◆

"""류오나 고오오오오오오오오오오오오옹!"""

홍련의 불꽃에 휩싸인 류오나의 모습에 왕국군의 장병들이 외쳤다.

"지금이다! 전군 돌격!"

반란군이 봇물이 터진 것 같은 기세로, 동요하는 왕국군을 공격한다.

최전선을 달리고 있던 한 명이 이변을 깨달았다.

"—저건 누구냐!"

탄화된 류오나 옆에, 불길한 보라색 머리칼을 가진 누군가가 서 있었다.

"용사님?"

"용사 나나시 님이다!"

누군가가 그 정체를 깨달았다.

―GYAOOOOOOSZ!

하급룡의 위압 소리가 들리지 않는 것처럼, 그 누군가― 용사 나나시가 류오나 옆에 쪼그려 앉았다.

―GYAOOOOOOSZ!

자신을 무시하는 부정한 놈에게 천벌을 내리고자, 하급룡이 거대한 아가리를 열고 깨물었다.

"용사님, 위험해!"

그러나 주위의 걱정이 무색하게, 용사 나나시는 「시끄러워」하고 한 마디 흘리더니 주먹을 한 번 휘둘러 하급룡을 날려버렸다.

흙먼지를 피우며 굴러가는 거체도, 무심코 진군을 멈춰버린 반란군도 무시하고, 용사 나나시는 어디선가 꺼낸 유리병의 뚜껑을 열었다.

"무모한 짓을 하네."

유리병의 액체― 엘릭서를 류오나에게 뿌렸다.

파란 빛을 띤 액체가 류오나의 몸에 닿자, 그녀의 몸을 중심으로 몇 겹의 마법진이 나타나서 몸의 표면을 CT스캔의 빛처럼 오고 갔다.

순식간에 탄화된 피부가 재생하여 핑크색의 윤기 나는 색을 되찾고, 그녀의 트레이드 마크 같았던 온몸의 상처 자국도 깔끔하게 사라졌다.

갑옷도 옷도 「용의 숨결」으로 타버렸기 때문에, 지금은 하반신에 숯덩어리 같은 잔해가 살짝 남아 있을 뿐이었다.

용사 나나시는 어디선가 꺼낸 망토를 류오나에게 덮어주었다.

"……으, 으응."

신음 소리를 낸 류오나가 눈을 떴다.

"용사, 님?"

—GYAOOOOOOSZ!

하급룡이 울부짖었다.

상대는 빈틈투성이다. 그래도 공격을 머뭇거리던 하급룡이었지만, 드디어 결심하고서 공세에 나섰다.

순간이동 같은 속도로 나나시의 등 뒤로 돌아갔다.

그 기세 그대로 몸을 뒤틀어, 원심력으로 무시무시하게 위력이 높아진 꼬리를 때려 박는다.

"용사님, 뒤에……!"

류오나가 경고했다.

"괜찮아."

가볍게 올린 손으로 꼬리 공격을 받아 흘리고, 심지어는 하급룡의 거체를 던져버렸다.

"……말도 안 돼."

너무나도 비현실적인 광경에, 류오나는 망토가 떨어지는 것도 깨닫지 못하고서 넋이 나가버렸다.

용사 나나시가 하급룡에게 다가섰다.

일상의 산책 같은 무방비한 용사 나나시의 모습과 대조적으로, 하급룡은 용사 나나시의 일거수일투족을 놓치지 않으려고 방심 없이 대비했다.

만약 여기에 용의 표정을 구분할 수 있는 자가 있었다면, 눈동자에 두려움이 있는 것을 지적했을 것이다.

"……용사님."

류오나가 소녀의 눈동자로 양자의 싸움을 지켜보았다.

어떤 싸움이 일어날지 양진영 사람들이 숨을 삼켰다.

용사 나나시가 팔을 가볍게 위로 뻗었다.

"엎드려!"

팔을 내리면서 짧게 명령하자, 하급룡이 배를 보이며 드러누웠다.

영문 모를 전개에 사람들이 입을 쩍 벌렸다.

그것이 「흑룡의 친구」라는 호칭 때문임을 아는 자는 없었다.

모두가 놀라움에 반응하지 못하는 가운데, 용사 나나시만 당연한 것처럼 눈앞의 일을 받아들였다. 그에게는 과거에 미궁 하층에서 사룡 부자를 거느렸을 때를 재현한 것에 지나지 않으니까.

"잠깐 실례."

용사 나나시가 애교를 부리는 표정을 보이는 하급룡의 모자를 벗겨냈다.

"그렇군, 나사랑 사명침으로 조종한 거구나."

그가 손을 올리자, 하급룡의 머리에서 나사가 사라졌다. 더욱이 꺼낸 통의 액체— 상급 마법약을 뿌리자, 하급룡의 상처가 사라졌다. 밖에서는 알 수 없지만, 사명침도 하급룡의 뇌에서 사라졌다.

"이걸로 너는 자유야. 사람들 거주지에는 오지 마라."

용에게 「가라」 하는 제스처를 취하자, 하급룡은 하늘 높이 날아갔다.

"용사는 사람들 세상의 다툼에 간섭하지 않는 것이 아니었나!"

반란군의 진지에서 반란군의 주모자, 비스탈 공작 장남인 트리엘이 외쳤다.

용사 나나시가 시야 유닛 배치로 트리엘의 눈앞에 나타났다.

"오늘은 다른 용건으로 들른 것뿐이야. 이거, 여동생한테서 받았어."

트리엘에게 그의 막내 동생인 소미에나에게 맡은 편지를 건넸다.

"뭘 위해서 아버지를 죽이려고 했는지는 모르지만, 최단 거리를 달려가기만 해서는 주변이 슬퍼할 뿐이야."

한 마디만 충고를 한 다음, 용사 나나시의 모습이 사라졌다.

그 모습은 요워크 군의 한가운데 있었다.

"시가 왕국의 용사가 뭐냐! 혼자서 여기 있는 군세와 싸울 셈인가!"

요워크 왕국군의 지휘관이 시가 국어로 외쳤다.

"그런 귀찮은 일은 안 해. 그리고—."

용사 나나시가 손을 흔들자, 그의 주위에 황금색으로 빛나는 갑옷을 입은 기사들이 나타났다.

"—나는 혼자가 아냐."

용사 나나시가 신호하자, 황금기사들이 요워크 왕국군의 병사들을 차례차례 던져서 날려버렸다.

"어린애? 아니, 드워프나 레프라콘인가! 요정족까지 거느리다니!"

"아니야~?"

지휘관의 뒤에 나타난 핑크망토의 황금기사― 타마가, 지휘관을 던져버리며 백 플리커로 처리했다.

"격납고, 《전개》."

보라색 머리칼을 투구 틈으로 드러낸 붉은 망토의 황금기사― 아리사 앞에, 네모로 오려낸 것처럼 검은 공간이 나타났다.

"다들! 준비됐어!"

"라져인 거예요!"

노란 망토의 황금기사― 포치가, 가까이 있던 노예병을 붙잡아서 검은 공간에 훌쩍훌쩍 던져버렸다.

"쿠보크의 잔당에게 부탁을 받았나!"

몸을 일으킨 지휘관이 외쳤다.

"불 지팡이병! 노예와 함께 놈들을 태워버려라!"

지휘관의 명령을 받은 20명이 지체 없이 불 지팡이에서 화탄을 쏘아냈다.

"못한다고 고합니다."

노예병들의 앞을 막아선 하얀 망토의 황금기사― 나나가 대형 방패를 들었다.

"대형 방패 한 장으로 막을 수 있을 것 같나!"

"문제없다고 고합니다."

그녀 옆에 나타난 투명한 7장의 방패— 자유 방패가 혼자서 이동하여 화탄을 막아냈다.

"—화탄을 계속 쏴라! 마법사! 아끼지 마라, 모든 공격 마법을 때려 박아라!"

지휘관의 비명과 비슷한 명령을 받고, 불 지팡이 사용자들은 마력이 다할 때까지 화탄을 계속 쏘고, 마법사들이 「화구」나 「화염 폭풍」, 「칼날 폭풍」이나 「석순」 등의 공격 마법으로 마무리를 짓는다.

그 공격은 단 한 명을 쓰러뜨리기에는 너무나 거창하게 보였지만—.

"……말도 안 돼."

나나 앞에 나타난 수십 겹의 방어 장벽이, 포학적인 마법 공격에서 그녀와 그 등 뒤에 있는 노예병들을 지켰다.

—성채방어.

그것은 「계층의 주인」이나 상급 마족과 싸움을 상정해서 만들어졌다.

시골의 군대가 뿜어내는 마법 정도는 여유롭게 막아내는 게 당연하다.

"주— 용사님, 회수 완료했습니다."

"알았어."

쿠보크 출신 노예병들 회수가 끝나자, 검은 공간이 사라졌다.

"소란을 피워 죄송합니다~."

아리사가 자리에 안 어울리는 명랑한 소리로 말하고, 나타났을 때와 마찬가지로 소리도 없이 그 자리에서 사라졌다.

"이것이……."

반란군의 사령부에서 트리엘이 신음하는 것처럼 말을 자아냈다.

"이것이, 이번 대의 용사인가……. 무적의 용을 싸우지도 않고 종속시키며, 만을 넘어서는 군세의 한가운데에서 아무도 없는 들판에 있는 것처럼 행동하고, 누구 한 명 희생자를 내지 않고 목적을 이룬다. 그가 있으면『대란의 세상』마저 시가 왕국은 넘어설 수 있을지도 모른다."

"트리엘 님!"

부관이 말을 걸자, 자신이 이제 와서 물러설 수 없다는 것을 깨달았다.

"알고 있다. 죽어간 자들을 위해서도, 이제 와서 없었던 일로 할 수는 없다. 지금은 아버님과 자웅을 가려야 할뿐."

전군에 전투 재개를 지시한 트리엘은 부하가 사라진 천막으로 돌아왔다.

"백성을 위해, 오래 끌지는 않을 것이다."

트리엘은 가문의 문장이 들어간 단검의 자루를 쥐었다.

그 시야에, 편지 한 장이 떨어진 것이 보였다.

"……소미에나."

트리엘은 여동생이 보낸 편지를 읽었다.

"나는 방식을 틀렸을지도 모르겠구나……."

자신 또한 살아주기를 바란다고 적힌 편지를 읽고서, 트리엘은 눈물을 흘렸다.

그날 저녁에 반란이 종결되고, 시가8검 후보 제릴에게 포박된 트리엘이 비스탈 공작 앞에 서게 되었다.

그들이 거기서 무슨 이야기를 했는지는 기록에 남지 않았다.

그러나 싸움은 모두 이 회전으로 끝나고, 진흙탕의 내전으로 발전하지 않았으니 무슨 이야기가 있었을 것이다.

이렇게 공작령은 비스탈 공작의 손으로 돌아가고, 사람들은 일상을 되찾을 수 있었다.

트리엘은 왕도에서 재판을 받았지만 처형은 당하지 않았고, 비스탈 공작령의 변경에 있는 저택에서 생애를 보내게 되었다.

그것을 무르다고 규탄하는 귀족도 있었지만, 그의 구명을 바란 것이 반란 진압의 공로자인 용사 나나시라는 것을 듣고서 한 발 물러섰다.

이렇게 연말의 비스탈 공작 암살 미수 사건으로 시작된 비스탈 공작령의 반란은 막을 내렸다.

에필로그

　"사토입니다. 경험이 없는 일에 도전하는 건 용기가 필요합니다. 실패하는 것은 누구든지 무서운 것이지만, 그 공포를 억누르고 한 걸음 내디디는 것이, 성공을 붙잡는 것에 필요한 조건이라고 생각합니다."

　"엘루스 오라버니."

　"—아리사!"

　아리사랑 루루와 함께, 쿠보크 시의 태수관에 있는 엘루스 군을 찾아갔다.

　"역시, 아리사였구나."

　"무슨 말이야?"

　확신을 가진 눈으로 말하는 엘루스 군에게, 아리사가 시치미를 뗐다.

　"어젯밤에, 아버님이 꿈에 나와서 가르쳐줬어. 미궁에 묶여 있던 아버님을 비롯한 가족들을 아리사가 해방시켜줬다고."

　아무래도 아리사의 소원을 쿠보크 왕이 들어준 모양이다.

　"그렇구나. 만나고 갔구나."

　"응, 아리사 덕분이야. 왕도 탈환도 뒤에서 도와준 거지? 용사님의 종자한테까지 부탁해서, 미궁에서 개조됐던 기사나 마

법사를 자유롭게 해주고. 덤으로 요워크 왕국 녀석들에게 혹사
당하던 수백 명의 병사들까지 구해주다니……."

"나는 부탁한 것뿐이야. 감사는 용사님한테 해야지."

"하지만, 나는 아리사한테 감사를 하고 싶어. 고마워, 아리사."

엘루스 군이 아리사의 손을 잡고서 인사를 했다.

—이제 슬슬 괜찮을까?

아리사를 보자 고개를 끄덕이고, 엘루스 군에게 말을 꺼냈다.

"오라버니, 오늘 온 본론으로 들어가자."

"본론?"

"오라버니가 임금님이 되기 위해 필요한 일이야."

아리사가 「주인님」 하고 나를 불렀다.

"이제부터 엘루스 님과 아리사, 루루에게 걸린 『죽을 때까지
노예로 살아가라』라는 기아스를 풀겠습니다."

"풀 수 있는 건가?!"

내가 가지고 있던 지팡이를 감아둔 천을 벗겼다.

"네. 이 지팡이에 궁정 마술사 오르키데의 기아스를 담아두었
다고 합니다."

"그 지팡이로 기아스를 쓸 수 있는 건가? 그렇지만, 정말로
기아스를 쓸 수 있다고 해도, 그걸로 어떻게 우리에게 걸린 기
아스를 풀 수 있지?"

"기아스로 상반되는 명령을 강제할 경우, 더욱 강한 쪽이 남
고 약한 쪽이 소멸된다고 오르키데의 연구 기록에 있었습니다.
이번에는 그것을 이용합니다. 미궁에서 활동하고 있던 오르키

데는, 쿠보크 왕족들에게 기아스를 걸었던 때보다도 강한 힘을 가지고 있었을 테니까요."

그리고 내가 이 마황장을 쓰면, 스킬 레벨 최대인 「강제」 스킬이 뒷받침을 해줄 테니까.

내가 영창을 쓸 수 있다면 이런 번거로운 일을 안 해도 되지만, 영창을 쓸 수 있게 될 때까지 엘루스 군의 즉위를 미룰 수도 없었다.

"그쪽에 나란히 서세요."

"오라버니, 루루, 이쪽으로."

아리사가 엘루스 군과 루루와 팔짱을 끼었다.

"간다. 『너희들은 바라는 때, 노예를 그만둬도 된다』—."

처음에 기아스로 강제할 내용을 고한다.

"《황혼이여, 오너라》."

이어서 나는 마황장의 발동구를 읊었다.

지팡이에 충전된 기아스가 발동하여, 보이지 않는 파동이 엘루스 군, 아리사, 루루를 감쌌다.

쩽강, 뭔가 깨지는 감촉이 내 뇌리에 울렸다. 그것이 세 사람을 묶어놓고 있던 오르키데의 기아스가 풀린 증거라고, 내 「강제」 스킬이 가르쳐 주었다.

"이걸로 풀렸어."

"저, 정말로?'

"네, 문제없습니다. 그리고, 쿠로 공으로부터 엘루스 님께 전언이 있습니다."

"듣지."

"『왕성 지하에 있는 도시 핵의 방을 확보해뒀다. 왕자만 들어갈 수 있는 결계로 막아뒀으니, 시간 날 때 계승하러 가라』라고 합니다."

도시 핵에는 마력을 듬뿍 재충전해뒀으니, 「왕이 되었는데 마력 부족으로 아무것도 못한다」는 일은 없을 거야.

"그리고, 이것을……."

"쿠보크 왕국의 왕관?"

"네. 모조품이지만, 가능한 비슷하게 만들었습니다. 이것은 아리사와 루루가 드리는 즉위 선물입니다."

국왕의 영이 쓰고 있던 왕관의 영상을 토대로, 내가 괴에서 만들어낸 물건이다.

오리지널하고는 끼어 있는 보석이 조금 다를지도 모르지만, 분발해서 1급품을 썼으니 다르더라도 너그럽게 봐줬으면 좋겠다.

"이건 제가……."

나는 종이 한 장과 몇 개의 열쇠를 그에게 건넸다.

쿠보크 시 외벽 가까이 있던 빈터에 「집 제작」의 마법으로 만든 창고들의 주소와 열쇠다.

"이것은?"

"그곳에 물자와 자금을 넣어뒀습니다. 왕국 재건에 써주십시오."

보존식은 5년 분량, 그것 말고도 1, 2년은 문제없을 정도로 넣어놨으니까, 엘루스 군의 왕국 운영도 무리게임은 아닐 거다.

"전하! 큰일입니다! 왕성이……!"

복도에서 허둥지둥 달려오는 노신사의 목소리가 들렸다.

여기로 오기 직전에 흙 마법으로 왕성의 응급처치를 해뒀으니, 그걸 발견하고 보고하러 오는 거겠지.

왕국의 방어에 쓸 수 있는 레벨 40급의 대형 골렘도 8개 만들어뒀으니 유용하게 활용해주면 좋겠다.

물론, 당분간 요워크 왕국이 역습해올 일은 없다.

사실 해방된 하급룡이 요워크 왕성을 급습해서, 군대나 골렘들을 상대로 난동을 부렸기 때문이다.

그때 소동으로 국왕이 충격을 받은 나머지 죽고, 지금은 국왕의 아들들을 옹립하는 불륜 기사단장과 왕비 페어 VS 대신과 마녀 뮤데─「환도원」이라는 조직에서 파견된 정신 마법사의 골육상쟁이 펼쳐지고 있었다.

양자의 전력이 팽팽한 데다가, 마녀 뮤데의 정신 마법은 내 암약으로 들켰으니까, 그렇게 천칭이 기울지는 않을 거다. 요워크 왕국의 내란은 잠시 이어질 게 틀림없다.

덤으로, 요워크 왕국이 군대를 보낼만한 가도는 전부 공격 마법이나 흙 마법으로 너덜너덜하게 만들어뒀으니 내란이 잦아들어도 몇 년은 쳐들어오지 않을 거야.

"오라버니. 우리는 이제 그만 갈게."

"어?! 함께 왕국을 재건해주는 거 아니야?"

"안 돼. 내가 있으면 나라가 둘로 갈라져버릴 거야. 난처한 일이 있으면 언제든지 힘이 돼줄게."

아리사는 미궁도시의 저택을 연락처로 지정했다.

만약을 위해서, 공간 마법식의 긴급 통지용 마법 도구를 엘루스 군에게 건넸다.

"전하, 여기 계셨습니까!"

노신사가 들어오기 직전에, 우리는 투명 망토를 입었다.

"할아범! 너도 아리사를 설득해다오."

"아리사 님? 아리사 님이 여기 계신 겁니까?"

"—어? 없어졌잖아?"

나는 아리사와 루루를 끌어안고 소리 없이 창문으로 나섰다.

"……아리사."

엘루스 군에게는 안 보일 테지만, 그 눈이 우연히 아리사 쪽을 보았다.

"나는 좋은 왕이 될 거야. 그리고 나라를 본래의 쿠보크 왕국 이상으로 굉장한 나라로 만들 거다! 그러니까, 아리사! 언젠가 꼭 돌아와. 네 고향은 언제든지 여기니까."

아리사를 끌어안은 내 팔에, 커다란 눈물이 뚝뚝 떨어졌다.

"……응, 엘루스 오라버니. 또, 선물 이야기 잔뜩 준비해서 고향에 돌아올게."

중얼거린 아리사가 팔로 눈물을 닦았다.

"돌아가자, 주인님."

"괜찮아?"

"응, 여기서부터는 오라버니 턴이니까."

아리사가 방긋, 해님처럼 웃으며 말했다.

나는 두 사람을 데리고 유닛 배치로 동료들 곁에 돌아왔다.

◆

"왕도를 나서기 전에 묘에 들르고 싶어."

아리사가 그렇게 말해서, 왕성 뒤의 묘로 찾아왔다.

"……니스나크, 네가 좋아했던 술이야."

아리사가 묘석 앞에, 벌꿀주를 공양했다.

"안개~?"

"방금 전까지 맑았는데 신기한 거예요."

어느샌가 성 주변이 보이지 않을 정도로 안개가 끼었다.

"누가 한 짓인지 모릅니다. 주의하세요."

리자가 경고하자, 동료들이 주위를 방심하지 않고 둘러보았다.

"아리사, 사람 모양이 나타났다고 고합니다."

"독기."

나나와 미아가 안개 한 구석을 가리켰다.

"니스나크 씨……."

루루가 중얼거렸다.

안개 속에서 나타난 것은 배신의 중신 니스나크였다.

"미궁 핵을 파괴해서, 가족들을 해방시켰어."

『……아리사 님, 감사합니다.』

아리사가 말하자, 니스나크가 깊게 고개를 숙였다.

"그리고 엘루스 오라버니가 요워크 녀석들을 쫓아내고, 쿠보크 왕국을 재건했어."

아리사가 말하는 도중에, 왕성에서 청량한 마력이 흘러 넘쳤다.

"지금의 너라면 알 수 있지? 엘루스 오라버니가 도시 핵을 장악해서, 왕위를 계승했어."

『엘루스 님이…… 이렇게 기쁜 일이 또 있을까요. 고맙습니다, 아리사 님.』

니스나크가 눈물을 흘리며 기쁨을 곱씹었다.

『이걸로 마음 놓고, 세상 끝날 때까지 죄인으로서 현세를 헤맬 수 있습니다.』

"여전히, 너는 경박한 척하면서, 이상한 구석은 융통성이 없네."

아리사가 탄식했다.

"니스나크, 미안하지만 네 자학에 어울려줄 정도로 나는 상냥하지 않아."

『—아리사 님?』

"성불하도록 해, 니스나크. 내가 네 죄를 용서하겠어."

『아뇨……. 저는 용서 받을 수 없는 죄를…….』

"시끄러워! 내가 용서한다고 했으니까 용서한 거야! 너는 내 시종이니까, 고개 숙이고 받아들여."

『……예.』

니스나크가 아리사의 서투른 상냥함을 곱씹는 것처럼 엎드렸다.

아리사가 「주인님」 하고 말하며 내민 손에, 성비를 건넸다.

"성불하도록 해, 니스나크."

아리사가 같은 프레이즈를 반복하며, 성비에 마력을 주입했다.

성비에서 나오는 파란 빛의 탑이, 니스나크를 휘감았다.

"네 죄는 용서 받았어. 그러니까, 그쪽에 가면, 사양하지 말고 아버님을 한 번 더 섬기도록 해."

니스나크의 몸이 떠오르고, 하늘에 뻗은 빛의 입자에 실려서 흐려져 갔다.

그는 마지막으로 서투른 웃음을 지으며 사라졌다.

"안녕, 니스나크. 내 충신—."

목소리가 잘 흘러나오지 않는 아리사의 작은 중얼거림을 엿듣기 스킬이 포착했지만, 나는 아무것도 안 들린 척하면서 아리사나 동료들과 함께 하늘로 올라가는 빛의 입자를 올려다보며 묵도했다.

◆

"아리사 님, 우리들도 같이 데려가 주셔유."

쿠보크 왕국을 떠나기 직전, 아리사의 부탁으로 벤 일족이랑 몰래 면회했다.

"부탁해, 벤. 당신들은 엘루스 오라버니를 도와줘. 당신들의 힘은 나라를 재건하려는 엘루스 오라버니에게 꼭 필요해."

"그려도……."

"벤, 아리사 님의 『부탁』이유."

말을 망설이는 벤 씨를 그의 사촌 남동생이 달랬다.

"그리고, 아리사 님은 우리들을 버리거나 안 그려유."

사촌 동생이 재촉하자, 벤 씨가 아리사를 보았다.

"응. 엘루스 오라버니의 치세가 안정될 무렵에 또 올게. 뭔가 난처할 때는 상담을 할지도 모르지만, 괜찮지?"

"아리사 님, 싱거운 말씀하지 마셔유."

"암유! 아리사 님이 난처하면, 후지산 산맥의 꼭대기라도 달려갈 거유!"

아리사는 벤 일족에게 굉장히 존경 받는 모양이다.

"벤, 당신은 어때? 엘루스 오라버니의 왕국 재건을 도와줄 거야?"

"알았시유. 아리사 님의『부탁』은 어쩔 수가 없구만유."

왕녀 시절의 아리사가 어떤「부탁」을 했는지 흥미롭군.

나중에 루루한테 물어봐야지.

"그러면, 우리는 갈게. 여행지에서 편지 쓸 테니까, 기분 내키면 답장 써줘."

"물론이어유! 꼭 답장을 보낼 것이어유."

우리는 벤 일족의 배웅을 받으면서 쿠보크 시를 떠났다.

언제까지고 손을 흔드는 벤 일족에게, 아리사와 루루는 몇 번이나 돌아보았다.

충신과 작별이지만, 아리사의 눈에 눈물은 떠오르지 않았다.

"왜냐면, 벤 일행하고는 언제든지 다시 만날 수 있는걸."

아리사는 그렇게 말하고, 진행 방향에 고개를 돌렸다.

"자! 다음 목적지로 가자!"

"아이아이 서~?"

"포치는 고기가 맛있는 곳이 좋은 거예요!"

"우웅, 버섯 나라."

아리사가 활기차게 호령하자, 동료들도 활기차게 다음 목적지를 말하기 시작했다.

나는 재상에게 받은 관광성의 자료를 파라라락 넘겼다.

지금 있는 쿠보크 왕국을 비롯한 중앙 소국군에는, 가구로 유명한 나라나 기암으로 유명한 나라 등 관광지가 잔뜩 있었다. 미궁도시에서 교류가 있었던 미티아 왕녀의 노로크 왕국에서 본고장의 치즈 만들기를 구경하는 것도 좋겠다.

중앙 소국군을 한 바퀴 빙 돌고서, 파리온 신국이나 갈레온 동맹 따위가 있는 대륙 서방으로 가거나, 대륙 남서부에 있는 모래 바다 안에 있는 사니아 왕국이나 바다와 맞닿은 레프라콘들의 브라이브로가 왕국, 대륙 동부에 있는 동방 소국군이나 마키와 왕국, 용 신앙이 있는 스이루가 왕국 같은 곳을 돌아보는 것도 즐거울 것 같다.

물론, 대륙 북방에 펼쳐진 사가 제국에 가보는 건 필수다. 잠시 돌아갈 생각은 없지만, 용사 소환진을 조사해서 본래 세계로 돌아가는 방법이 없는지 조사를 하고 싶으니까.

—그렇지.

여행하는 사이에, 키메라가 된 사람들을 본래대로 되돌릴 정보 수집도 해야지.

가능성은 낮지만, 엘루스 군의 왕국 재건에서 활약한 그들에게 사람으로서의 평화로운 미래를 바라는 정도의 보수는 있어도 좋지 않을까 생각한단 말이지.

가보고 싶은 장소가 많아서 그런지 다음 목적지가 좀처럼 정해지지 않고, 점심을 다 먹고서도 결정타가 나오질 않았다.

차라리 세류 백작령에서 오유고크 공작령의 여로를 다시 한 번 가면서, 그리운 사람들에게 인사를 한 다음에 멀리 가는 것도 좋을지 모르겠다.

그런 생각을 하고 있는데, 아인 소녀들이 시끌시끌 이야기하는 옆모습이 시야에 들어왔다.

그러고 보니, 리자의 일족은 족제비 제국에 멸망당해서 일족이 흩어졌다고 했으니까, 일족의 생존자를 모아서 아인 소녀들의 노예 동료와 함께 아인 차별이 적은 무노 백작령으로 이주시키는 것도 좋을 것 같다.

"리—."

리자에게 말을 걸려던 내 시야가 흑백이 됐다.

"—뭐지?"

소리가 사라졌다. 냄새도.

나는 방심하지 않고 주위를 둘러보았다.

어느샌가, AR표시에 나타난 맵 이름이 「맵이 존재하지 않는 공간」으로 바뀌어 있었다.

『용사.』

내 등 뒤에서 앳된 목소리가 들렸다.

"너, 너는—."

돌아보자 시야에 비친 것은, 과거에 그림 속에서 나에게 손을 흔들고 구두의 마왕과 싸웠을 때 나타났던 수수께끼 어린 소녀였다.

아니, 모습은 같지만 조금 약해진 것처럼 희박한 느낌이 난다.

『파리온 신국으로.』

하늘빛에 가까운 파란 머리칼을 흔들면서, 수수께끼 소녀가 나에게 말했다.

『이번 대의 용사를 구해줘.』

수수께끼 소녀는 그 말만 하고는, 파란 빛의 입자가 되어 사라져버렸다.

이윽고, 흑백의 시야가 색을 되찾고 소리나 냄새가 돌아왔다.

"얘들아, 다음 목적지가 정해졌어."

수수께끼 소녀의 속셈은 알 수 없지만, 용사 하야토가 도움을 필요로 한다면 거절할 이유는 없지.

친구가 곤란하다면 도우러 가야 하는 거야.

"어디 갈 건데?"

"파리온 신국. 용사 하야토 일행이 있는 파리온 신국이야."

동료들을 대표해서 물어보는 아리사에게, 나는 확실하게 대답했다.

EX: 카리나와 제나의 대모험

"저런 장소에 마을이 있는 건가요라고 묻습니다."

"마을이라기보다는 벌집 같다고 보고합니다."

"그렇습다. 저쪽에 있는 구름다리를 건너가면 마을이 있는 검다."

미궁 마을이 있는 대공동에 도착한 나나의 자매들에게, 동행하고 있던 무노 백작가 영애 카리나의 호위 메이드 에리나가 대답했다.

"탐색자냐? 지금은 취수 제한이 있으니까 물의 보급은 못하는데?"

구름다리 앞에서 문지기를 하는 남자들이 입을 열자마자 말했다.

"우리들은 길드에 부탁을 받아 보급 물자를 전달하러 왔을 뿐입니다. 물자를 건네고 나면 금방이라도 떠날 테니, 물은 필요 없습니다."

일행을 대표하여 자매의 장녀 아진이 말했다.

"보급이라, 그건 환영이야. 물자 운송의 부호를 보여줘. 그걸 확인하면 입촌세가 면제다."

『카리나 님.』

"네, 라카 씨. ─이거면 되는 건가요?"

지성을 지닌 마법 도구인 라카가 재촉하자, 카리나가 품에서 꺼낸 부호를 보여줬다.

남자는 헤벌쭉해지면서도, 부호를 확실하게 확인하고 일행의 통행을 허가했다.

"정말로 미궁 안에 마을이 있다고 경악합니다."

"트리아도! 트리아도 깜짝 놀랐어요!"

놀라움에 소리를 내는 나나의 자매들을, 동행하고 있던 카리나 일행이 흐뭇하게 지켜보았다.

자신들도 처음에 왔을 때 비슷하게 반응했던 것을 떠올린 것이리라.

"어쩐지 마을 사람들이 신경질적임다."

"취수 제한을 하고 있다고 했으니, 그 탓이 아닐까요?"

평소와 다른 분위기에, 에리나와 그녀의 동료인 신입 아가씨가 작은 소리로 말했다.

다행히 딱히 헌팅이나 미아 같은 트러블 없이, 마을의 중앙에 있는 목적지 주변에 도착했다.

"저기! 저기에 사람들이 모여 있다고 보고합니다."

저택 앞에 사람들이 몰려 있었다.

커다란 소리로 시끌벅적하게 무슨 의논을 하고 있었다.

"발견! 트리아는 제나를 찾았습니다!"

3녀 트리아가 말한 것처럼, 의논하는 사람들의 중심에 세류 백작령 영지군 미궁선발대에 소속된 마법병 제나가 있었다.

그녀의 호위병이자 친구인 척후 릴리오, 미인 대검사 이오나,

대형 방패 전사 루우도 함께다.

"어쩐지 제나가 난처한 것 같다고 고합니다."

"다들 여기 있으세요. 제가 이야기를 듣고 오겠습니다."

6녀 시스의 지적을 들은 아진이 인파 쪽으로 다가갔다.

"죄송합니다, 길을 비켜 주세요."

"뭐야? 외지인이 나서지— 방패 공주다!"

끼어들려고 한 아진을 거칠게 떨쳐내려던 마을 사람이 아진의 얼굴을 보고 놀란 소리를 질렀다.

"방패 공주라고! 그러면, 젊은 나리도 같이 온 거 아냐?"

"젊은 나리라면 엘프 꼬마 아가씨가 같이 있잖아? 그 분이라면 마을의 수원이 마른 원인을 알 수 있을지도 몰라!"

"방패 공주! 젊은 나리는 어딨어? 엘프 아가씨를 만나고 싶은데."

마을 사람들이 기대에 찬 표정으로 아진에게 몰려들었다.

"—방패 공주?"

"부탁해! 마을의 수원이 말라버렸어!"

당황하는 아진에게 설명하는 자도 없고, 마을 사람들이 애원했다.

"아진에 대한 무례는 용서하지 않는다고 고합니다."

"트리아도 펄펄 화내요!"

자매들이 아진과 마을 사람들 사이에 끼어들었다.

"바, 방패 공주가 늘었다?!"

"같은 얼굴?"

"방패 공주가 이렇게 많았어?"

"여러분, 기다려 주세요. 그녀들은 방패 공주— 나나 씨가 아니라, 그녀의 언니들입니다."

혼란에 빠진 마을 사람들에게 제나가 정답을 고했다.

"어? 방패 공주가 아니야? 이렇게 꼭 닮았는데?"

"나는 위트라고 주장합니다."

"네! 트리아는 트리아입니다!"

자기주장이 격렬한 두 사람에 이어 다른 자매들도 자기소개를 하고, 그것에 응답하여 촌장도 이름을 밝혔다.

카리나도 같은 흐름으로 자기소개를 하려고 했지만, 그녀를 깨닫지 못했는지 촌장은 금방 본론으로 들어갔다.

"그래서 젊은 나리는 어딨어?"

"—젊은 나리?"

"펜드래건 젊은 나리는 없는 건가?"

촌장이 사토에 대해서 물었다.

"마스터는 없다고 고합니다."

"나나와 함께 외국을 유람중이라고 보고합니다."

"어, 없어? 그러면 엘프 공주님은—."

"미아도 함께 갔다고 고합니다."

"그럴 수가……."

"촌장, 젊은 나리나 공주님이 없어도 방패 공주가 이렇게 많잖아. 마법사 아가씨랑 함께 가주면, 메마른 수원의 조사를 할 수 있지 않겠어?"

낙담하는 촌장에게 대표자 한 명이 말을 걸었다.

"그렇지, 아가씨. 이 애들이 함께라면 할 수 있지 않겠나?"

"그러니까……."

대표자의 말에 제나가 말문이 막혔다.

"있지있지, 당신들은 나나랑 비슷할 정도로 강해?"

"노, 릴리오. 지금의 우리들은 모두 함께 덤벼도 나나를 이길 수 없다고 고합니다. 고작해야, 전투 사마귀를 쓰러뜨릴 정도라고 전력 분석을 합니다."

릴리오의 물음에 시스가 대답했다.

"전투 사마귀는, 어느 정도지?"

"도존 님이랑 비슷한 정도야."

"굉장하네. 그 정도로 강하면 충분해!"

마을 사람들이 기대에 찬 눈길을 보냈다.

"새삼 의뢰를 하고 싶어. 마을의 수원이 마른 원인을 조사해 줬으면 좋겠어. 기한은 저수고의 물이 다 떨어지는 보름 이내에. 보수는 금화 30닢이랑 마을에서 물 보급과 숙박을 평생 무료로 한다."

그거면 어때? 촌장이 제나와 아진을 보았다.

제나는 난처한 표정 그대로 대답하지 않았다. 그녀 자신은 협력하고 싶은 것 같지만, 군무로 미궁도시에 머무르고 있기 때문에 멋대로 의뢰를 받을 수가 없는 모양이다.

"카리나 님, 어쩌실 건가요?"

"하겠어요! 사람의 위에 선 자로서, 난처한 사람들을 내칠 수는 없는 걸요!"

아진의 물음에 카리나가 즉시 대답했다.

"제나! 함께 힘내요! 당신의 바람 마법이 필요하답니다!"

카리나가 손을 뻗었다.

그것에 응답하려고 한 제나였지만, 군무를 떠올리고 머뭇거렸다.

"제나 씨, 휴가는 아직 사흘 남았어요."

"그렇다니까, 제나."

"하자, 제나."

"네!"

동료의 말에, 제나도 의뢰를 승낙했다.

그리하여 카리나 일행, 나나 자매, 제나 분대의 임시 파티가 결성됐다.

◆

"미끌미끌거린다고 고합니다."

"완전히 마른 것은 이틀 전이라고 했어요."

위트가 투덜거리고, 제나가 정보를 공유했다.

그녀들은 지금, 미궁 마을 주위에 있는 나락의 바닥, 말라 버린 늪 아래 있던 말라버린 수로를 거슬러 오르고 있었다.

물론 수로는 사람이 지나갈 정도의 넓이가 아니라서, 제나의 바람 마법으로 조사한 뒤 다른 장소에서 수맥이 있는 장소로 온 것이다.

"잠깐 기다려, 물소리가 난다."

"네! 트리아도 들렸습니다!"

머리칼이나 얼굴이 젖는 것도 개의치 않고, 땅바닥에 귀를 대며 소리를 듣고 있던 척후 릴리오와 3녀 트리아가 보고했다.

"소리 나는 쪽으로 가요!"

"네, 카리나 님."

척후 두 사람을 앞세우고, 카리나와 제나가 뒤를 따랐다.

발치에 돌이나 바위가 많아서 걷기 어렵다.

"이 근처는 바위가 무른 모양이네요."

『흠. 낙석에 주의해야 한다.』

라카가 주의를 환기했다.

"여기는 땅이 벌레 먹은 것 같다고 고합니다."

"벽도 그렇다고 고합니다."

무른 암반 안쪽. 이곳저곳에 구멍이 뚫려 있었다.

"깊이는 불명이라고 보고합니다."

호기심 왕성한 위트가 구멍에 돌멩이를 떨어뜨렸지만, 아무리 지나도 바닥에 떨어지는 소리가 안 난다.

이술인 「마등」을 부여한 돌을 떨어뜨려도 바닥이 안 보일 정도였다.

"제나, 바람 마법으로 깊이를 알 수 있나요?"

카리나가 구멍을 들여다보면서 물었다.

"뭔가 소리가 나요. 릴리오, 알 수 있는지 묻습니다."

"―소리?"

귀를 기울이자 뿌득뿌득하는 소리가 들린다.

"위험해. 제낫치, 귀족님, 물러나!"

그것이 무엇인지 깨달은 릴리오가 경고를 외쳤다.

그러나, 그 경고는 아주 조금 늦은 모양이다.

카리나의 발치가 무너졌다.

"꺄아아아아아아아아아아아아아아아!"

"""카리나 님!"""

제나와 호위 메이드가 무너진 구멍을 들여다보았다.

거기서 멈춘 호위 메이드와 달리, 제나는 주저 없이 카리나를 따라 칠흑의 구멍으로 몸을 던졌다.

"제나아!"

"제나 씨!"

"제나!"

분대 동료가 달려가서 안을 들여다보았지만, 제나의 모습은 금방 어둠 속으로 사라져버렸다.

그것을 따라 뛰어들려고 한 릴리오를 이오나와 루우 두 사람이 간발의 차이로 말렸다.

"……■ ■ ■ ■."

우우웅 흐르는 바람 속, 제나는 눈에 힘을 주었다.

공기저항이 없도록 몸을 웅크리고 떨어지던 제나의 눈이 라카가 뿜어내는 파란 빛을 포착했다.

카리나를 따라잡은 제나가 그 몸을 끌어안고 「낙하속도 경감」^{레지스트 폴}

의 발동구를 읊었다.

급속하게 낙하 속도가 줄어들고, 두 사람은 폭 3미터쯤 되는 수직 동굴 아래를 향해 떨어졌다.

이윽고, 두 사람의 눈에 희미하게 빛나는 땅이 보였다.

"안 돼, 속도를 다 줄일 수가 없어."

두 사람 분량의 낙하 에너지를 상쇄할 수 있을 정도로 「낙하 속도 경감」 마법은 만능이 아니었다.

"라카 씨!"

『그래.』

재빨리 결단한 카리나가 라카에게 지시를 내렸다.

라카가 제나와 함께 하얀 비늘 모양의 방어 장벽으로 감싸는 것과, 두 사람이 바닥에 도착하는 것은 거의 동시였다.

충격과 동시에, 어마어마한 물기둥이 솟았다. 다행히도 바닥에는 충분한 양의 물이 고여 있었던 모양이다.

수면에 떠오른 두 사람이, 빛 이끼가 비추는 땅으로 올라갔다.

젖은 생쥐가 된 두 사람의 옷이 피부에 달라붙어서, 차가운 물과 기화열이 그녀들에게서 체온을 빼앗았다.

"괜찮으세요? 카리나 님."

"그래요, 괜찮답니다."

에취. 귀여운 재채기를 한 카리나에게 제나가 배려의 말을 했다.

『카리나 님, 사토 공이 들려준 「화로」를 꺼내 몸을 데우는 것이 좋다.』

라카의 조언에 따라, 카리나가 「화로」 같은 형태를 한 난방용 마법 도구를 꺼내서 제나와 둘이서 몸을 데웠다.

"따뜻해지네요."

"그래요. 사토가 돌아오면 감사를 해야겠는걸요."

화로가 주는 따스함에 두 사람이 눈웃음을 지었다.

"카리나 님은…… 카리나 님은 사토 씨와 무노 시에서 만나신 건가요?"

"아뇨. 제가 사토와 만난 건 무노령의 숲 속, 길을 잃고서 난처할 때 구해줬답니다."

"숲 속, 이라고요?"

"네. 영지를 지배하려고 하는 마족의 속셈을 저지하기 위해서, 거인의 마을에 협력을 얻기 위한 여행을 떠났답니다."

카리나의 이야기는 무노 후작가를 싫어하는 거인의 마을 사람들에게 사토가 협력을 중재해준 것으로 이어졌다.

"사토에게는 몇 번이나 도움을 받았답니다. 성문을 공격하는 고블린의 대군을 상대로, 사토와 함께 분투를 했는걸요."

"로맨틱하네요."

"……네."

라카는 어느 부분이 로맨틱한 건지 이해를 못했지만, 소녀 두 사람의 추억 이야기에 이견을 내지 않고 침묵을 지켰다.

"제나는 어디서 사토와 만났나요?"

"저는 와이번에게 치여서 날아갔을 때에요. 위험했던 걸 사토 씨가 구해주셨어요."

"제나도 사토에게 도움을 받은 거군요. 저랑 같은걸요."

"네, 같아요."

제나와 카리나가 누가 먼저랄 것도 없이 미소를 지었다.

"리자 일행이 제나 덕분에 살았다고ー."

카리나가 말하는 도중에 바람을 가르는 소리가 났다 싶어서 고개를 든 순간, 거대한 물기둥이 생겼다.

『로프가 내려온 모양이다.』

"릴리오 일행일까요?"

『떨어진 방식을 보니, 손이 미끄러진 거겠지.』

로프는 한 번 가라앉았지만, 아직 끝 부분이 수면에서 보였다.

"위로 돌아가는데 쓸 수 있을지도 몰라요. 회수하죠!"

"제가 가겠어요."

뛰어들려는 제나를 카리나가 말리고, 물 위를 뛰어서 회수했다.

"카리나 님은 물 위를 걸을 수 있네요?"

"드래곤 피쉬를 잡으러 갔을 때 배웠답니다."

카리나가 공중도 걸을 수 있다며, 그 기술을 선보였다.

"그걸로 위로 돌아갈 수 있나요?"

『불가능하다. 마력이 부족해.』

"제나의 마법과 조합한다면, 어떨까요?"

『2배는 갈 수 있을 거라 생각한다만…….』

"괜찮아요! 중간에 휴식을 하면서 올라가면 돼요."

긍정적인 제나의 재촉으로, 제나의 바람 마법에 의지한 카리나가 장벽의 발 디딜 곳에서 수십 미터 위의 발 디딜 곳에 도착하여, 카리나가 늘어뜨린 로프를 타고 제나가 벼랑을 올라갔다.

금방 빛 이끼의 범위에서 나왔지만, 사토가 준 조명 헤어밴드가 주위를 비춘다.

"조명의 마법 도구가 있어서 다행인걸요."

"네, 『맑은 샘의 물주머니』 덕분에 갈증도 달랠 수 있고, 사토 씨한테 뭔가 답례를 해야겠어요."

"네, 함께 사토가 기뻐할 걸 찾아보도록 해요."

"네!"

두 사람은 좋아하는 사람의 화제를 꺼내, 칠흑의 어둠을 올라가는 공포에 저항했다.

"이제 슬슬 다음으로 가요."

로프를 어깨에 짊어진 카리나가 발치를 뿅뿅 뛰어 올랐다.

마력이 떨어질 때까지 그것을 반복하고, 300미터 정도 올라간 참에 중지하게 되었다.

"비행형 마물이네요."

『저기에 둥지가 있는 모양이다.』

"쓰러뜨리면 되는 것 아닌가요? 그다지 강해 보이지는 않는걸요."

"수가 많으니까요. 무엇보다도 발치가 불안정한 여기서는 어려워요."

『음. 제나 공의 의견에 찬성한다. 조금 아래 있던 옆 구멍을 조사하는 편이 좋겠지.』

라카의 의견을 채택하여, 두 사람은 옆 구멍으로 이동했다.

"……■ ■ ■ 공기 망치."

"하앗! 에잇!"

옆 구멍 앞에는 마물이 있었지만, 제나의 바람 마법과 카리나의 격투기로 어려울 것 없이 처리했다.

"갈림길이로군요."

"여기 표시가 있어요. 아까 지난 길이네요."

『음. 그 오른쪽 길은 미탐색이다. 다음은 그쪽을 탐색하면 되겠지.』

"알겠어요. 라카 씨가 길을 기억해주니까 도움이 되네요."

"제나도 표식을 하거나, 선도해주고 있답니다. 그에 비해서 저는……."

"카리나 님은 솔선해서 마물을 쓰러뜨려 주고, 수고를 아끼지 않고 조사를 해주시잖아요."

『음. 각자 할 수 있는 일에 최선을 다하는 게 좋은 것이다.』

제나와 라카의 격려를 받으면서, 카리나는 동료들과 합류를 목표로 탐색을 진행했다.

◆

"멈춰 주세요."

통로 앞에 있는 광장에, 거대한 두더지 마물이 있었다. 잠든 모양이다.

광장과 통로의 접합점이 높기 때문에, 제나 일행이 내려다보는 위치에 있었다.

"대단히 커다란걸요."

『「구역의 주인」이나 권속은 아닐 거라고 생각하지만「전투 사마귀」이하는 아니겠지.』

"제나의 마법이라면 쓰러뜨릴 수 있나요?"

"아뇨. 최근에 배운 가장 위력이 강한『칼날 폭풍』이라도, 표피를 찢어낼 자신이 없어요. 입 안으로 쏠 수 있다면 모를까, 치명상을 주기는 불가능하다고 생각합니다. 카리나 님은 어떠신가요?"

"저도 마찬가지랍니다. 라카 씨의 수호라면 싸울 수는 있겠지만, 치명상을 주는 건 분명히 무리랍니다."

사토 주최의 훈련소로 대폭 레벨업을 이룬 두 사람이지만, 그래도 이 등급의 마물을 상대하는 건 목숨의 위험이 따른다.

"라카 씨, 우회할 수 있는 길이 있나요?"

『유감이지만 없다. 처음에 떨어진 수직 동굴까지 돌아가거나―.』

"저 잠들어 있는 두더지 옆을 몰래 빠져나가거나, 네요."

"돌아가는 건 성미에 안 맞는답니다."

"알겠어요. 그러면 제 바람 마법으로 발소리를 지우고 가죠."

만드라고라 채취에도 쓰는 정음의 마법으로 소리를 지우고, 제나와 카리나 두 사람이 몰래 나아간다.

다행스럽게도, 두더지의 잠은 깊은 모양이다.

그 순간, 들여다보던 카리나의 발치가 갑자기 무너졌다.

"―힉."

얼굴이 파래진 카리나가 균형을 잃고 떨어질뻔했지만, 즉시 뻗은 제나의 손이 지탱해주었다.

"후우."

"덕분에 살았답— 위험해요!"

안도할 틈도 없이, 제나의 머리 위에 천장에서 돌이 떨어졌다.

반사적으로 친 카리나의 장벽이 제나를 낙석으로부터 지켰다.

"—앗."

하지만 곧장 장벽에 튕겨나간 돌이 두 사람의 눈앞으로 떨어졌다.

제나가 뛰어나가 그 돌을 붙잡고, 균형을 잃은 제나가 통로에서 떨어지려는 것을 이번에는 카리나가 막았다.

"아슬아슬한걸요."

"조마조마하네요."

무심코 좁은 통로에 주저앉은 두 사람이 눈을 마주보며 웃었다.

그런 두 사람의 시야 바깥 반대쪽의 벽이 후두둑 무너지고, 커다랗게 무너져서 두더지 위에 떨어졌다.

—ZMMMMMMOGYU!

기분 좋은 잠이 강제 종료된 두더지 마물— 노란 코 두더지가 분노의 포효를 질렀다.

제나와 카리나 두 사람이 반사적으로 몸을 숙였지만, 이미 두더지의 시선은 두 사람을 포착하고 있었다.

"발견됐어요."

"선수필승이랍니다!"

라카의 초강화를 받은 카리나가 보통 사람을 훨씬 넘어서는 속도로 벽을 달려 올라가, 두더지에게 노호의 연속 공격을 걸었다.

상대가 공격해올 줄은 몰랐는지, 두더지는 방어에 급급했다.

급하게 반격하는 발톱을, 카리나는 공중 스텝으로 회피하고 두더지의 턱 아래로 파고들었다.

그리고—.

"카리나— 어퍼어어어어어어어!"

무방비한 두더지의 턱을 카리나의 주먹이 때려 올렸다. 기술 이름 앞에 자기 이름을 붙이는 습관은 아리사와 포치가 불어넣은 게 틀림없다.

뇌가 흔들렸는지, 두더지가 그 자리에서 쿠웅, 땅울림을 올리며 쓰러졌다.

"해냈어요!"

『아직이다!』

두더지가 튀어올라, 급속하게 뻗은 꼬리로 카리나를 노렸다.

"공기벽."

발동을 보류해둔 제나의 마법이 꼬리 공격으로부터 카리나를 지켰다.

그러나, 고속으로 몸을 선회시킨 두더지의 발톱 공격까지 막을 수는 없었다.

"꺄아아아아아아아!"

카리나는 라카의 수호로 유효타를 받지는 않았지만, 방어 장벽과 함께 튕겨 나가 땅바닥에 부딪쳐버렸다.

무른 벽면이 충돌의 충격으로 무너지고, 낙석의 비가 방어 장벽과 함께 카리나를 묻어버렸다.

두더지는 카리나에게 마무리를 지으려고 쿵쿵, 걸어서 다가
갔다.

"이쪽으로 와요!"

제나는 허리에 차고 있던 불 지팡이로 두더지의 등을 태웠다.

두더지가 발을 멈추고, 날벌레를 보는 것 같은 눈으로 제나를
내려다보았다.

아까하고는 한 차원이 다른 속도로 달려온 두더지가 제나에
게 발톱을 휘둘렀다.

"……■ ■ ^{에어 스러스트} 분사 바람."

눈앞에 다가오는 두더지의 발톱을, 제나는 바람 마법을 이용
한 초가속으로 단숨에 회피했다.

실전에서는 쓸 일이 없는 움직임 때문에 착지에 실패하여, 제
나가 땅을 두세 바퀴 구르고 멈췄다.

일어서는 제나의 눈동자에, 자신을 물어뜯으려고 하는 두더
지의 아가리가 보였다.

황급히 뛰어 깨물기 공격에서 간발의 차이로 벗어난 제나였
지만, 망토가 두더지의 송곳니와 땅바닥 사이에 박혀 버렸다.

"빠, 빠지지 않아……!"

짧은 두더지의 손이 제나를 뭉개려고 휘둘러졌다.

제나는 망토의 고정쇠에 손을 뻗었지만, 도저히 피할 수 없을
것 같았다.

"카리나— 키이이이이이이이이이이이이이이이이익!"

그때 카리나가 끼어들었다.

필살의 발차기가 무방비한 측두부를 때리고, 휘두른 발톱이 제나를 비껴갔다.

"……■■■ 엉킴 기류."

망토를 해체한 제나는 재빨리 영창을 마치고, 카리나를 따라가는 두더지의 앞 다리를 바람 마법으로 방해했다.

그러나, 거대한 두더지의 움직임을 방해하기에는 조금 약하다.

미약하게 자세가 무너진 것이 고작이었다.

"■ ■ ■ ……."

카리나가 도망치면서 반격할 타이밍을 재고 있었다.

제나는 그 틈을 만들기 위해서, 최대 위력의 바람 마법을 영창했다.

"……■ 칼날 폭풍."

진공의 칼날을 품은 폭풍의 소용돌이를 두더지에게 퍼붓는다.

피보라가 흩날리고, 두더지가 비명을 지른다. 그러나—.

"—효과가 없어."

대미지는 주었지만, 진공의 칼날은 모피를 깎아내는 것에 그치고 표피와 지방층을 살짝 베어낸 것에 지나지 않는다. 근육이나 뼈는 무사하다.

"서브미션, 이랍니다!"

관절을 노리고 카리나가 뛰어들었지만, 꼬리를 한 번 휩쓸어서 날아가 버렸다.

클린 히트를 했던 주먹도, 발차기도 통하지 않은 이상, 다른 수단이 없었으리라.

두 사람은 기죽지 않고 마법과 격투기를 연계해서 두더지에게 도전했지만, 그것은 차례차례 막히거나 대단한 대미지를 주지 못하고 끝났다.

두 사람은 두더지 방의 구석에 있는 균열로 내몰렸다.

다행히 그곳에는 두더지가 침입하지 못하고, 짧은 두더지의 손이 닿지 않는다.

제나와 카리나는 잃어버린 마력과 상처를 회복하고자 마법약을 들이켰다.

"라카 씨, 뭔가 수가 있나요?"

『카리나 님의 격투기도 제나 공의 마법도 놈에게는 타격을 줄수 없다. 작은 대미지를 축적하는 방법도, 놈이 가진 자가 회복스킬 앞에서는 무의미. 그렇게 되면 도주하는 것이 최선이겠지. 그러나―.』

"도망치는 건 무리로군요."

『그래. 놈은 몸이 커다란 것치고 기민하다. 우리가 온 길은 이미 녀석이 무너뜨렸다. 또 한 쪽도 반쯤 파묻혀있지. 빠져나가기 전까지 따라 잡힐 것이 분명하다.』

"도망칠 필요 따위 없답니다. 쓰러뜨려버리면 되는 거예요."

"우후후, 카리나 님다우시네요."

"포기하지 않으면 패배는 없다. ―제 친구가 말했답니다."

"좋은 말이에요."

카리나의 말에 제나가 격려를 받았다.

그것이 사토에 대한 마음을 포기하려던 카리나를 격려하려고 쓰인 말이었다는 건 조금 얄궂은 일이다.

두 사람은 두더지를 쓰러뜨릴 방법을 재검토했다. 쓰러뜨리려면, 두더지가 입을 열도록 해서 거기에 제나의 「칼날 폭풍」을 때려 박는 수밖에 없다.

그러나 그것은 행운이 몇 개나 거듭되지 않으면 있을 수 없다. 차선책으로 동료들이 원군으로 달려올 때까지 버티기로 하고, 도망칠 타이밍이 있으면 주저 없이 도망치는 것으로 합의했다.

"이런 때에 사토가 있어줬다면……."

"괜찮아요! 릴리오나 하치코나 동료들이 와줄 거예요! 그때까지 둘이서 계속 저항해요."

"그래요, 에리나도 분명히 올 거랍니다!"

제나와 카리나가 얼굴을 마주보며 고개를 끄덕였다.

두 사람의 눈동자에 빛이 돌아온 것을 비웃는 것처럼, 두더지의 발톱이 균열을 넓혔다.

"……■ ■ ■ 공기 망치."

제나의 마법이 코끝을 때리고, 두더지가 비명을 지르는 틈에 몸통 아래를 달렸다.

"아킬레스 헌터랍니다!"

지나가는 길의 선물로, 카리나가 두더지의 뒤꿈치에 돌려차기를 뿌렸다.

―ZMMMMMMOGYU!

아픔에 분노의 포효를 지른 두더지의 마구잡이 꼬리 공격이,

운 나쁘게 제나와 카리나를 한꺼번에 날려버렸다.

"꺄!"

"크으으읏!"

아슬아슬하게 라카의 장벽이 두 사람을 지켰지만, 관성까지 죽이지 못하고 땅바닥을 굴렀다.

그런 두 사람의 머리 위에 그림자가 졌다.

두 사람의 시야에 바디 프레스를 거는 두더지의 거체가 비쳤다.

카리나 혼자서라면 도망칠 수 있으리라. 그러나, 그녀는 마법 장벽으로 제나를 지키는 걸 골랐다. 카리나의 눈동자에 각오가 떠올랐다. 설령 충격을 버티지 못해도, 압사할 가능성이 높다는 것은 그녀도 알고 있는 모양이다.

""""이력의 창.""""

그 순간, 익숙한 목소리와 함께 무수한 투명한 창이 두더지에게 쇄도했다.

카리나는 제나를 끌어안고 땅바닥을 굴렀다.

그 옆에 아슬아슬하게 두더지가 떨어졌다.

"제나아아아아아아!"

"제나 씨!"

""""제나.""""

""카리나 니이이임!""

""""카리나!""""

두더지의 등에, 대검사 이오나를 선두로 호위 메이드들이 공격을 가했다.

다수의 공격에 두더지가 비명을 지른다. 일어서려는 양발에「이력의 창」의 비가 쏟아져 내리고, 그 발바닥을 땅에 고정시켰다.

"지금밖에 없어요!"

카리나가 커다랗게 벌린 두더지의 입으로 뛰어들어, 온몸을 써서 입을 벌렸다.

"제나!"

"……■ 블레이드 스톰
칼날 폭풍."

영창을 계속한 채 카리나 곁으로 달려가, 마법을 발동한다.

제나가 쓸 수 있는 최대 위력의 바람 마법이 무방비한 두더지의 입 안에 작렬했다.

―ZZZZZZZZMOOOOOG!

진공의 칼날을 품은 폭풍의 소용돌이는 두더지의 목을 지나 폐나 중요 기관을 차례차례 파괴해버렸다.

아무리 두더지라도, 이 공격은 버티지 못하고 생명 활동이 정지됐다.

여파로 날아가 버린 제나와 카리나는 라카의 장벽으로 수호를 받아서, 무사한 모습으로 달려오는 동료들을 보았다.

◆

"소란스러운 것이다."

재회를 기뻐하는 소녀들 곁에 남자 한 명이 나타났다.

창백한 피부에, 미역 같이 꼬인 보라색 머리칼을 가진 미남자였다.

"—파란 피부? 새로운 적인가요?"

『카리나 님! 방심하지 마라! 보통이 아니다!』

재빨리 일어서는 카리나에게 라카가 경고했다.

"지성을 지닌 마법도구? —마스틸인 것인가!"

『그 이름을 안다고? 설마, 진조? 진조 반 헬싱인가!』

미남자— 흡혈귀 진조 반이 라카를 향해 다른 이름을 불렀다.

아무래도, 마스틸이라는 건 라카의 다른 이름인 모양이다.

"라카 씨, 아는 사이인가요?"

『그, 그래. 몇 대인가 전의 주인이 몇 번이나 도전했지만, 한 번도 이기지 못한 강자다.』

"그 녀석과 싸우는 건 즐거웠던 것이다. 그 아가씨가 이번 주인인가—."

반이 카리나를 보았다.

"저, 저기……!"

대화가 끊어진 타이밍에서 제나가 반에게 말을 걸었다.

"본 적 있는 얼굴인 것이다."

"전에는 마물에게서 구해주셔서 정말 고맙습니다!"

"아아, 그때 그 아가씨인 것인가? 신경 쓰지 마라. 답례는 이미 받은 것이다."

제나는 미궁 공략 초기에 큰 부상을 입어, 「파란 사람」 반이 구해준 과거가 있다.

"제나는 파란 사람이랑 아는 사이인가요라고 묻습니다."

"네, 은인이셔요."

"파란 사람? 이 분이 탐색자들이 말하는 분이군요."

위트의 질문에 제나가 대답하고, 이야기에 끼지 못한 카리나도 자기가 아는 문맥에 납득한 표정을 지었다.

"하지만, 어째서 릴리오 일행이 반 님과 함께?"

"우연히 만났어. 동료가 미아가 됐다고 했더니 찾는 걸 도와줬어."

"─나는 미궁에서 사람 찾기가 특기인 것인지라."

반이 쑥스러움을 숨기는 듯 고개를 돌렸다.

그 시선 끝에서, 후두두둑 낙석이 일어나고 벽에서 웜이 나타났다.

"역시, 벽 좀 벌레인 것인가……."

반이 손에 꺼낸 붉은 수리검을 웜에게 던져, 순식간에 퇴치했다.

"이 벌레는 축축한 바위를 좋아한다. 미궁 마을의 수원이 마른 것은 이 벌레가 원인일 거다. 너덜너덜해진 수로가 붕괴하여 하층까지 물이 떨어진 것이겠지."

"카리나 님의 발치가 무너진 것도, 저 벌레 탓일지도 몰라요."

반의 설명에 이오나도 추측을 말했다.

"다시 말해서, 저 벌레를 퇴치하면 수로를 무너뜨리는 원인이 사라지는 건가요라고 묻습니다."

"그 말이 맞다."

"트리아는 벌레 퇴치제를 가지고 있어요!"

저요저요 트리아가 손을 들었다.

"허어? 이것은 상당히 고품질의 벌레 퇴치제인 것이다."

반이 턱에 손을 대며 감탄했다.

사토가 아리사의 요청으로 만든 특제 벌레 퇴치제.

"이것이 있으면 가장 성가신 문제가 해결된다."

반의 지시로 트리아가 벌레 퇴치제를 피우고, 그 연기를 반이 혈류 마법으로 강화했다.

"제나라고 했던가? 바람 마법으로 이 연기를 벽이나 천장의 구멍으로 흘려보내는 것이다."

"네!"

제나의 바람 마법으로 웜의 구멍에 보내자, 잠시 지나서 구멍이 무너지며 웜이 툭툭 떨어졌다.

그것을 카리나를 비롯한 나머지 멤버가 한 마리도 남김없이 섬멸했다.

"―이제 슬슬 끝인 모양이네요."

"예스 제나. 소재의 회수를 시작한다고 고합니다."

전부 50마리 가까운 벽 좀 벌레의 시체가 큰 방에 쌓이고, 자매들이 마핵을 꺼내고 나머지 시체를 운반용 요정 가방에 수납했다.

"보물 상자를 발견했다고 고합니다! 트리아에게 자물쇠 따기를 의뢰합니다."

두더지의 시체를 회수했을 때, 막내 위트가 보물 상자를 발견했다.

"트리아는 열심히 해요!"

트리아가 자물쇠 따기에 고전한 보물 상자에는 화폐가 잔뜩 있고, 그밖에도 보석류나 오래된 장식품이 들어 있었으며, 그 안에서 지팡이도 하나 발견했다.

"마법의 지팡이를 발견했습니다! 피어에게 감정을 의뢰합니다."

"……판별 불명. 분명 스킬이 부족한 거라고 분석합니다."

"어디, 이리 보여봐라."

반이 지팡이를 손에 들고 감정을 했다.

"—흙을 다루는 지팡이인 것이다. 마침 잘 됐군. 이걸로 수로의 벽을 보수하는 것이다. 이제부터는 맡기겠다—."

반이 그렇게 말하고 지팡이를 피어에게 건네더니, 안개로 변해서 자취를 감추었다.

자매의 안내로 수로에 돌아온 제나 일행은, 교대로 지팡이를 사용해서 물러진 수로를 수복했다.

"편리한 지팡이라고 평가합니다."

"그렇지만, 처음보다 끝 부분의 보석이 작아졌으니까 계속 쓸 수 있는 건 아닌 것 같은데?"

릴리오가 말한 것처럼, 보석— 토정주가 처음의 절반 정도 직경까지 작아져 있었다.

"물이 새는 곳도 없는 것 같으니까, 이 정도면 괜찮아 보이네요."

졸졸졸하는 흐름이지만, 구멍으로 흘러가던 물도 수로를 흐르게 됐다.

"이상하지 않슴까? 마을에서 사용하는 물의 양치고는 너무

적습다."

"어딘가에서 수로가 막혀 있는 거 아닐까?"

호위 메이드 에리나의 질문에, 대형 방패 전사 루우가 대답했다.

그럴 법하다고 생각하여 모두가 상류를 조사하러 갔다.

"역시 막혀 있다고 보고합니다."

"보면 안다니까."

"트리아는 알고 있어요! 이 돌이 요체입니다! 이걸 무너뜨리면 둑이 터질 거라고 고합니다!"

트리아가 돌 하나를 척 가리켰다.

금방 뽑지 않는 것은, 뽑을 경우 일어날 일을 알고 있기 때문이었다.

그러나, 여기에는 그것을 모르는 사람도 있었다.

"위트가 한다고 고합니다!"

"기다려―."

트리아가 말릴 틈도 없이, 이술로 신체 강화를 쓴 위트가 돌을 뽑았다.

다음 순간 둑이 붕괴하고, 막혀 있던 대량의 물과 토사가 거친 급류가 되어 소녀들을 집어삼켰다.

◆

급류가 미궁 마을의 메마른 늪에서 뿜어져 나왔다.

조사를 위해서 걸어둔 마법의 빛이, 그 물기둥을 비추어 미궁 마을에서 들여다보는 사람들에게 그 존재를 전달했다.

"물이다!"

"물이 돌아왔다!"

"우리는 고향을 버리지 않아도 돼!"

"마법사 아가씨들이나 방패 공주들이 해냈구나!"

미궁 마을 사람들이 환성을 지르고, 자신을 잊고서 기쁨을 나누었다.

"―물이 멎었다!"

"아니, 아직 약하게 나오고 있어."

"뭔가 막힌 거야."

마을 사람들의 말은 옳았다.

내압에 져서 흙이 무너지고, 아까보다도 강한 기세로 물기둥이 솟아올랐다.

물기둥 끝에는, 공 같은 라카의 방어 장벽에 감싸인 소녀들의 모습이 있었다. 사람 수가 많아서 상당히 갑갑해 보인다.

"―빛의 구슬?"

지상으로 떨어져서 라카의 장벽이 풀리자, 모두가 무사히 모습을 보였다.

"아니다! 거유 언니야!"

"마법사 아가씨들이랑 방패 공주들도 있다!"

미궁 마을 사람들의 환성이 더욱 커졌다.

제나와 카리나가 흠뻑 젖으면서도 얼굴을 마주보았다.

"임무 달성이네요, 카리나 님."

"네, 포기하지 않은 자의 승리랍니다."

제나와 카리나는 주먹을 맞대고 누가 먼저랄 것 없이 웃었다.

함께 고난을 뛰어넘은 두 사람 사이에는, 지금까지 이상으로 분명한 우정이 쌓인 모양이다.

■작가 후기

안녕하세요? 아이나나 히로입니다.

이번에 「데스마치에서 시작되는 이세계 광상곡」의 제19권을 집어주셔서, 정말로 고맙습니다! EX권을 포함하여 드디어 시리즈 20권째입니다! 계속 읽어주신 독자 여러분에게 감사의 말밖에 안 나옵니다! 앞으로도 데스마치를 잘 부탁드립니다.

이번에는 오랜만에 페이지가 적어서, 본작의 볼거리를 짤막하게 말씀 드리죠.

지난 권에서 기원의 반지를 히카루에게 양보한 아리사와 루루. 본권에서는 그런 마음씨 착한 두 사람을 위해서, 사토가 그녀들을 노예로 묶어두는 기아스 해제를 위해 행동합니다.

web판의 쿠보크편을 베이스로, web판에서는 지나쳤던 비스탈 공작령도 섞어서 새로운 이야기로 재구축했습니다. 거의 새로 쓴 것이니까, web판을 이미 읽은 여러분도 재미있으실 거라고 자부합니다.

물론, 동료들과 따끈따끈한 장면도 건재하니 안심하세요!

페이지가 다 될 것 같으니, 늘 하던 인사를! 담당자 I 씨와 S 씨와 A 씨, 그리고 shri 씨. 그밖에 이 책의 출판이나 유통, 판매, 선전, 미디어믹스에 연관된 모든 분께 감사를!

그리고 독자 여러분. 본 작품을 마지막까지 읽어주셔서, 정말로 고맙습니다!

그러면 다음 권, 파리온 신국편에서 만나요!

아이나나 히로

■역자 후기

안녕하세요? 불초 역자 인사 올립니다.

작가 후기가 짧으니 당연히 역자 후기도 짧아집니다. 그러니 짤막하게 최근에 지른 비싼 헤드폰 이야기를 좀 해보죠.

역자는 솔직히 막귀라서 그렇게 다양한 음향 기기를 사진 않습니다만 최근에 S사의 유명 헤드폰 -1을 싸게 공동구매한다는 이야기를 들었습니다. 그러나 빠르게 품절되어 구매 실패. 추가 물량이 있을 거라는 소식에 목을 빼고 기다리고 있었으나 코로나 사태로 추가 물량 수급이 어려워지더군요.

그 참에 S사의 헤드폰에 대해 알게 됐습니다. 제가 처음 써본 쬐끔 비싼 이어폰이 S사의 이어폰이었는데 싸구려와는 다른 소리와(그래도 완전 싸구려랑 구분할 정도는 됩니다) 착용감 때문에 S사를 좋아하는 데다가 S사의 첫 블루투스 헤드폰이더군요. 게다가 노이즈 캔슬링과 환경음 모드가 마음에 들었습니다. 전문가 평가로는 S사의 고음질 블루투스 코덱을 채용해서 유선하고도 큰 차이가 없다고 하더군요. 그렇다면 집에서 게임할 때도 쓰고 밖에 나갈 때도 쓰고 전천후로 쓸 수 있지 않을까 싶었죠. 물론 노이즈 캔슬링 모드는 S사가 대표적입니다만 저는 역시 S사의 그 소위 말하는 플랫한 성향이라는 것에도 끌렸습니다. 참고로 위에 언급된 S사는 총 세 군데이며 각각 독일, 미국, 일본

회사입니다.

아무튼 고민 끝에, 몇 년을 전천후로 쓰면 되리라는 생각에 큰 맘 먹고 6개월 무이자 할부로 질러 만족스럽게 사용중입니다.

그리고 구매한지 열흘 째 되는 오늘, 역자가 산 가격보다 10만원 싼 가격으로 공동구매가 진행된다는 소식을 들었습니다.

내 10만워어어어어어언……!

그러면 여러분, 다음에 또 봬요!

데스마치에서 시작되는 이세계 광상곡 19

초판 1쇄 발행 2020년 9월 10일

지은이_ Hiro Ainana
일러스트_ shri
옮긴이_ 박경용

발행인_ 신현호
편집부장_ 윤영천
편집진행_ 김기준 · 김승신 · 원현선 · 권세라 · 유재슬
편집디자인_ 양우연
국제업무_ 정아라 · 전은지
관리 · 영업_ 김민원 · 조은걸 · 조인희

펴낸곳_ (주)디앤씨미디어
등록_ 2002년 4월 25일 제20-260호
주소_ 서울시 구로구 디지털로 26길 111 JnK디지털타워 503호
전화_ 02-333-2513(대표)
팩시밀리_ 02-333-2514
이메일_ lnovelpiya@naver.com
ㄴ노벨 공식 카페_ http://cafe.naver.com/lnovel11

DEATH MARCH KARA HAJIMARU ISEKAI KYOSOKYOKU Vol. 19
ⓒHiro Ainana, shri 2020
First published in Japan in 2020 by KADOKAWA CORPORATION, Tokyo.
Korean translation rights arranged with KADOKAWA CORPORATION, Tokyo.

ISBN 979-11-278-5682-3 04830
ISBN 979-11-278-4247-5 (세트)

값 9,000원

저 어리석은 자에게도 각광을! 1~6권

히루쿠마 지음 | 유우키 하구레 일러스트 | 이승원 옮김

「돈도 없고, 여자도 없어!」
풋내기 모험가의 마을 액셀의 (자칭) 지배자인
양아치 모험가 더스트는 주머니 사정이 신통찮았다.
신참 모험가 카즈마 일행이 착착 명성을 쌓아가는 가운데―
더스트는 자작극 사기에 도난품 매매,
귀족 영애를 뜯어먹으려고 획책하는 등,
오늘도 액셀 마을에서 돈벌이에 힘썼다!
그런 와중에 나리라 부르며 따르는 대악마 바닐에게서
「재미있는 미래가 찾아올 것이다」라는 불길한 예언을 듣는데?!

더스트 시점에서 그려지는 조금 음란한 외전이 새롭게 시작!

변변찮은 마술강사와 금기교전 1~16권

히츠지 타로 지음 | 미시마 쿠로네 일러스트 | 최승원 옮김

알자노 제국 마술 학원의 계약직 강사인 글렌 레이더스는 수업 중
자습 → 취침 상습범.
그러다 웬일로 교단에 서나 싶으면 칠판에 교과서를 못으로 고정해놓는 등,
그야말로 학생들도 기가 막혀 하는 변변찮은 강사다.
결국 그런 글렌에게 진심으로 화가 난 학생,
「교사 킬러」로 악명이 자자한 시스티나 피벨이 결투를 신청하지만─
이 해프닝은 글렌이 허무하게 패배하는 안타까운 결말로 막을 내린다.
하지만 학원에 닥친 미증유의 테러 사건에 학생들이 휘말리자,
"내 학생에게 손대지 마!"
비로소 글렌의 본성이 발휘된다!

TV애니메이션 방영 화제작!!

라이트노벨의 새로운 빛! L노벨의 신간은 매월 10일에 발매됩니다. http://cafe.naver.com/lnovel11

©Ryo Shirakome/OVERLAP
Illustration Takaya-ki

흔해빠진 직업으로 세계최강 제로 1~4권

시라코메 료 지음 │ 타카야Ki 일러스트 │ 김장준 옮김

오늘도 고아원을 위해 생활비를 벌며 평온한 일상을 보내고 있었다.
그런 오스카의 공방에 『천재(天災)』 밀레디 라이센이 찾아온다.
신에게 저항하는 여행의 동료를 찾는 밀레디는
오스카의 비범한 재능을 간파하고 여행에 권유하기 위해 왔다고 한다.
오스카는 권유를 거절했지만 밀레디는 포기할 줄 몰랐다.
그런 와중 오스카가 지키는 고아원에 사건이 생기는데?!
"희대의 연성사. 나와 함께 세계를 바꿔 보지 않을래?"

이것은 『하지메』에게 이어지는 제로의 계보.
―『흔해빠진 직업으로 세계최강』 외전의 막이 오른다!

달이 이끄는 이세계 여행 1~9권

아즈미 케이 지음 | 마츠모토 미츠아키 일러스트 | 정금택 옮김

어느 날, 부모의 사정으로 인해 츠쿠요미노미코토에 이끌려
이세계로 가게 된 나, 미스미 마코토.
치트 능력도 하사받고 이건 그야말로 용사 플래그인가! 라고 생각했더니
이 세계의 여신에게 「너 얼굴 못생겼다」라는 이유로 거절당하고
나는 『세계의 끝』으로 전이당하고 말았다…….
……뭐, 어쩔 수 없지. 기왕에 이렇게 된 거 이세계를 즐겨볼까!
이렇게 오직 내 한 몸만 가지고
타인의 온기를 찾아 여행을 시작하게 되었지만,
만난 것은 향기로운 냄새가 나는 오크 소녀, 시대극에 심취한 드래곤,
마조히즘 속성을 지닌 변태 거미 etc—
……내 주위는 멋들어질 정도로 이종족 페스티벌입니다.
젠장! 웃기지 마! 난 절대로 지지 않을 거니까!!

제5회 알파폴리스 판타지 소설 대상 『독자상 수상작』!

곰 곰 곰 베어 1~11권

쿠마나노 지음 | 029 일러스트 | 김보라 옮김

게임이 현실보다 재밌습니까?—YES
현실 세계에 소중한 사람이 있습니까?—NO

……온라인 게임 설문 조사에 대답했을 뿐인데
말도 안 되는 이세계(아마도)로 내던져진 나, 유나.
은톨이 경력 3년의 폐인 게이머.
맨 처음 장착하게 된 장비템이 『곰 세트』라니…….
이게 무어야—!?
하지만 세고 편하니까 뭐, 괜찮으려나?
울프를 쓰러뜨리고, 고블린을 쓰러뜨리고
극강 곰 모험가로서 일단 해볼까요.

은둔형 외톨이 소녀, 이세계에서 무적의 곰 모험가가 되다!

라이트노벨의 새로운 빛! L노벨의 신간은 매월 10일에 발매됩니다. http://cafe.naver.com/lnovel11

note©Setsugekka 2018
Illustration : Fuyuki
KADOKAWA CORPORATION

누가 좀비를 죽였는가

세츠겟카 지음 | 후유키 일러스트 | 송재희 옮김

좀비의 생먹이로서 자신의 몸을 던지는 자들.
인구 증가와 함께 바야흐로 좀비는
이 사회에 없어서는 안 될 시스템이 되었다.
그런 가운데, 소중한 사람을 좀비의 생먹이로 잃고
복수를 위해 시설에 침입한 베르나르도가 본 것은?
거기서 만난 수수께끼의 소녀 크리스틴의 목적은?!

좀비 호러 ADV 노벨라이즈!